VISITES ET ÉTUDES

DE S. A. I.

LE PRINCE NAPOLÉON

AU PALAIS DES BEAUX-ARTS.

Imprimé par Henri e C. Noble, r. St-Dominique, 56.

VISITES ET ÉTUDES

DE

S. A. I. LE

PRINCE NAPOLÉON

AU PALAIS DES BEAUX-ARTS

OU

DESCRIPTION COMPLÈTE DE CETTE EXPOSITION

(Peinture, Sculpture, Gravure, Architecture)

AVEC LA LISTE DES RÉCOMPENSES,
LES STATISTIQUES OFFICIELLES ET LES DOCUMENTS
ET DÉCRETS

FAISANT SUITE AUX

VISITES ET ÉTUDES

AU PALAIS DE L'INDUSTRIE.

PARIS

HENRI ET CHARLES NOBLET, ÉDITEURS

36, RUE ST-DOMINIQUE

—

1858

NOTE DE L'ÉDITEUR

La publication des VISITES DE S. A. I. le PRINCE NAPOLÉON AU PALAIS DE L'INDUSTRIE a obtenu un légitime succès. Nous espérons que les *Visites de S. A. I. au Palais des Beaux-Arts* recevront le même accueil.

Écrite dans le même esprit, publiée dans les mêmes conditions d'impartialité et d'exactitude, cette partie des *Etudes du Prince* n'est ni moins intéressante ni moins instructive.

C'est la première fois qu'une Exposition universelle réunit en même temps les œuvres des arts et les produits de l'Industrie; c'est la première fois qu'un demi-siècle de civilisation vient apporter le tribut de ses produits divers à un concours de tous les peuples, et donner ainsi la mesure des ressources, du génie, de l'avenir de chacun d'eux.

C'est dans les Beaux-Arts, surtout, que s'est révélé le génie de la France : égalée, surpassée quelquefois dans le concours des produits de l'industrie, elle est restée sans rivale dans l'exposition des œuvres d'art. Ni l'Allemagne, avec ses études esthétiques; ni l'Angleterre, avec sa peinture originale, consciencieuse et pratique, si l'on peut s'exprimer ainsi; ni la Belgique, avec ses artistes pleins d'élan; ni l'Italie, ni l'Espagne, ces anciens foyers des grandes traditions de l'art, n'ont pu soutenir la comparaison, dans la peinture et dans la sculpture, avec les œuvres de nos maîtres.

La voix du public avait proclamé la France reine de ce concours, longtemps avant que le Jury international n'eût confirmé cette acclamation unanime de toutes les nations qui y ont pris part. Aussi croyons-nous avoir fait une œuvre utile en publiant ce livre, destiné à ajouter une page de plus aux pages déjà écrites pour consacrer le souvenir de nos succès. C'est une appréciation simple, précise, impartiale des visites du Prince au Palais des Beaux-Arts, un résumé intéressant et complet (le plus complet qui ait paru) de tout ce qui se rattache à notre glorieuse Exposition.

La plupart des ouvrages parus jusqu'à ce jour n'ont eu en vue que les deux côtés saillants de l'Exposition : *la peinture* et *la sculpture ;* le livre des *Visites du Prince* embrasse l'ensemble des œuvres exposées : Peinture, Sculpture, Gravure, Lithographie, Architecture. En outre, il contient la liste complète des récompenses accordées par le Jury international, et une série de tableaux inédits et de documents officiels concernant les Beaux-Arts.

Cet ouvrage, nous l'espérons, sera accueilli avec faveur par les personnes qui ont visité l'Exposition de l'avenue Montaigne, et qui y retrouveront le résumé de leurs impressions et le relevé sommaire de toutes les richesses artistiques qui composaient les galeries du Palais des Beaux-Arts; — par nos artistes, dont les œuvres y sont appréciées avec la plus entière indépendance; — par les étrangers, qui verront avec plaisir que la rédaction s'est inspirée de l'esprit libéral du règlement de la Commission impériale, et qu'elle a signalé avec une égale impartialité tous les genres de mérite, quelle que fût d'ailleurs leur nationalité ou leur école.

VISITES ET ÉTUDES

DE S. A. I.

LE PRINCE NAPOLÉON

AU PALAIS DES BEAUX-ARTS.

INTRODUCTION.

L'Exposition universelle de 1855 est un des grands évènements de notre époque. Conçue au milieu des complications de la question d'Orient, préparée au milieu des préoccupations de la guerre, c'est au bruit du canon que s'est accomplie cette solennité consacrée aux arts, à l'industrie, à la civilisation. On chercherait en vain dans l'histoire des peuples l'exemple d'un pareil concours d'évènements.

Cette grande pensée de la France, qui tend à rapprocher toutes les nations du monde en rapprochant les œuvres de leurs mains, tous les gouvernements l'ont comprise et accueillie avec enthousiasme ; tous, dès les premiers jours, se sont préparés avec ardeur à la lutte

1

industrielle et artistique de 1855. En Angleterre, sous l'influence des nombreux comités organisés, l'industrie privée a fait des prodiges d'activité pour rivaliser avec nos produits les plus renommés ; les meetings se sont multipliés, et, d'un bout à l'autre de la Grande-Bretagne, l'Exposition de Paris a été le but constant de tous les efforts et de tous les vœux.

En Autriche, en Prusse et dans tous les Etats de l'Allemagne, malgré les agitations de la guerre, et en dehors même de l'action du gouvernement, les industriels et les artistes ont redoublé de zèle pour prendre part à cette lutte pacifique.

Les Expositions de Munich, de Cologne, de Bruxelles, peuvent être considérées comme des essais préparatoires pour la grande Exposition de Paris. En Allemagne, en Espagne, en Italie, les Expositions nationales ont été avancées d'un an. Aucun Etat de l'Europe, enfin, à l'exception de la Russie, n'a fait défaut à la courtoisie de l'appel que leur avait adressé le gouvernement de l'Empereur.

Les produits de tous les pays du monde, depuis l'Angleterre avec ses nombreuses colonies, Malte, l'Ionie, le Cap, l'Afrique de l'Ouest, l'Inde, Maurice, les Antilles, la Guyane, l'Australie, jusqu'aux États lointains de Venezuela, de l'Uruguay, du Chili, de la Bolivie, de la république Dominicaine, jusqu'à la Chine elle-même, sont arrivés en masse dans notre Palais de l'Industrie.

L'Exposition de 1855, ainsi que l'a dit S. A. I. le Prince Napoléon, illustrera la France et l'Europe du xixe siècle. Elle sera une date fondamentale dans l'histoire de notre époque.

Au point de vue de l'industrie, elle a eu l'avantage de consacrer définitivement l'expérience qui avait eu lieu en Angleterre en 1851, et, en présence de tant de nouveaux produits, elle a permis de juger des progrès faits dans des temps si difficiles par les premières nations du monde.

Au point de vue de l'art, elle a eu une importance non moins grande, car, pour la première fois, une Exposition universelle de l'Industrie s'est trouvée réunie à une Exposition des Beaux-Arts.

L'art, qui, à Londres, se rangeait sous la bannière de l'Industrie, avait à Paris sa bannière à lui. C'est là le côté caractéristique de notre Exposition.

De ces grandes assises de la science, de l'industrie et des arts, de cette grande expérience faite en face du monde entier convié à y prendre part, il doit résulter incessamment de hauts enseignements et des progrès inespérés dans toutes les branches de l'industrie, dans toutes les parties de la science et des arts.

De ces visites de peuple à peuple, de toutes ces facilités de communication, de cet échange d'idées, il doit naître une tendance suprême, irrésistible, qui rendra désormais solidaires les unes des autres les destinées des nations civilisées.

La grande solennité de l'Exposition est une conséquence de nos anciennes Expositions : dans la loi du progrès, de nationales elles sont devenues universelles.

Les Expositions des Beaux-Arts ont précédé de cent trente ans celles de l'Industrie.

C'est au règne de Louis XIV que remontent ces sortes de solennités, appelées à exercer une influence si décisive sur l'avenir des peuples.

Il y eut dix Expositions pendant le long règne de ce souverain. L'Académie, d'après un désir du roi, avait décidé, le 24 décembre 1663, qu'il y aurait tous les ans, le premier samedi de juillet, Exposition dans les salles de ses séances. Telles furent les premières exhibitions publiques qui précédèrent celles des salons du Louvre. La décision de l'Académie ne fut exécutée qu'en 1667, d'après une lettre de Colbert, du 9 janvier 1666, qui régla que ces fêtes de l'art n'auraient lieu que bisannuellement et pendant la semaine-sainte.

Une analyse de ces Expositions, même succincte, mais d'une exactitude rigoureuse, présente un grand intérêt.

EXPOSITIONS DES BEAUX-ARTS.

La *première* fut ouverte en 1667, sur l'invitation du ministre, et pour célébrer la fondation de l'Académie; elle dura quinze jours, du 9 au 22 avril. Colbert l'honora de sa visite.

La *deuxième*, tenue du 28 mars au 20 avril 1669, dans la galerie du Palais-Royal et dans la cour du palais Brion ou hôtel Richelieu, fut également visitée par Colbert.

La *troisième* fut établie aux mêmes lieux, le 20 avril 1671.

La *quatrième*, du 14 août au 4 septembre 1673, avait été retardée de quelques mois, afin de coïncider avec la fête du roi; elle fut honorée, le 25 août, de la présence du premier ministre.

La *cinquième* fut inaugurée le 14 août 1675.

Pas d'exposition en 1677 et 1679, à cause des dépenses qu'elles occasionnaient à l'Académie.

La *sixième* fut ouverte le 14 août 1681; on eut beaucoup de peine à réunir un nombre d'ouvrages suffisant. Lemoyne fut nommé décorateur de l'Exposition.

La *septième*, retardée par la mort de la Reine, n'eut lieu qu'au mois de septembre 1683.

La *huitième*, du 20 août au 16 septembre 1699, eut lieu pour la première fois dans la grande galerie du Louvre.—Première mention d'un livret publié par Perrault. Il est cependant certain qu'il en parut un en 1673, ainsi que l'atteste la publication de M. Anatole de Montaiglon, qui a reproduit avec une scrupuleuse exactitude, et d'après le seul exemplaire que l'on connût avant que deux autres fussent retrouvés dans les portefeuilles de la Bibliothèque impériale, la brochure ayant pour titre : *Le Livret de l'Exposition faite en 1673, dans la cour du Palais-Royal.*

La *neuvième*, du 12 septembre au 8 novembre 1704, dans la grande galerie du Louvre.

La *dixième* eut lieu le 25 août 1706, à l'occasion de la fête du roi, pour offrir aux regards du public les morceaux de réception et les objets d'art appartenant à l'Académie ; elle ne dura qu'un jour.

Le règne de Louis XV est marqué par vingt-six expositions, de 1725 à 1773.

La *onzième*, du 25 août au 2 septembre 1725, dans le salon carré, entre la galerie d'Apollon et la grande galerie du Louvre.

La *douzième*, dans la galerie d'Apollon, du 30 mai au 30 juin 1727, produit du concours ouvert entre les principaux officiers de l'Académie. Le duc d'Antin demande l'avis motivé des académiciens non-exposants sur le mérite des compositions exposées.

La *treizième*, ouverte le 18 août 1737, dans le salon carré du Louvre. Stiémart décorateur : 286 sujets ; 69 exposants : 49 peintres, 10 sculpteurs, 8 graveurs en taille-douce, 2 graveurs en médailles. Il y eut un livret.

La *quatorzième*, le 18 août 1738, toujours dans le salon carré, fut peu nombreuse.

La *quinzième*, du 6 au 30 septembre 1739, dans le salon carré. Stiémart décorateur ; Reydelet chargé du livret. 40 exposants ; 119 ouvrages : 82 peintures, 14 sculptures, 12 gravures, 5 miniatures, 6 paysages.

La *seizième* se tient du 18 août au 1er septembre 1740.

La *dix-septième*, du 1er au 10 septembre 1741. Portail remplace comme décorateur Stiémart, décédé le 19 août de la même année.

La *dix-huitième*, du 1er au 31 août 1742. Livret par Reydelet ; Portail décorateur. 75 exposants ; 186 sujets : 123 peintures, 19 sculptures, 40 gravures en taille-douce, 4 paysages.

La *dix-neuvième* reste ouverte du 5 au 26 août 1743.

La *vingtième*, tenue du 20 août au 23 septembre 1745. 53 exposants; 214 ouvrages : 140 peintures, 19 sculptures, 40 gravures, 15 paysages. Portail décorateur ; livret par Reydelet.

La *vingt et unième*, ouverte le 25 août, jour de la Saint-Louis, fête du roi, finit le 25 septembre 1746. Origine du Jury. Commission prise dans le sein de l'Académie pour examiner les ouvrages.

La *vingt-deuxième*, ouverte le 25 août 1748. Reydelet et Portail chargés du livret et des décorations. 60 exposants ; 146 sujets : 121 tableaux, 8 sculptures, 14 gravures. A cette exposition se remarquaient 11 tableaux exécutés sous les ordres du roi, qui en commanda dix autres après la clôture.

La *vingt-troisième*, ouverte le 25 août 1748, dans le salon carré du Louvre et une partie de la galerie d'Apollon. Portail décorateur ; livret par Reydelet. 48 exposants dans le grand salon ; 158 sujets exposés : 110

peintures, 17 sculptures, 31 gravures; 7 tableaux du peintre Troy figuraient dans la galerie d'Apollon. Pigalle avait exposé dans son atelier, cour du vieux Louvre, trois statues en marbre.

La *vingt-quatrième*, dans le salon carré du Louvre, du 25 août au 25 septembre 1750. Portail décorateur.

La *vingt-cinquième*, le 25 août 1751. Portail décorateur; Reydelet rédige le livret. 47 exposants, 158 compositions : 130 tableaux, 14 sculptures, 14 gravures.

La *vingt-sixième*, ouverte le 25 août 1753.

La *vingt-septième*, le 25 août 1755.

La *vingt-huitième* commence le 25 août 1757. 57 exposants ; 225 sujets : 148 tableaux, 23 sculptures, 41 gravures. Reydelet rédacteur du livret ; Portail décorateur.

La *vingt-neuvième*, le 25 août 1759. Portail, étant mort le 4 novembre de la même année, a pour successeur Chardin.

La *trentième*, 25 août 1761. Reydelet chargé du livret; Chardin décorateur. 53 exposants : 33 peintres, 9 sculpteurs, 11 graveurs ; 228 ouvrages : 167 peintures, 40 sculptures, 28 gravures.

La *trente et unième*, le 15 août 1763. 57 exposants : 38 peintres, 9 sculpteurs, 9 graveurs, 1 tapissier ; 300 ouvrages : 250 peintures, 30 sculptures, 19 gravures, et une tapisserie des Gobelins représentant le portrait du roi, d'après Louis-Michel Vanloo.

La *trente-deuxième*, le 25 août 1765. Un livret. 70 exposants : 42 peintres, 15 graveurs, 11 sculpteurs, 2 tapissiers ; 432 sujets : 316 tableaux, 46 sculptures, 68 gravures, 2 tapisseries.

La *trente-troisième*, le 25 août 1767. Livret. 64 exposants : 45 peintres, 8 sculpteurs, 11 graveurs ; 485 compositions : 347 peintures, 40 sculptures, 38 gravures.

La *trente-quatrième*, le 25 août 1769, 68 exposants : 44 peintres, 10 sculpteurs, 12 graveurs, 2 tapissiers ; 425 sujets : 293 peintures, 40 sculptures, 73 gravures, 2 tapisseries. Livret.

La *trente-cinquième*, 25 août 1771. Livret. 70 exposants : 43 peintres, 12 sculpteurs, 12 graveurs ; 532 ouvrages : 359 peintures, 79 sculptures, 14 gravures. Hors du Louvre : 10 tableaux de bataille avaient été exposés à Versailles, dans les salons du ministère de la guerre.

La *trente-sixième*, le 25 août 1773. Livret. 60 exposants : 38 peintres, 12 sculpteurs, 10 graveurs ; 479 sujets : 331 peintures, 65 sculptures, 80 gravures, 3 tapisseries.

Durant le règne de Louis XVI se succèdent sans interruption, de 1775 à 1791, neuf expositions bisannuelles.

La *trente-septième* a lieu, suivant l'usage consacré par les deux précédents règnes, le jour de la Saint-Louis, et s'ouvre, en conséquence, le 25 août 1775 pour n'être close que le 25 septembre suivant. Vien avait consenti à se charger de l'arrangement du local, sans qu'aucun honoraire fût attribué à cette tâche. Il parut un livret.

La *trente-huitième*, le 25 août 1777. Invitation est faite à la Commission d'examen d'apporter toute la sévérité nécessaire dans l'admission des œuvres. Lagrénée aîné pourvoit avec Renou, secrétaire de l'Académie, à la décoration de l'Exposition.

La *trente-neuvième*, du 25 août au 3 octobre 1779. 71 exposants : 47 peintres, 12 sculpteurs, 12 graveurs; 428 ouvrages : 290 tableaux, 80 sculptures, 58 gravures. Renou se charge de la rédaction du livret.

La *quarantième*, le 25 août 1781. 71 exposants : 49 peintres, 12 sculpteurs, 11 graveurs; 534 compositions : 348 peintures, 66 sculptures, 122 gravures. Livret par Renou.

La *quarante et unième*, le 25 août 1783. 63 exposants : 38 peintres, 12 sculpteurs, 12 graveurs et 3 tapissiers; 436 ouvrages : 304 peintures, 64 sculptures, 68 gravures et 3 tapisseries. Renou reçoit 600 livres pour la rédaction du livret. La décoration du salon est confiée à Amédée Vanloo.

L'année suivante, 1784, exposition spéciale du concours ouvert pour les sculpteurs, à l'occasion de la découverte du système aérostatique.

La *quarante-deuxième*, le 25 août 1785. 72 exposants : 44 peintres, 18 sculpteurs, 10 graveurs; 504 sujets : 292 tableaux, 98 sculptures, 114 gravures. Au milieu de la période affectée à l'Exposition, on songe pour la première fois à changer de place les principaux tableaux, afin de mettre dans le meilleur jour celles de ces œuvres qui avaient été jusque-là moins bien partagées.

La *quarante-troisième*, le 25 août 1787. Livret par Renou. 76 exposants : 46 peintres, 18 sculpteurs, 12 graveurs ; 402 ouvrages : 291 peintures, 69 sculptures, 42 gravures.

La *quarante-quatrième*, le 25 août 1789, 89 exposants : 55 peintres, 25 sculpteurs, 9 graveurs ; 453 envois : 293 peintures, 116 sculptures, 44 gravures. Livret.

La *quarante-cinquième*, le 25 août 1791. 71 admis : 44 peintres, 21 sculpteurs, 6 graveurs ; 426 sujets : 274 peintures, 113 sculptures, 30 gravures. Commission d'examen pour la réception des ouvrages, formée de six officiers de l'Académie et d'autant d'académiciens tirés au sort. Livret par Renou.

Durandeau décorateur.

Neuf expositions annuelles signalèrent, de 1793 à 1802, le passage de la République, du Directoire et du Consulat.

La *quarante-sixième*, tenue en 1793.

La *quarante-septième*, en 1795.

La *quarante-huitième*, en 1796.

La *quarante-neuvième*, en 1797.

La *cinquantième*, en 1798.

La *cinquante et unième*, en 1799.

La *cinquante-deuxième*, ouverte en 1800. Les arts commencent à renaître. 54 exposants ; 275 ouvrages.

La *cinquante-troisième*, en 1801, 268 admis ; 485 envois. Les privilèges académiques avaient disparu.

La *cinquante-quatrième*, en 1802. 291 exposants ; 557 ouvrages.

Sous le premier Empire, de 1804 à 1814, cinq expositions bisannuelles ont eu lieu.

La *cinquante-cinquième*, en 1804. L'impulsion était donnée, comme le prouvent les chiffres qui vont suivre : 315 exposants, 701 ouvrages.

La *cinquante-sixième*, en 1806. 360 admis ; 699 envois.

La *cinquante-septième*, en 1808. 411 exposants, 802 compositions.

La *cinquante-huitième*, en 1810. Le développement artistique est de plus en plus manifeste. 531 exposants répondent à l'appel, et 1,171 ouvrages sont acceptés.

La *cinquante-neuvième*, en 1812. 557 exposants : 1,239 sujets.

Pendant le règne de Louis XVIII, cinq expositions furent ouvertes de 1814 à 1824.

La *soixantième*, en 1814. 507 admis ; 1,359 ouvrages.

La *soixante-unième*, en 1817. 458 exposants, 1,064 envois.

La *soixante-deuxième*, en 1819. 620 exposants ; 1,702 compositions.

La *soixante-troisième*, en 1822. Le mouvement se maintient : 585 admis ; 1,802 envois.

La *soixante-quatrième*, en 1824, 779 exposants; 2,371 sujets.

Charles X ne vit s'accomplir sous son règne qu'une seule exposition.

La *soixante-cinquième*, en 1827, 732 exposants; 1,834 ouvrages.

Toutes les années du règne de Louis-Philippe, moins 1832, époque de l'invasion du premier choléra en France, ont été marquées par une exposition des Beaux-Arts.

La *soixante-sixième*, en 1831. Cette exposition dépasse de beaucoup toutes les précédentes sous le rapport du nombre des artistes et de la quantité de leurs productions, car elle ne compte pas moins de 1,180 admis, avec 3,211 ouvrages.

La *soixante-septième*, en 1833. 1,190 exposants; 3,318 envois.

La *soixante-huitième*, en 1834. 1,079 exposants; 2,314 ouvrages.

La *soixante-neuvième*, en 1835. 1,231 admis; 2,536 compositions.

La *soixante et dixième*, en 1836. 1,078 exposants; 2,122 envois.

La *soixante et onzième*, en 1837. 1,065 exposants; 2,130 ouvrages.

La *soixante-douzième*, en 1838. 1,023 admis; 2,310 sujets.

La *soixante-treizième*, en 1839. 1,249 exposants; 2,465 productions.

La *soixante-quatorzième*, en 1840. 1,010 exposants; 1,849 ouvrages.

La *soixante-quinzième*, en 1841. 1,211 admis; 2,280 compositions.

La *soixante-seizième*, en 1842. 1,158 exposants; 2,121 ouvrages.

La *soixante-dix-septième*, en 1843. 999 exposants; 1,597 compositions.

La *soixante-dix-huitième*, en 1844. 1,327 exposants; 2,423 œuvres.

La *soixante-dix-neuvième*, en 1845. 1,272 admis; 2,332 sujets.

La *quatre-vingtième*, en 1846, offre le curieux incident de 1,251 artistes reçus, sur 4,357 qui se présentaient; 2,412 ouvrages furent exposés.

Ainsi, de la dernière année du xviiie siècle à 1846, c'est-à-dire dans un intervalle de quarante-sept ans, 29 expositions ont été ouvertes à Paris, et on y a vu figurer 49,205 ouvrages appartenant aux diverses branches des beaux-arts. Durant ce même intervalle, dix années ont été privées de solennités de ce genre: parmi ces années figurent celles de la double invasion de la France en 1815, de la révolution de Juillet en 1830, et du choléra en 1832.

La République de 1848 a eu quatre expositions.

La *quatre-vingt et unième*, en 1848, au Louvre

comme les précédentes. Suppression absolue du jury; liberté illimitée de l'art et de ses produits; admission de tous les ouvrages présentés, au nombre de 5,180, dont : 4,598 peintures, 335 sculptures, 38 projets d'architecture, 136 gravures, 73 lithographies.

La *quatre-vingt-deuxième*, en 1849, au palais des Tuileries. 2,586 ouvrages, dont : 2,093 peintures, 254 sculptures, 108 projets d'architecture, 64 gravures, 47 lithographies.

La *quatre-vingt-troisième*, des derniers jours de 1850 aux premiers mois de 1851, dans les appartements et la cour du Palais-Royal. 3,923 compositions : 3,150 peintures, 466 sculptures, 100 projets d'architecture, 128 gravures, 79 lithographies.

La *quatre-vingt-quatrième*, du 1er avril au 1er juillet 1852, au même lieu que la précédente. 1,087 exposants; 1,757 ouvrages reçus : 1,280 peintures, 270 sculptures, 88 gravures, 52 lithographies, 67 projets d'architecture. Les travaux de la statuaire mêlés à ceux de la peinture.

Depuis l'avènement du second empire, Paris compte une Exposition des Beaux-Arts.

La *quatre-vingt-cinquième*, en 1853, dans les bâtiments et dépendances de l'ancien hôtel des Menus-Plaisirs. 1,768 sujets se classant de la manière suivante : 1,208 peintures, 321 sculptures, 102 gravures, 60 lithographies, 75 projets d'architecture, 2 plans en relief, l'un du Louvre achevé, l'autre des Halles centrales.

La distribution des récompenses, à la suite de cette solennité, eut lieu dans le grand salon carré du Louvre, en présence de S. A. I. le Prince Napoléon.

Le *Moniteur* en rendit compte en ces termes :

« La distribution des récompenses accordées aux artistes qui se sont distingués à l'Exposition de 1853 a eu lieu aujourd'hui dans le grand salon carré du Louvre. A droite de l'estrade étaient placés MM. les membres du jury ; à gauche, MM. les membres de l'Académie des Beaux-Arts. Un nombreux public, composé en grande partie de jeunes artistes et de leurs familles, remplissait le reste du salon.

« A trois heures précises, S. A. I. le Prince Napoléon, accompagné de M. Achille Fould, ministre d'Etat et de la Maison de l'Empereur, et suivi des officiers de sa maison, a été reçu au pied du grand escalier par M. le comte de Nieuwerkerke, directeur général des Musées impériaux, et par MM. les secrétaires généraux du Ministère de la Maison de l'Empereur et du Ministère d'Etat.

« Le Prince a pris place au fauteuil, ayant à sa droite M. le Ministre d'Etat, à sa gauche M. le comte de Nieuwerkerke, et a prononcé l'allocution suivante :

« Messieurs,

« Nulle mission ne pouvait m'être plus agréable que celle qui m'est confiée aujourd'hui par l'Empereur. Je suis fier et heureux de venir en son nom encourager les efforts et récompenser le mérite des artistes qui ont paru avec le plus d'éclat à l'Exposition de cette année.

« Dans notre pays d'égalité, où le partage des fortunes tend à niveler les conditions en universalisant le bien-être, l'Etat doit se substituer aux particuliers, afin d'accomplir ce qu'ils ne pourraient tenter par eux-mêmes. De là les encouragements nombreux que le Gouvernement accorde et les dépenses qu'il fait pour maintenir l'art en France au degré d'éclat et de grandeur où il est parvenu.

« Aucun des régimes précédents n'y a manqué, rendons-leur cette justice ; mais qu'il me soit permis de dire avec le même sentiment d'équité, que jamais un champ plus vaste ne fut ouvert aux arts que par l'Empereur actuel. En faut-il d'autres preuves que l'impulsion générale donnée à tous les travaux d'embellissement de la capitale, et surtout l'achèvement du Louvre ?

« C'est une grande et féconde pensée, Messieurs, que d'avoir rattaché l'inauguration du nouveau Louvre qui s'élève, à l'ouverture de l'Exposition décrétée pour 1855, Exposition universelle où viendront s'étaler, auprès des produits de l'industrie du monde entier, les œuvres d'art de quelques peuples privilégiés, parmi lesquels la France tient le premier rang. Mieux qu'aucun autre, elle a su jusqu'à ce jour, par le goût, qui est une des puissances de l'art, ennoblir le domaine de l'industrie, et nous avons le droit d'espérer, en présence des travaux que nous venons couronner aujourd'hui, qu'en 1855 notre belle et chère patrie se montrera digne d'elle-même. »

« Après ce discours, suivi d'applaudissements chaleureux, M. le Ministre s'est exprimé ainsi :

« Messieurs,

« L'Empereur, en me chargeant de vous remettre les récompenses décernées par le jury, m'a confié une mission qui m'est bien douce. Je suis heureux de me trouver entouré de l'élite de nos artistes et de pouvoir les féliciter de leur légitime succès. Déjà l'affluence extraordinaire attirée par l'Exposition vous a montré combien le pays s'intéresse à vos travaux. En France, la prospérité des arts est un bonheur public ; leur décadence semblerait un pas rétrograde dans la marche de la civilisation.

« A de rares intervalles, quelques hommes semblent choisis par la Providence pour présider à ces époques de rénovation où se manifestent à la fois toutes les productions du génie. Dans les arts on citera toujours les siècles de Périclès et de Léon X ; dans les lettres, le siècle d'Auguste et celui de Louis XIV. L'honneur d'attacher son nom à ces époques signalées par les plus beaux développements de l'intelligence est sans doute le plus grand que puisse ambitionner un souverain. Si, pour l'obtenir, il suffisait d'assurer aux études libérales le calme sans lequel elles ne peuvent subsister, de faire régner la paix au-dedans par de sages institutions, au dehors par une politique habile et ferme, j'oserais prédire de quel nom notre époque s'appellera dans l'histoire. Mais, Messieurs, vous le savez, ni la protection éclairée d'un prince, ni sa munificence ne peuvent créer des chefs-d'œuvre. Pour les produire, il faut l'amour de l'art, une foi vive, des convictions fermes, l'étude constante du beau, l'inspiration, enfin, qui suit les méditations profondes.

« Le succès de l'Exposition de 1853 m'autoriserait à ne vous adresser que des éloges ; je vous estime trop, j'ai trop confiance en vous pour ne pas mêler quelques conseils aux louanges qui vous sont dues.

« Je crois être l'interprète des critiques les plus judicieux en remarquant que les productions de cette année dénotent des progrès sensibles dans la partie technique de l'art, dans l'imitation matérielle. Tout en applaudissant à ce résultat, tout en rendant justice à des œuvres remarquables, on peut regretter de ne pas voir nos jeunes artistes poursuivre le beau idéal avec la même ardeur qu'ils apportent à l'étude de la réalité. On souhaiterait qu'à l'exemple des anciens maîtres, ils cherchassent à concilier l'idéal et la réalité, en unissant la contemplation du type éternel du beau à l'étude intelligente des formes et des scènes que le spectacle de la nature offre à nos yeux.

« Les œuvres des maîtres, Messieurs, vous prouvent qu'il n'y a point de but si élevé où leur génie n'ait atteint. Imitez leur généreuse audace. Vous avez, vous aussi, le droit d'être ambitieux ; et croyez que le talent grandit toujours dans une noble lutte, quelle qu'en soit l'issue, tandis qu'il s'énerve et s'épuise bientôt à chercher de faciles triomphes.

« Aujourd'hui, dans un siècle comme le nôtre, sous

un Prince qui s'applique à écouter l'opinion, cette voix du peuple et de Dieu, le talent n'a pas à craindre de demeurer méconnu. Ma constante sollicitude sera de le rechercher, en m'entourant de toutes les lumières pour le découvrir ; car, ce que je regarde comme la plus noble de mes attributions, c'est de lui offrir l'occasion de nouveaux succès en lui demandant de nouveaux efforts. Mais, en même temps, un devoir sérieux m'est imposé, et je saurai le remplir.

« Dans les temps malheureux que nous venons de traverser, mes prédécesseurs ont dû employer toutes les ressources mises à leur disposition pour ne pas interrompre des travaux qui reçoivent d'ordinaire leur encouragement des fortunes privées. Dans la détresse publique, le Gouvernement devait se préoccuper vivement du sort des artistes : la prospérité revenue, il n'y a plus à songer qu'aux intérêts de l'art. Désormais, l'administration ne disséminera plus ses encouragements : elle assurera aux talents qui se révèlent les moyens de se perfectionner ; elle offrira de grands travaux aux talents mûris par l'expérience. De tous côtés, sur l'ordre de l'Empereur, s'élèvent d'immenses constructions ; des édifices longtemps négligés vont reprendre leur splendeur première ; tous nos monuments demandent à la peinture, à la sculpture leur plus noble décoration. L'intention du Gouvernement est que ces travaux se distinguent par l'unité de pensée et d'exécution, qui, trop souvent, a fait défaut dans des entreprises semblables. C'est vous dire, Messieurs, qu'il n'en confiera la direction qu'à des hommes éprou-

vés par le succès et désignés par l'opinion. Mais à côté
des chefs d'école, plus d'une place honorable est réservée au talent modeste qui sait attendre, sous la
conduite d'un guide sûr, le moment de s'élancer au
premier rang. «Maniez la rame avant le gouvernail,»
c'est un précepte qui, aujourd'hui plus que jamais
peut-être, mérite d'être remis en honneur.

« L'Exposition de 1853 est terminée. Elle laisse
d'honorables souvenirs, elle fait concevoir de grandes
espérances. Dans deux ans, vous vous représenterez
à une épreuve encore plus solennelle. En 1855, les
productions des artistes de toute l'Europe, du monde
entier, seront exposées avec les vôtres. Les étrangers,
dont plusieurs vont aujourd'hui partager vos couronnes, connaissent l'impartialité de leurs juges, la
loyauté et la courtoisie de leurs rivaux ; ils répondront,
je l'espère, à notre appel. En France, le mérite, de
quelque part qu'il vienne, a toujours sa place à nos
fêtes nationales. Pour vous, Messieurs, vous vous sou-
viendrez que vous avez la gloire du pays à soutenir,
et je suis sûr que la grandeur et l'élévation du but,
en stimulant votre ardeur, assureront votre succès. »
(Applaudissements unanimes).

M. le Directeur des Musées impériaux a pris ensuite
la parole en ces termes :

« Après les paroles que viennent de prononcer
S. A. I. le Prince Napoléon et Son Exc. le Ministre
d'État et de la Maison de l'Empereur, il m'est réservé
l'honneur de vous faire connaître les noms de ceux

d'entre vous qui ont mérité des récompenses à différents degrés.

« Quant à la liste des ouvrages distingués par le jury, elle contient heureusement les noms d'un si grand nombre d'artistes, que le *Moniteur* seul la fera connaître au public.

« Vous avez en cela, Messieurs, la preuve qu'au Salon de 1853, la moyenne des œuvres exposées est supérieure à celles des années précédentes. »

Les récompenses obtenues à la suite du Concours de 1854 se divisent ainsi : Peinture, 3 médailles de 1re classe, 6 médailles de 2e classe, 12 de 3e classe.

Sculpture : 2 médailles de 1re classe, 4 de 2e, 6 de 3e.

Architecture : 3 médailles de 2e classe et 3 de 3e. (Il n'y a pas de 1re classe).

Gravure et Lithographie : une médaille d'honneur, une médaille de 1re classe, 2 de 2e, 4 de 3e.

En outre, deux nominations d'officier et dix de chevalier eurent lieu dans l'ordre impérial de la Légion-d'Honneur.

———

L'idée des Expositions de l'Industrie est également née en France. La première a eu lieu en 1798, pendant que le général Bonaparte dirigeait l'expédition d'Égypte. De 1798 à 1855, tous les gouvernements qui se sont succédé ont plus ou moins favorisé cette institution nationale, qui doit exercer une influence si décisive sur les relations industrielles et politiques de toutes les nations.

Plus que tous les autres gouvernements, celui de l'empereur Napoléon Ier devait comprendre et féconder cette idée nationale. Après la paix de Lunéville, en 1801, un décret du Premier Consul portait qu'une Exposition des produits de l'industrie française aurait lieu au Louvre, dans le palais des rois. De 1801 à 1806, quatre expositions successives eurent lieu, et le chiffre des exposants, qui en 1798 était à peine de 110, s'élevait en 1806 à 1,122, chiffre énorme pour une époque où les grands appareils mécaniques étaient à peu près inconnus en France. Cette Exposition de 1806 avait tellement satisfait l'Empereur, qu'il fit dresser par le ministre de l'intérieur une statistique des forces industrielles de la France.

On sait avec quelle constante sollicitude l'Empereur, au milieu de ses grandes expéditions européennes, se préoccupait des progrès de l'industrie en France. Un fait significatif, entre tous, est celui-ci : lors de la création de l'ordre de la Légion-d'Honneur, l'Empereur accorda la première décoration, non pas à un général victorieux, ni à un ministre plénipotentiaire, ni à un grand fonctionnaire de l'État, mais à un savant laborieux et modeste, à Lacépède, continuateur de Buffon. Aussi l'Empire avait-il pénétré profondément dans les entrailles de la France. Le premier de tous les souverains, Napoléon, avait établi la véritable

égalité devant la loi, devant le travail, devant le cou-
rage, devant la gloire ; le premier, il avait dit au
monde qu'on arrivait à tous les emplois, à toutes les
charges, à toutes les dignités, par tous les services ;
que la charrue du laboureur, le fusil du grenadier, la
méditation du magistrat, le compas du savant, le pinceau
de l'artiste, la plume de l'écrivain, étaient, à ses yeux,
des instruments propres à acquérir la considération
et la supériorité sociale. A l'appui de cette maxime, il
avait le premier, sur le vêtement du travail, attaché
l'insigne de la Légion-d'Honneur : du fils de l'artisan
et du fils du laboureur il avait fait des généraux, des
maréchaux, et même des princes.

Sous la Restauration, trois Expositions eurent lieu ;
seulement le chiffre des exposants resta à peu près sta-
tionnaire, entre 1,600 et 1,700. De 1830 à 1848, trois
expositions eurent également lieu, et à la dernière,
celle de 1844, le nombre des exposants s'élevait à
3,960. L'Exposition de 1849 fut beaucoup plus importante : 4,500 exposants y prirent part, et ses produits
furent très-remarquables ; c'était un grand progrès au
sortir d'une révolution.

———

EXPOSITIONS DE L'INDUSTRIE.

Première Exposition, tenue au Champ-de-Mars,

sous le Directoire, à partir du 1er vendémiaire an VII (22 septembre 1798).

Deuxième, au Louvre, sous le Consulat, à la fin de septembre 1801, pendant les jours complémentaires de l'an IX.

Troisième, en 1802, sur l'esplanade des Invalides, fin de l'an x, également sous le Consulat.

Quatrième, en 1806, au même endroit que la précédente, fut la seule de l'Empire. Des annexes durent être établies dans une longue suite de constructions provisoires en bois, dans les bâtiments de l'administration des ponts-et-chaussées, au Petit-Bourbon et dans la cour du Louvre.

Cinquième, en 1819, sous Louis XVIII, dans les salles et galeries du premier étage du Louvre, ainsi que dans la cour du Palais.

Sixième, encore sous le règne de Louis XVIII, en 1823, et dans les mêmes lieux que l'Exposition de 1819.

Septième, sous le règne de Charles X en 1827 ; on retourne à l'esplanade des Invalides.

Huitième, en 1834, sous Louis-Philippe, place Louis XV.

Neuvième, en 1839, au carré Marigny, dans les Champs-Élysées.

Dixième, en 1844, sur le même emplacement que la précédente.

2

Onzième, en 1849, sous la Présidence, et toujours au carré Marigny.

Le décret du 8 mars **1853**, qui a institué l'Exposition universelle de Paris, fera époque dans nos annales. C'est l'application sur une grande échelle de l'idée éclose au commencement de ce siècle, c'est la glorification du principe qui domine notre temps : l'association de l'intelligence et du travail.

INSTITUTION

DE

L'EXPOSITION UNIVERSELLE

de l'Industrie et des Beaux-Arts.

———

Le décret impérial instituant l'Exposition universelle est du **8 mars 1853**. Ce décret porte :

ARTICLE PREMIER. — Une Exposition universelle des produits agricoles et industriels s'ouvrira à Paris, dans le Palais de l'Industrie, au carré Marigny, le 1er mai 1855, et sera close le 15 septembre suivant.

ARTICLE DEUXIÈME. — L'Exposition quinquennale qui, aux termes de l'article 5 de l'ordonnance du 4 octobre 1833, devait s'ouvrir le 1er mai 1854, sera réunie à l'Exposition universelle.

Dès le **26 mars**, le ministre des affaires étrangères l'avait notifié à tous les gouvernements, et, le **31** du même mois, les ministres de la guerre et de la marine le faisaient connaître à l'Afrique française et à nos colonies.

Le **8 avril**, une circulaire du ministre de l'agriculture, du commerce et des travaux publics invitait les préfets à provoquer le concours efficace des chambres de commerce ; et, dans les derniers jours de mai, le *Moniteur* publiait déjà les réponses et les adhésions des départements et des gouvernements étrangers.

Pour compléter la pensée de l'Empereur, un nouveau décret du 22 juin rattachait l'Exposition universelle des Beaux-Arts à celle des produits de l'agriculture et de l'industrie.

Enfin, le décret du 24 décembre instituait une commission composée de notabilités de la science, de l'agriculture, du commerce, de l'industrie et des arts, et chargée, sous la présidence de S. A. I. le Prince Napoléon, de régler et diriger l'ensemble et les détails de l'Exposition universelle. Le 29 décembre, le prince Napoléon réunissait pour la première fois les membres de la Commission, et leur exposait ainsi le programme de leurs travaux.

« L'Empereur nous confie une noble et honorable mission en nous chargeant d'organiser ce grand concours, dans lequel la France se montrera digne d'elle-même par l'empressement que ses artistes et ses industriels mettront à répondre à l'appel qui leur est fait.

« Notre devoir vis-à-vis des étrangers est de les recevoir avec une large et bienveillante hospitalité.

« Toutes les opinions, en matière d'économie politique, sont représentées dans notre réunion, non pour se livrer à des discussions stériles en dehors de notre mission, mais pour concourir avec une égale ardeur, quel que soit leur point de vue, à la réussite de cette œuvre qui doit illustrer la France et l'Europe du dix-neuvième siècle.

« Sur ce point, Messieurs, nous devons être tous d'accord.

« L'Empereur a témoigné sa haute impartialité en réunissant

en un même faisceau les sommités de la politique, des sciences, des arts, de l'industrie et du commerce.

« Pour la première fois, à une Exposition universelle de l'industrie se trouvera réunie une Exposition universelle des beaux-arts.

« Il appartient à notre pays de donner l'exemple de cette alliance, qui va si bien à son génie initiateur.

« J'espère, Messieurs, que la confiance la plus entière présidera à nos rapports, et je vous demande pour votre président une indulgence dont il a besoin.

« Sentant mon insuffisance pour la grande mission que la confiance de l'Empereur a bien voulu me donner, j'y apporterai au moins le zèle le plus ardent et la ferme volonté de bien faire, cette première condition du succès.

« Les questions que nous aurons à résoudre sont nombreuses et compliquées ; elles touchent à une multitude d'intérêts divers. Je me propose de les soumettre à votre décision, successivement et à mesure qu'elles se présenteront, pour ne pas nous surcharger inutilement dès le commencement de nos travaux.

« Elles se divisent naturellement en deux grandes parties : les décrets que nous avons à provoquer de la part de Sa Majesté, les questions que nous avons à résoudre de notre propre autorité. »

Le Prince Napoléon, en acceptant la mission qui lui était confiée, en avait compris toute l'importance, et, avec cette ardeur d'intelligence qui le caractérise, il s'était mis à l'œuvre résolument. Il n'a cessé, depuis l'origine, de s'occuper avec la plus constante activité des travaux de la Commission. Le Prince a présidé lui-même toutes les réunions qui ont eu lieu, et a voulu préparer, dans le sens le plus large et le plus libéral, c'est-à-dire le plus conforme à l'esprit de la France,

2*

toutes les mesures nécessaires pour assurer le succès de cette grande entreprise.

Organisation de l'administration centrale, règlement intérieur, règlement général, constitution des comités nationaux et étrangers, instructions générales et spéciales pour la France, pour les colonies, pour les autres nations, appropriation des locaux qui doivent renfermer les divrs produits de l'agriculture, de l'industrie et des arts : le Prince a voulu que tous ces travaux préparatoires fussent terminés avant son départ pour l'Orient.

Le règlement général qui sert de base à tous ces travaux a été publié dans le *Moniteur* du 6 avril dernier. Ce règlement a été préparé par une sous-commission créée au sein de la Commission impériale, présidée par le Prince Napoléon, et composée de MM. le duc de Mouchy, le comte de Lesseps, Le Play, Legentil, Schneider, Émile Pereire, le général Morin, Vaudoyer, Arlès-Dufour et Adolphe Thibaudeau. Les ministres d'État et de l'agriculture, du commerce et des travaux publics, le président du conseil d'État, ont également pris part à cette œuvre.

Le règlement général contient les dispositions les plus libérales pour les exposants français et étrangers. Tous leurs produits sont traités sur le pied de la plus complète égalité; ils sont transportés gratuitement : les produits français, depuis le lieu de production; les produits étrangers, depuis la frontière. Toutes facilités sont données à l'introduction des produits étrangers; la protection la plus efficace est assurée aux dessins et aux inventions ; en un mot, rien n'a été négligé pour répondre à la grande pensée de l'Exposition universelle.

La sous-commission, émanation directe de la Commission, n'a cessé, depuis le départ du Prince, de fonctionner activement, sous la présidence de Son Exc. M. le ministre d'État ; elle a publié successivement des instructions, des circulaires, un Système de classification pour servir de base à la composition des collections de produits à exposer, au classement de ces produits dans le palais de l'Exposition, et aux travaux du Jury international ; en un mot, elle a procédé à l'application de toutes les mesures prescrites par le règlement, et a préparé les éléments de succès de l'Exposition de **1855**. Ces décrets, règlements, instructions, circulaires, traduits dans toutes les langues, se trouvent aujourd'hui répandus dans toutes les parties du monde.

L'inauguration de l'Exposition universelle a eu lieu le **15** mai, en présence de l'Empereur et de l'Impératrice, des membres de la famille impériale, des hauts dignitaires de la couronne, et des grands corps de l'État.

S. A. I. le Prince Napoléon a prononcé le discours suivant, qui restera comme la préface de l'histoire de notre Exposition universelle :

« SIRE,

« L'Exposition universelle de 1855 s'ouvre aujourd'hui, et la première partie de la tâche que vous nous avez donnée est remplie.

« Une Exposition universelle, qui, en tous temps, eût été un fait considérable, devient un fait unique dans l'histoire par les circonstances au milieu desquelles celle-ci se produit. La

France, engagée depuis un an dans une guerre sérieuse, à huit cents lieues de ses frontières, lutte avec gloire contre ses ennemis. Il était réservé au règne de Votre Majesté de montrer la France digne de son passé dans la guerre, et plus grande qu'elle ne l'a jamais été dans les arts de la paix. Le peuple français fait voir au monde que, toutes les fois que l'on comprendra son génie et qu'il sera bien dirigé, il sera toujours la grande nation.

« Permettez-moi, Sire, de vous exposer, au nom de la Commission impériale, le *but* que nous avons voulu atteindre, les *moyens* que nous avons employés, et les *résultats* que nous avons obtenus.

« Nous avons voulu que l'Exposition universelle ne fût pas uniquement un concours de curiosité, mais un grand enseignement pour l'agriculture, l'industrie et le commerce, ainsi que pour les arts du monde entier. Ce doit être une vaste enquête pratique, un moyen de mettre les forces industrielles en contact, les matières premières à portée du producteur, les produits à côté du consommateur; c'est un nouveau pas vers le perfectionnement, cette loi qui vient du Créateur, ce premier besoin de l'humanité, cette indispensable condition de l'organisation sociale.

« Quelques esprits ont pu s'effrayer d'un pareil concours, et ont naguère cherché à le retarder; mais vous avez voulu que les premières années de votre règne fussent illustrées par une Exposition du monde entier, suivant en cela les traditions du premier Empereur, car l'idée d'une *Exposition* est éminemment française; elle a progressé avec le temps, et, de nationale, elle est devenue universelle.

« Nous avons suivi nos voisins et alliés, qui ont eu la gloire du premier essai; nous l'avons complété par l'appel aux beaux-arts.

« Votre Majesté a constitué la Commission impériale le 24 décembre 1853. Notre premier travail a été le règlement général que vous avez approuvé par décret du 6 avril, qui est devenu la loi constitutive de l'Exposition, et qui comprend une nouvelle classification que nous croyons plus rationnelle.

« L'accord le plus parfait a régné entre les membres de la Commission; et je suis d'autant plus heureux de le constater, que les tendances, les opinions et les points de départ de mes collègues étaient très-différents. La diversité d'opinions nous a éclairés sans nous entraver, l'importance de notre mission a écarté tout dissentiment.

« Deux précédents nous ont naturellement guidés : les expositions françaises et l'Exposition universelle de 1851. Quelques modifications ont cependant été apportées; elles sont toutes dans un sens de liberté et de progrès.

« Nous avons établi, pour l'Exposition, un tarif douanier exceptionnel, d'où le mot de *prohibition* a été effacé. Tous les produits exposables sont entrés en France avec un droit *ad valorem* de 20 pour 100. Nous avons trouvé le plus bienveillant concours dans la direction des douanes, et j'espère que nos hôtes étrangers emporteront une bonne impression de leurs relations avec cette administration.

« La même libéralité a été appliquée dans les transports, dont nous avons pris les frais à notre charge.

« Enfin, par une innovation hardie, qui n'a pas été faite à Londres, les produits exposés peuvent porter l'indication de leur prix, qui devient ainsi un élément sérieux d'appréciation pour les récompenses. Tous ceux qui s'occupent des questions industrielles comprendront combien ce principe est important et quelles peuvent en être les conséquences, malgré certaines difficultés d'application.

« Dans les beaux-arts, deux systèmes se présentaient : fallait-il faire une exposition pour les *œuvres*, sans se préoccuper de savoir si les artistes étaient morts ou vivants, ou pour les *artistes*, en n'admettant que les œuvres des vivants?

« La première idée a été soutenue; elle répondait peut-être mieux au programme qui voulait un concours de l'art au dix-neuvième siècle; elle n'a cependant pas été adoptée, à cause des difficultés d'exécution qu'elle soulevait.

« Nous avons accueilli sans révision toutes les œuvres des artistes étrangers admis par leurs comités; nous n'avons été sévères que pour nous-mêmes. La tâche d'un jury d'admission

est difficile et ingrate, surtout dans une exposition universelle, où les principes des expositions ordinaires n'étaient plus
applicables, et où le jury avait à choisir les armes de la France
dans cette lutte qui s'agrandissait.

« L'insuffisance du bâtiment nous a suscité des difficultés
sérieuses. La construction d'un édifice spécial ayant été écartée,
il a fallu nous installer dans le Palais de l'Industrie, dont les
inconvénients viennent de ce qu'il n'a pas été établi en vue
d'une exposition aussi vaste.

« Nous tenons à le dire hautement à Votre Majesté et à
l'Europe, le concours des exposants a été si grand, que *la
place nous a manqué*, malgré les 117,480 mètres carrés de su-
perficie, sur lesquels 53,900 mètres de surface exposable.

« Obligés de recommander aux comités d'admission une
grande réserve, nous ne pouvions nous en départir qu'à mesure qu'il nous était permis de disposer d'un peu plus d'emplacement. Ce défaut d'ensemble dans le commencement des
opérations a nui à la régularité et à la justice des admis-
sions, et a rendu encore plus difficile la tâche des comités locaux, auxquels je me plais à rendre hommage pour le concours qu'ils nous ont prêté.

« Des retards fâcheux ont eu lieu dans les travaux, malgré
l'activité et l'intelligence de leur direction ; mais on avait vraiment trop présumé de ce qu'il était possible de faire. Ce vaste
et splendide palais a été construit en moins de deux ans, et
n'est pas encore complètement terminé. Nous avons pensé que
le meilleur moyen d'en presser l'achèvement était d'y installer
l'Exposition, dont l'ouverture ne pouvait plus être retardée.

« La séparation du bâtiment affecté aux Beaux-Arts a tout
d'abord été reconnue indispensable, et cette construction pro-
visoire a été achevée à l'époque fixée. A mesure que l'Exposition prenait du développement, on décidait une construction
nouvelle. Pendant que j'étais en Orient pour le service de la
France et de Votre Majesté, une annexe de 1,200 mètres de
long, sur le bord de la Seine, a été établie. Cette annexe, qui
contient les machines en mouvement, sera terminée dans
quinze jours.

« Depuis quelques semaines seulement, le Panorama a été reconnu indispensable ; il doit être entouré d'une vaste galerie qui mettra en communication le bâtiment principal avec l'annexe, et qui sera prête avant un mois.

« Alors l'Exposition sera complète.

« Dans notre pays, c'est habituellement le gouvernement qui se charge de toutes les grandes entreprises ; pour arrêter l'exagération de cette tendance, Votre Majesté a donné un grand essor à l'industrie privée. La compagnie à laquelle l'exploitation du Palais de l'Industrie a été concédée, devait trouver dans le prix d'entrée la rémunération du capital employé à la construction ; de là la nécessité d'un prix d'entrée. Nous avons cependant sauvegardé autant que possible les intérêts du peuple, en obtenant que, les dimanches, l'entrée fût réduite à 20 centimes.

« Nous pouvons dès à présent, grâce au Catalogue fait avec une grande activité, indiquer le nombre des exposants. Il ne s'élèvera pas à moins de 20,000, dont 9,500 de l'Empire français et 10,500 environ de l'étranger.

« La puissance que nous combattons elle-même n'a pas été exclue. Si les industriels russes s'étaient présentés en se soumettant aux règles établies pour toutes les nations, nous les aurions admis, afin de bien fixer la démarcation à établir entre les peuples slaves, qui ne sont pas nos ennemis, et ce gouvernement dont les nations civilisées doivent combattre la prépondérance.

« A la fin de l'Exposition, quand nous proposerons à Votre Majesté les récompenses à décerner, nous pourrons juger les résultats de cette grande Exposition, que nous prions Votre Majesté de déclarer ouverte. »

L'Empereur a répondu :

« Mon cher cousin,

« En vous plaçant à la tête d'une Commission appelée à surmonter tant de difficultés, j'ai voulu vous donner une

preuve particulière de ma confiance. Je suis heureux de voir
que vous l'avez si bien justifiée. Je vous prie de remercier en
mon nom la Commission des soins éclairés et du zèle infatigable dont elle fait preuve. J'ouvre avec bonheur ce temple de
la paix, qui convie tous les peuples à la concorde. »

L'Exposition Universelle a tenu toutes les promesses
du programme tracé par S. A. I. le Prince Napoléon.

Inaugurée dans les conditions les plus défavorables,
et considérée comme un échec aux premiers jours de
l'ouverture, l'Exposition de 1855 a dépassé bientôt
toutes les prévisions, et laissé loin derrière elle les
brillants souvenirs de l'Exposition de Londres. Ces
résultats inespérés, ce succès éclatant sont dus aux
mesures prises par l'administration supérieure, dont
nous nous proposons d'écrire l'histoire dans la 3e partie de cet ouvrage : *Les Visites de S. A. I. aux produits collectifs des nations étrangères.*

Nous nous bornerons à rappeler ce que tout le
monde a déjà proclamé, que c'est le Prince Napoléon
qui a pris l'initiative de toutes ces mesures, et imprimé
son intelligente activité à tous les services administra-
tifs, qu'il a été admirablement secondé par M. Le Play,
commissaire général de l'Exposition depuis le 25 mai,
dont l'esprit éclairé, le caractère ferme et conciliant à
la fois, le dévouement infatigable, ont si puissamment
contribué au succès de cette œuvre importante.

Moins de deux mois après l'ouverture de l'Exposition, MM. les Commissaires des Gouvernements étrangers adressaient au Prince Napoléon la note suivante,
qui en dit plus que tous les éloges :

« A Son Altesse Impériale le Prince Napoléon.

« Monseigneur,

« Les Commissaires des puissances étrangères viennent remplir un devoir, en offrant au Président de la Commission impériale l'hommage de leur admiration pour la manière éclatante avec laquelle vient d'être accomplie l'œuvre de l'Exposition Universelle.

« La grande pensée de l'Empereur est donc réalisée.

« Grâces en soient rendues aux efforts bienveillants de Votre Altesse Impériale, à la sollicitude de tous les instants qu'elle a accordée à cette grande œuvre, à la puissante impulsion qu'elle lui a donnée.

« L'Exposition brille aujourd'hui au milieu de la capitale de la France, à laquelle elle ajoute un nouveau lustre.

« Elle offre un tableau de tout ce que la Providence nous fournit de produits de la nature, et des transformations opérées par les hommes; elle contribuera puissamment aux progrès des beaux-arts, de l'industrie, et à la prospérité du commerce, qui ont fait constamment l'objet de la plus vive préoccupation de l'Empereur.

« En venant aujourd'hui, Monseigneur, vous exprimer les sentiments dont tous les Commissaires sont pénétrés, et en vous présentant une copie de la déclaration qu'ils ont adoptée dans leur dernière séance hebdomadaire, pour être adressée à leurs nationaux, ils saisissent cette occasion pour renouveler à Votre Altesse Impériale l'assurance de leurs hommages respectueux.

« Paris, le 12 juillet 1855. »

3

INSTITUTION

DE

L'EXPOSITION DES BEAUX-ARTS.

Napoléon,

Par la grâce de Dieu et la volonté nationale Empereur des Français,

A tous présents et à venir, salut ;

Considérant qu'un des moyens les plus efficaces de contribuer au progrès des arts est une Exposition universelle, qui, en ouvrant un concours entre tous les artistes du monde, et en mettant en regard tant d'œuvres diverses, doit être un puissant motif d'émulation, et offrir une source de comparaisons fécondes ;

Considérant que les perfectionnements de l'industrie sont étroitement liés à ceux des beaux-arts ;

Que cependant toutes les Expositions des produits industriels qui ont eu lieu jusqu'ici n'ont admis les œuvres des artistes que dans une proportion insuffisante ;

Qu'il appartient spécialement à la France, dont l'industrie doit tant aux beaux-arts, de leur assigner, dans la prochaine Exposition universelle, la place qu'ils méritent ;

Avons décrété et décrétons ce qui suit :

ARTICLE PREMIER.

Une Exposition universelle des Beaux-Arts aura lieu à Paris, en même temps que l'Exposition universelle de l'Industrie.

Le local destiné à cette Exposition sera ultérieurement désigné.

ART. 2.

L'Exposition annuelle des beaux-arts de 1854 est renvoyée à 1855, et réunie à l'Exposition universelle.

ART. 3.

Notre ministre d'État est chargé de l'exécution du présent décret.

Fait au palais de Saint-Cloud, le 22 juin 1853.

Signé : NAPOLÉON.

COMMISSION IMPÉRIALE.

NAPOLÉON,

Par la grâce de Dieu et la volonté nationale Empereur des Français,

A tous présents et à venir, salut;

Sur le rapport de notre ministre secrétaire d'État au
département de l'agriculture, du commerce et des travaux publics;

Vu nos décrets des 8 mars et 22 juin dernier, portant qu'il sera ouvert à Paris, le 1er mai 1855, une Exposition universelle des produits de l'agriculture, de
l'industrie et des beaux-arts;

Avons décrété et décrétons ce qui suit :

ARTICLE PREMIER.

L'Exposition universelle des produits de l'agriculture,
de l'industrie et des beaux-arts est placée sous la direction et la surveillance d'une Commission, qui sera présidée par notre bien-aimé cousin le prince Napoléon.

Art. 2.

Sont nommés membres de cette Commission :

MM. Baroche, président du Conseil d'Etat ;

Élie de Beaumont, sénateur, membre de l'Institut;

Billault, président du Corps Législatif ;

Blanqui, membre de l'Institut, directeur de l'école supérieure du commerce;

Eugène Delacroix, peintre, membre de la commission municipale et départementale de la Seine;

Jean Dollfus, manufacturier ;

Arlès-Dufour, membre de la chambre de commerce de Lyon;

Dumas, sénateur, membre de l'Institut ;

Baron Charles Dupin, sénateur, membre de l'Institut ;

Henriquel Dupont, membre de l'Institut ;

Comte de Gasparin, membre de l'Institut ;

Gréterin, conseiller d'État, directeur général des douanes et des contributions indirectes;

Heurtier, conseiller d'État, directeur général de l'agriculture et du commerce ;

Ingres, membre de l'Institut ;

Legentil, président de la chambre de commerce de Paris;

Le Play, ingénieur en chef des mines ;

Comte de Lesseps, directeur des consulats et des affaires commerciales au ministère des affaires étrangères;

Mérimée, sénateur, membre de l'Institut ;

Michel Chevalier, conseiller d'État, membre de l'Institut;

Mimerel, sénateur ;

Général Morin, directeur du Conservatoire impérial des arts et métiers;

Comte de MORNY, député au Corps Législatif, membre
du conseil supérieur du commerce, de l'agriculture
et de l'industrie ;

Prince de la MOSKOWA, sénateur ;

Duc de MOUCHY, sénateur, membre du conseil supérieur
du commerce, de l'agriculture et de l'industrie .

Marquis de PASTORET, sénateur, membre de l'Institut

Émile PÉREIRE, président du conseil d'administration du
chemin de fer du Midi ;

Général PONCELET, membre de l'Institut ;

REGNAULT, membre de l'Institut, administrateur de la
manufacture impériale de Sèvres ;

SALLANDROUZE, manufacturier, député au Corps Législatif ;

De SAULCY, membre de l'Institut, conservateur du Musée d'artillerie ;

SCHNEIDER, vice-président du Corps Législatif, membre
du conseil supérieur du commerce, de l'agriculture
et de l'industrie ;

Baron SEILLIÈRE (Achille) ;

SEYDOUX, député au Corps Législatif,

SIMART, membre de l'Institut ;

TROPLONG, président du Sénat, premier président de la
Cour de cassation, membre de l'Institut ;

Maréchal comte VAILLANT, grand maréchal du palais.
sénateur, membre de l'Institut ;

VISCONTI, membre de l'Institut, architecte de l'Empereur.

ART. 3.

La Commission est divisée en deux sections :

La section des beaux-arts,

La section de l'agriculture et de l'industrie.

Sont membres de la section des beaux-arts :

MM. Baroche,
    Eugène Delacroix,
    Henriquel-Dupont,
    Ingres,
    Mérimée,
    Comte de Morny,

MM. Prince de la Moskowa,
    Duc de Mouchy,
    Marquis de Pastoret,
    De Saulcy,
    Simart,
    Visconti (1).

Art. 4.

En cas d'absence du Prince Napoléon, la Commission, réunie en assemblée générale, sera présidée par le Ministre d'État, ou par le Ministre de l'agriculture, du commerce et des travaux publics, et, à leur défaut, par un vice-président, qui sera nommé au scrutin dans la première séance.

La section des beaux-arts sera présidée par le Ministre d'État ;

La section de l'agriculture et de l'industrie, par le Ministre de l'agriculture, du commerce et des travaux publics.

Chaque section fera choix d'un vice-président.

Art. 5.

Sont nommés :

Secrétaire général de la Commission, M. Arlès-Dufour.

---

(1) Remplacé par M. Vaudoyer.

Secrétaire général adjoint, M. Adolphe Thibaudeau.

M. de Mercey, chef de la section des beaux-arts au ministère d'État, est nommé secrétaire de la section des beaux-arts.

M. Audiganne, chef du bureau de l'industrie, et M. Chemin-Dupontès, chef du bureau du mouvement général du commerce et de la navigation au Ministère de l'agriculture, du commerce et des travaux publics, sont nommés secrétaires de la section de l'agriculture et de l'industrie.

Art. 6.

Notre ministre d'État et notre ministre secrétaire d'État au département de l'agriculture, du commerce et des travaux publics, sont chargés de l'exécution du présent décret.

Fait au palais des Tuileries, le 24 décembre 1853.

Signé : Napoléon.

Par l'Empereur :

Le ministre d'État.

Signé, Achille Fould.

Le Ministre secrétaire d'État au département de l'agriculture, du commerce et des travaux publics.

Signé, P. Magne.

JURY D'ADMISSION

DES

BEAUX-ARTS.

———

NAPOLÉON,

Par la grâce de Dieu et la volonté nationale Empereur des Français,

A tous présents et à venir, salut :

Avons décrété et décrétons ce qui suit :

Art. 1er.

Sont nommés membres du jury d'examen et d'admission des œuvres présentées à l'Exposition universelle de 1855 :

Pour la section de Peinture et de Gravure.

MM. Abel de Pujol, membre de l'Institut.
    Alaux, membre de l'Institut.
    Adalbert de Beaumont.
    Brascassat, membre de l'Institut.

3*

Duc de Cambacérès.

Chaix d'Est-Ange.

Couder, membre de l'Institut.

Couture.

Dauzats.

Delessert.

Desnoyers, membre de l'Institut.

Du Sommerard.

H. Flandrin, membre de l'Institut.

Français.

Forster, membre de l'Institut.

Heim, membre de l'Institut.

Hersant, membre de l'Institut.

Lacaze (Louis).

Lehmann (Henri).

Léon Cogniet, membre de l'Institut.

Léon Noel.

Marquis Maison.

Moreau (Adolphe).

Mouilleron.

Muller.

Picot, membre de l'Institut.

Place.

Reiset, Conservateur au musée du Louvre.

Robert-Fleury, membre de l'Institut.

Rousseau (Théodore).

De Tromelin, député au Corps Législatif.

Troyon.

Vernet (Horace), membre de l'Institut.

Villot.

Pour la section de Sculpture.

MM. Barre père.

Barye.

J. Debay.

Comte de Laborde, membre de l'Institut.

Dumont.   id.

Duret.   id.

Gatteaux.   id.

Lemaire.   id.

De Longpérier.   id.

Nanteuil.   id.

Petitot.   id.

Pollet.

Rude.

Sauvageot.

Seurre ainé, membre de l'Institut.

Toussaint.

Comte Turpin de Crissé, membre de l'Institut.

De Viel-Castel.

Pour la section d'Architecture.

MM. Caristie, membre de l'Institut.

De Caumont.   id.

Duban.   id.

De Gisors,   id.

Hittorf, membre de l'Institut.

Labrouste.

Lassus.

Le Bas, membre de l'Institut.

Lefuel.

Lenoir.

Lenormand, membre de l'Institut.

Viollet-Leduc.

Art. 2.

Le Ministre d'Etat et de notre Maison, vice-président de la Commission impériale de l'Exposition universelle de 1855, est chargé du présent décret.

NAPOLÉON.

Par l'Empereur :

Le Ministre d'Etat,

Achille Fould.

La Commission impériale a décidé en outre que son Président, ses Vice-Présidents, le Secrétaire général, le Secrétaire général adjoint, ainsi que les Membres et le Secrétaire de la section des Beaux-Arts, feraient partie du jury d'admission et auraient voix délibérative. Le partage s'est fait ainsi qu'il suit :

Peinture.

S. A. I. le Prince NAPOLÉON, président.

S. E. M. LE MINISTRE D'ETAT.

S. E. M. LE COMTE DE MORNY.

MM. INGRES.

  LE MARQUIS DE PASTORET.

  DELACROIX.

  THIBAUDEAU.

  DE MERCEY.

Sculpture.

S. A. I. le Prince NAPOLÉON, président.

S. E. M. LE MINISTRE DES FINANCES.

S. E. M. BAROCHE.

 MM. SIMART.

   le Prince de LA MOSKOWA.

   DE SAULCY.

   ARLÈS-DUFOUR.

Architecture.

S. A. I. le Prince NAPOLÉON.

MM. MÉRIMÉE.

  VAUDOYER.

La Commission a décidé en même temps que S. A. I. le Prince Napoléon, ou, en son absence, MM. les

Ministres, présideraient les séances du jury auxquelles ils assisteraient.

MM. Meissonier et vicomte Lezay-Marnézia ont remplacé, dans le jury d'admission, MM. Ingres et Horace Vernet, démissionnaires.

INSTALLATION

DES JURYS D'ADMISSION.

S. A. I. le Prince Napoléon s'est rendue aujourd'hui, à midi, au Palais de l'Exposition universelle des Beaux-Arts (avenue Montaigne), pour présider la séance d'installation des jurys d'admission des œuvres d'art.

Son Altesse impériale était accompagnée de MM. Arlès-Dufour, secrétaire général de la Commission impériale; Thibaudeau, secrétaire général adjoint; de Mercey, secrétaire de la section des Beaux-Arts.

Elle a été reçue par M. le comte de Niéuwerkerke, directeur général des Musées, président du Jury d'admission, et par les membres du Jury.

S. A. I. le Prince Napoléon s'est rendue dans la salle des délibérations, et, le Jury ayant pris séance, Son Altesse impériale lui a adressé l'allocution suivante, que l'assemblée a accueillie avec un vif assentiment.

« MESSIEURS,

« Déjà, une première fois, un concours de toutes les industries du monde s'est ouvert dans un pays voisin et allié, qui

« doit à l'industrie toute sa force et sa prospérité. Il était ré-
« servé à la France, quand elle renouvelle une Exposition uni-
« verselle de l'industrie, d'y joindre celle des Beaux-Arts, qui
« contribuent tant à sa gloire.

« C'est là une innovation qui sera féconde. Aussi suis-je
« heureux d'en reporter hautement le mérite à qui en a eu la
« première pensée, à S. M. l'Impératrice Eugénie, qui s'y est
« vivement intéressée, et a voulu ainsi répandre un nouvel
« éclat sur la France.

« C'est, Messieurs, une tâche importante qui vous est dé-
« volue; vous la remplirez avec une juste sévérité; vous ne
« formulerez que des jugements équitables; vous n'aurez en
« vue que la considération dont jouit à si juste titre la France
« vous ne tiendrez compte que du rang élevé où les œuvres
« de ses artistes l'ont mise et où il faut la maintenir.

« Dans cette tâche, qui a bien ses difficultés, je l'avoue,
« votre Président, quelle que soit la faiblesse de ses lumières à
« côté de celles des hommes éminents qui composent les Ju-
« rys, s'efforcera de prêcher d'exemple.

« Il ne nous faut arriver à cette bataille pacifique qu'avec
« des armes bien choisies, afin que nos artistes se montrent,
« dans cette lutte, dignes de ces autres enfants de la France
« qui combattent si vaillamment les ennemis de notre patrie.

« Je déclare ouverte la session des Jurys des Beaux-Arts. »

Sur l'invitation de Son Altesse Impériale, les sections
du Jury pour la peinture, la sculpture et l'architecture, ont immédiatement procédé à la nomination de
leurs Présidents et Vice-Présidents, et se sont consti-
tuées.

Son Altesse Impériale a ensuite visité en détail toutes
les parties du bâtiment destiné à l'Exposition universelle des Beaux-Arts, dont elle a approuvé l'heureuse
disposition.

JURY DES RÉCOMPENSES.

Aux termes de l'art. 61 du Règlement de l'Exposition universelle de 1855, la section de l'agriculture et de l'industrie, et la section des Beaux-Arts, présidées par S. A. I. le Prince Napoléon, ont procédé à la nomination des jurés français chargés d'apprécier et de juger les objets exposés dans les deux divisions des *produits de l'industrie* et des *œuvres d'art*.

Les jurés titulaires et suppléants sont répartis, entre les deux divisions et les trente classes de la classification générale, ainsi qu'il suit :

2ᵉ Division. — Œuvres d'art.

8ᵉ GROUPE.

SECTION DE PEINTURE, GRAVURE ET LITHOGRAPHIE.

15 Français. — 5 Étrangers.

Président : Comte de MORNY, président du Corps Législatif.

MM. ALAUX, membre de l'Institut.

DAUZATS.

Eugène DELACROIX, peintre, membre de la commission municipale de la Seine.

DESNOYERS, membre de l'Institut.

FLANDRIN,   id.

FRANÇAIS.

Horace VERNET, membre de l'Institut.

INGRES,   id.

DE MERCEY, chef de la section des Beaux-Arts, commissaire général de l'Exposition des Beaux-Arts.

MOUILLERON.

Marquis de PASTORET, membre de l'Institut.

PICOT,   id.

ROBERT-FLEURY,   id.

VILLOT, conservateur au Musée impérial du Louvre.

SECTION DE SCULPTURE ET GRAVURE EN MÉDAILLES.

11 *Français.* — 2 *Étrangers.*

(Le président, étranger.)

MM. ARAGO, inspecteur général des Beaux-Arts.

BAROCHE, président du Conseil d'État.

BARYE.

DE LONGPÉRIER, membre de l'Institut, conservateur du Musée des antiques.

DUMONT, membre de l'Institut.

DURET,   id.

GATTEAUX,   id.

DE NIEUWERKERKE, directeur des Musées impériaux, président du jury de réception.

Général prince de LA MOSKOWA, sénateur.

REISET, conservateur au Musée impérial du Louvre.

SIMART, membre de l'Institut.

SECTION D'ARCHITECTURE.

7 Français. — 1 Etranger.

Président : M. CARISTIE, membre de l'Institut, inspecteur général des bâtiments civils.

MM. DUBAN, membre de l'Institut.

LEFUEL, architecte de l'Empereur.

LENORMANT, membre de l'Institut, conservateur du cabinet des médailles à la Bibliothèque impériale.

MÉRIMÉE, sénateur, membre de l'Institut, inspecteur général des monuments historiques.

DE SAULCY, membre de l'Institut, conservateur du Musée d'artillerie.

Léon VAUDOYER, architecte du Conservatoire impérial des arts et métiers, inspecteur général des édifices diocésains.

COMPOSITION

DU JURY MIXTE INTERNATIONAL.

SECTION DES BEAUX-ARTS.

VIII' Groupe. — Classes 28, 29, 30.

Président..... S. E. M. le comte de MORNY, président du Corps Législatif.

Vice-Président. S. E. M. BAROCHE, président du Conseil d'État.

CLASSE XXVIII (8e groupe).

PEINTURE, GRAVURE ET LITHOGRAPHIE.

MM.

Comte de MORNY, *président*, président du Corps Législatif, président de la section des beaux-arts de la Commission impériale.   FRANCE.

Lord ELCHO, M. P., *vice-président*.   ANGLETERRE.

ALAUX, membre de l'Institut.   FRANCE.

Alfred **ARAGO**, *secrétaire*, inspecteur des beaux-arts. FRANCE.

DAUZATS.   FRANCE.

Eugène **DELACROIX**, peintre, membre de la Commission
impériale et de la Commission municipale de la Seine.
FRANCE.

FRANÇAIS.   FRANCE.

INGRES, membre de la Commission impériale et de l'Institut.
FRANCE.

De **MERCEY**, chef de la section des beaux-arts au ministère
d'État, commissaire général de l'Exposition des beaux-arts.
FRANCE.

MOUILLERON.   FRANCE.

Marquis de PASTORET, membre de la Commission impériale et de l'Institut, sénateur.   FRANCE.

PICOT, membre de l'Institut.   FRANCE.

Robert FLEURY, membre de l'Institut.   FRANCE.

Horace VERNET, membre de l'Institut.   FRANCE.

VILLOT, conservateur au Musée impérial du Louvre. FRANCE.

N.

Daniel MAC-LISE, de l'Académie royale de Londres.
ANGLETERRE.

TAYLER (Frédéric), président de la Société des peintres
aquarellistes.   ANGLETERRE.

J.-H. ROBINSON, artiste graveur.   ANGLETERRE.

BLAAS (Charles), professeur à l'Académie des beaux-arts.
AUTRICHE.

WINTERHALTER, artiste peintre.   BADE ET NASSAU.

N.   BAVIÈRE.

Baron WAPPERS.   BELGIQUE.

LEYS, membre de l'Académie royale.   BELGIQUE.

Comte du BUS DE GUIGNIES.   BELGIQUE.

N.   ESPAGNE.

MARSHAL WOODS.   ÉTATS-UNIS.

Henri SCHEFFER.   PAYS-BAS.

Docteur G. WAAGEN, directeur des peintures des Musées
royaux à Berlin.   PRUSSE.

N.   PRUSSE.

N.   PRUSSE.

F.-D. BOE, artiste peintre.   SUÈDE ET NORWÉGE.

GSELL (Jules-Gaspard), artiste peintre.   SUISSE.

CLASSE XXIX (8e groupe).

SCULPTURE ET GRAVURE EN MÉDAILLES.

MM.

BAROCHE, *président,* président du Conseil d'État, membre
de la Commission impériale.   FRANCE.

De NIEUWERKERKE, *vice-président,* membre de l'Institut,
directeur des Musées impériaux, président du jury de réception.   FRANCE.

BARYE.   FRANCE.

De LONGPÉRIER, *secrétaire,* membre de l'Institut, conservateur du Musée des Antiques.   FRANCE.

DUMONT, membre de l'Institut.   FRANCE.

DURET, membre de l'Institut.   FRANCE.

GATTEAUX, membre de l'Institut.   FRANCE.

Général prince de LA MOSKOWA, membre de la Commission impériale.   FRANCE.

De REISET, conservateur du Musée impérial du Louvre.
FRANCE.

RUDDE.
FRANCE.

SIMART, membre de l'Institut.
FRANCE.

R. WESTMACOTT, de l'Académie royale de Londres.
ANGLETERRE.

W. CALDER MARSHALL, de l'Académie royale de Londres.
ANGLETERRE.

N.
ANGLETERRE.

Joseph CÉSAR.
AUTRICHE.

VAN DER NUELL (Édouard), professeur à l'Académie des
beaux-arts à Vienne.
AUTRICHE.

Très-honorable Henri LABOUCHÈRE, commissaire royal
à Londres en 1851.
ANGLETERRE.

SIMONIS, membre de l'Académie royale des beaux-arts.
BELGIQUE.

CALAMATTA.
ÉTATS PONTIFICAUX.

N.
PRUSSE.

CLASSE XXX (8e groupe).

ARCHITECTURE.

MM.

CARISTIE, *président*, membre de l'Institut, inspecteur général des bâtiments civils.
FRANCE.

Professeur COCKEREL, *vice-président*, de l'Académie
royale de Londres.
ANGLETERRE.

DUBAN, membre de l'Institut.
FRANCE.

LEFUEL, architecte de l'Empereur.
FRANCE.

LENORMAND, *secrétaire*, membre de l'Institut, conservateur du cabinet des Médailles à la Bibliothèque impériale.

FRANCE.

MÉRIMÉE, membre de la Commission impériale et de l'Institut, inspecteur général des monuments historiques, sénateur.   FRANCE.

De SAULCY, membre de la Commission impériale et de l'Institut, conservateur du Musée d'artillerie.   FRANCE.

Léon VAUDOYER, membre de la Commission impériale, architecte du Conservatoire des Arts-et-Métiers, inspecteur général des édifices diocésains.   FRANCE.

Sir Ch. BARRY, de l'Académie royale de Londres

ANGLETERRE.

CLASSIFICATION OFFICIELLE

DES

PRODUITS EXPOSÉS AU PALAIS DES BEAUX-ARTS.

CLASSE XXVIII.

Peinture, Gravure, Lithographie.

1re Section. — Dessin et Peinture.

> Cartons au fusain et esquisses.
> Dessins à la plume, à la mine de plomb, à la pierre noire, à l'estompe, au pastel.
> Lavis et peintures à l'encre de Chine, à la sépia, à l'aquarelle, à la gouache.
> Miniatures.
> Peintures à l'huile, à la cire, etc.
> Peintures à fresque, à la détrempe, etc.
> Peintures sur verre et sur porcelaine ; émaux.

2e Section. — Lithographie.

> Lithographies en noir, au crayon ou au pinceau.
> Chromo-lithographies.

3e Section. — Gravure.

> Gravures à l'eau forte, à l'aquatinta, à la manière

4

noire, à la pointe sèche, en taille-douce, à grande taille.

Gravures sur bois et autres du même genre.

Essais de gravures polychrômes.

CLASSE XXIX.

Sculpture et Gravure en Médailles.

1re *Section*. — Sculpture en ronde-bosse et en bas-relief.

OEuvres plastiques, en cire, etc.

Sculptures en bois, en ivoire, etc.

Sculptures en pierre, en marbre, etc.

Sculptures en plâtre, etc.

Sculptures en biscuit, en terre cuite, etc.

Sculptures en bronze, en fonte, etc.

OEuvres repoussées et ciselées.

2e *Section*. — Gravure en relief et en creux.

Modèles et moules en cire, en plâtre, en soufre, etc.

Camées et pierres gravées.

Médailles ou clichés.

Nielles.

CLASSE XXX.

Architecture.

1re *Section*. — Études.

Études de détail et fragments.

Représentations d'édifices existants.

Restaurations d'après des ruines ou des documents.

2e *Section*. — Projets.

Projets d'édifices de toute sorte.

ADMINISTRATION SUPÉRIEURE

DE

L'EXPOSITION DES BEAUX-ARTS.

Commissaire général.

M. **DE MERCEY,** chef de la section des Beaux-Arts au Ministère d'Etat.

Inspecteurs :

M. **Alfred ARAGO,** inspecteur général des Beaux-Arts.

M. le marquis **De CHENNEVIÈRES,** inspecteur des Musées des départements.

LISTE

DE MM. LES COMMISSAIRES ET DÉLÉGUÉS ÉTRANGERS

PRÈS L'EXPOSITION DES BEAUX-ARTS.

1. AUTRICHE.

Le baron **J. DE ROTHSCHILD,** commissaire général, 21, rue Laffitte.

NULL (Edouard Van der).

2. BADE (GRAND-DUCHÉ DE).

WINTERHALTER (F.-X.), 24, rue Basse-du-Rempart.
DIETZ, à la Légation de Bade, 17, rue Joubert.

3. BAVIÈRE.

SCHUBART, 28, rue de Ponthieu.

4. BELGIQUE.

WORMS DE ROMILLY, 17, rue Tronchet.

5. DANEMARK.

Le baron DELONG, consul général, etc., 29, rue de Tré-
vise.

6. DEUX-SICILES......

7. ESPAGNE:

CALTELLANOS, 13, rue Drouot.

8. ÉTATS PONTIFICAUX.

Le baron du HAVELT, 11, rue Saint-Dominique-Saint-Ger-
main.

9. ÉTATS-UNIS D'AMÉRIQUE.

MARSHALL WOODS, 19, rue d'Angoulème-Saint-Honoré.

10. GRANDE-BRETAGNE.

COLE (Henri), 14, rue du Cirque.
REDGRAVE (Richard), R. A., 14, rue du Cirque.
PARKER (C.-S.), 14, rue du Cirque.

11. GRÈCE.

S. SPILIOTAKIS, 106, faubourg Saint-Honoré, chef de section au ministère de l'intérieur.

12. HANOVRE.

WIEBAHN (G. de), 1, rue Godot-de-Mauroy.

13. HESSE ÉLECTORALE ET HESSE GRAND-DUCALE.

BLEYMULLER, 20, rue Drouot.

14. LUXEMBOURG.

GODCHAUX, 3, rue de la Boule-Rouge.

15. MEXIQUE.

PEDRO ESCANDON, 32, rue de Boulogne.

16. NASSAU.

KNAUS, 68, rue de l'Arcade.

17. NORWÉGE.

TIDMAND, commissaire général, 13, rue des Beaux-Arts.

18. PAYS-BAS.

PESCATORE, consul général, etc., 13, rue Saint-Georges.
WITTERING (James), commissaire délégué, place Vendôme, hôtel du Rhin.

19. PÉROU.

FOURNIER, 2, rue de la Chaussée-d'Antin.

20. PORTUGAL.

Le chevalier d'ANTAS, 124, rue de l'Université.

21. PRUSSE.

VIEBAHN (Georges de), 1, rue Godot-de-Mauroy.
DIELITZ, secrétaire général des Musées royaux, 3, petite rue Verte.

22. SARDAIGNE.

FERRI (Gaëtano), 49, rue Notre-Dame-des-Champs.

23. SAXE.

SEYFFARTH, 3, petite rue Verte.

4*

24. SUÈDE.

> BRANDSTROME (P.), 12, rue Joubert.
> HOCKERT, 13, rue de Douai.

25. SUISSE.

> BARMAN, chargé d'affaires, 9, rue Chauchat.
> GSELL, 9, rue Chauchat.

26. TOSCANE.

> Le chevalier CORRIDI, 4, passage de la Madeleine.

27. TURQUIE.

> Le chargé d'affaires, à l'ambassade ottomane.

28. VILLES ANSÉATIQUES.

> GEEFKEN, secrétaire de la légation, 6, rue Trudon.

29. WURTEMBERG.

> GUERMANN BOHN, 19, rue Neuve-Bréda.

NOTICE

SUR

LE PALAIS DES BEAUX-ARTS.

La façade principale, du côté de l'avenue Montaigne, se compose de deux ailes en avant-corps, surmontées de frontons élégants et réunies par un vaste hémicycle en retraite sur lequel s'ouvrent sept arcades ou portes monumentales. On y arrive par sept degrés circulaires occupant toute la courbe de l'hémicycle. Un vaste espace se trouve ainsi compris entre les deux ailes, élargit la chaussée et facilite l'accès du bâtiment aux voitures et aux piétons.

L'ornementation de l'entrée est élégante et simple ; elle fait honneur au bon goût de l'architecte, M. Lemel, qui, ayant à construire et à décorer un édifice que la destination rend éphémère, a dû se préoccuper par-dessus tout, en ce qui concerne l'extérieur, de réaliser un effet d'ensemble.

En entrant dans le vestibule par l'une des sept portes de l'hémicycle, on a en face de soi les divers salons et galeries du rez-de-chaussée, ensemble six travées, trois de chaque côté, longeant trois grands salons occupant le milieu de l'édifice, et séparés eux-mêmes par des allées transversales rejoignant les galeries latérales. Aux deux extrémités du vestibule sont situées les deux cages des deux escaliers qui conduisent aux galeries supérieures. Le plus grand salon, celui du centre, est un vaste parallélogramme qui empiète sur les galeries latérales; c'est là que sont placées les toiles de la plus grande dimension.

L'édifice est éclairé par le haut dans toutes ses parties. Une lumière égale, pure, douce, circule abondamment partout, et ne laisse aucune place à l'ombre. Cette fois, le grand problème de la répartition de la lumière a donc été résolu par la sollicitude, la patience et la prévoyance de l'architecte. Tous les tableaux sont ainsi parfaitement placés, et se détachent, dans tous leurs mérites, sur un fond de nuance vert-olive, reconnu par les peintres eux-mêmes comme étant le plus favorable.

Sur la gauche de l'édifice, et en saillie du plan général, se trouve l'immense galerie réservée à la sculpture. Les autres galeries ont reçu aussi, dans de certaines proportions, des statues, des groupes et des vases qui ajoutent au charme de l'ensemble.

Enfin, une galerie vitrée, qui s'étend du premier sur trois côtés des bâtiments, a reçu les aquarelles, les dessins, les pastels, les émaux, les miniatures, les copies sur porcelaine, les plans d'architecture, les gravures, les lithographies, etc., etc.

Entrons maintenant dans quelques détails plus techniques :

Le plan est un parallélogramme de **136** mètres de longueur et de **72** de largeur. Trois grands salons, séparés l'un de l'autre par des galeries transversales, sont disposés à la file dans le sens du grand axe. Celui du milieu, qui est au centre du même plan, est un carré de **42** mètres de long sur **23** de large. Il est en longueur à peu près le double des deux autres, qui sont des quadrilatères à très-peu près réguliers, mesurant **23** mètres sur **21**. Autour de ces vastes pièces s'allongent, à droite et à gauche, parallèlement au grand côté de l'édifice, deux galeries de **136** mètres de longueur sur **10** à **11** de largeur, dont une, celle qui est contiguë aux salons, est divisée en trois salles oblongues distinctes, communiquant ensemble, tandis que l'autre est entièrement libre et continue. Dans le sens transversal, deux autres galeries, correspondant aux petits côtés du plan, coupent à angles droits les précédentes et les réunissent. Le long du mur de clôture sont disposés un certain nombre de locaux supplémentaires, dont une partie seulement servira à l'Exposition. Aux deux angles de la salle d'entrée, un escalier conduit à l'étage supérieur, composé d'une galerie continue correspondant à celle du rez-de-chaussée, et dont les trois bras, joints ensemble, forment une allée couverte de **314** mètres.

Une immense salle, d'environ **80** mètres, destinée à la sculpture, forme un bâtiment à part, du côté de la rue Bizet. Quoique communiquant avec les salles de peinture, elle a son entrée particulière. A côté de cette salle, on a construit une nouvelle annexe contenant, entre autres choses, un confortable buffet.

Ce plan est, en principe, le même que celui des pavillons élevés pour les précédentes Expositions dans la cour du Palais-Royal et aux Menus-Plaisirs : un salon central, entouré de galeries sur ses quatre côtés. Ici seulement le square du milieu est accompagné de deux salons de moindre dimension, et les galeries du pourtour sont doublées et même triplées. Cette disposition est, du reste, si naturellement suggérée par les nécessités de la destination, qu'il était difficile de s'en écarter. Mais, tout en respectant cette donnée générale, l'habile architecte a su, par des additions bien entendues, la développer sur une plus vaste échelle, et l'approprier à la multiplicité et à la nature des exigences, en partie nouvelles, d'une Exposition universelle.

L'intérieur de cet édifice improvisé est d'un effet imposant. Vaste déjà par ses dimensions réelles, il paraît plus vaste encore par la distribution des salles et galeries, qui, communiquant toutes entre elles par de larges ouvertures, offrent à chaque pas des perspectives imprévues.

Deux autres conditions essentielles, celles du jour et de la facilité de la circulation, ne sont pas moins heureusement remplies. Les exposants ont reconnu la libéralité avec laquelle M. Lefuel leur a dispensé la lumière. Aucun d'eux n'a pu se plaindre de n'avoir pas eu sa place au soleil. Les visiteurs ne lui ont pas moins su gré de leur avoir ménagé l'agrément d'entrer, et celui, plus précieux encore, de sortir quand il leur plaisait.

En pourvoyant ainsi à la commodité, on n'a pas dû négliger la sûreté. Le feu de la terre ou celui du ciel pouvaient, en deux heures, dévorer cette maison de bois et de toiles peintes, et anéantir en un instant tout ce que l'art a produit de plus excellent pendant un quart de siècle! Or, il n'y a pas d'assurances contre la destruction des œuvres de l'esprit et de l'imagination; tous les millions du monde ne sauraient en compenser la perte. Des milliers de villes ont brûlé dans le cours des âges, sans que le reste du monde s'en émût, sans que l'histoire en ait même gardé le souvenir; tandis que l'incendie de la bibliothèque d'Alexandrie projette encore vers nous, après douze siècles, sa lueur lugubre!

On connaît, ainsi que le disait un écrivain, la naïveté de Mummius, qui, pour assurer la conservation des tableaux et statues enlevés à Corinthe, menaçait ses soldats de faire remplacer à leurs frais les objets perdus ou détruits par leur négligence. Ce Mummius était un barbare : « les œuvres d'art ne se refont point. L'esprit, enfermé dans les contours du marbre ou fixé dans le léger enduit coloré d'une toile, s'évanouit sans retour dès que son enveloppe matérielle est brisée. La valeur vénale du contenu du Palais de l'industrie est sans doute infiniment supérieure à celle des peintures et sculptures rassemblées dans le bâtiment voisin ; mais cette valeur est mesurable, représentable en francs et centimes. Ce colossal édifice, avec tout ce qu'il renferme, pourrait, s'il était détruit, renaître de ses cendres; et être reconstitué jusqu'à la moindre de ses parcelles. Les ateliers, les usines, les métiers, les machines, les bras qui ont fondu, coulé, forgé les métaux, tissé les étoffes, façonné la matière en tant de formes diverses, sont en pleine activité. Dans ces milliers, ces centaines de milliers de produits industriels, il n'y en a pas un qui n'ait été ou qui ne puisse être tiré en un nombre indéfini d'exemplaires. Les œuvres originales de l'art sont, au contraire, des créations tout-à-fait individuelles de l'esprit. Chacune est rigoureusement unique. Le moule d'où elle est sortie ne donne qu'une épreuve ; si cet exemplaire périt, il ne peut pas être remplacé. Par cela même, sa valeur ne peut être assimilée à celle de tout autre produit, elle est d'un autre genre. On peut m'indemniser de la perte de ma maison par une somme, parce qu'avec cette somme j'en peux avoir une autre ; mais si on brise mon petit amour d'ivoire de Polyctète, si on met en pièce ma Stratonice d'Ingres, il n'y a pas de réparation possible à ce malheur, et je dois rester à jamais inconsolable, comme l'inconsolable Rachel, *quia non sunt.* »

Et si tel avait été le sort des possesseurs de ces choses précieuses, quel aurait donc été celui des auteurs ? Se figure-t-on l'effet moral d'une catastrophe qui aurait anéanti l'œuvre entière d'un artiste, qui aurait détruit les titres vivants de sa renommée ? Il en est plusieurs à l'Exposition, et des plus illustres, qui avaient réuni là presque toute leur fortune. Quelle compensation aurait pu être offerte pour une telle perte ? Aussi les Anglais ont été si fort inquiétés du risque que courait

la gloire de leur Landseer et de leur Mulready
de brûler toute vive dans ce palais de planches, qu'ils
ont failli ne pas exposer ! Ils exigeaient, — et c'est ici
un trait de caractère de nos bons amis, — non pas simplement qu'on les assurât contre les conséquences de
l'incendie, ce qui allait de soi, mais qu'on leur garan-
tît qu'il n'y aurait pas d'incendie du tout.

Mais ils ont été bientôt rassurés eux et les autres !
L'architecte n'a pu leur promettre d'empêcher le feu,
mais il s'était chargé de l'éteindre. A cette fin, il avait
disposé à l'angle de la salle des sculptures, à 14 mètres
d'élévation, un vaste réservoir jaugeant 4 mètres cubes
d'eau. Sur ce réservoir était constamment en sentinelle, jour et nuit, un pompier prêt à faire fonctionner
sa machine hydraulique. En outre, quarante-huit robi-
nets d'un fort calibre, alimentés par les conduits de
Chaillot, de Monceaux et du Panthéon, pouvaient être
instantanément ouverts, et verser partout des torrents
d'eau pour le service des pompes.

L'architecte avait pris aussi des précautions contre
la chaleur, qui pouvait bien, pendant les mois canicu-
laires et les jours de foule, devenir étouffante. Un long
canal souterrain apportait incessamment, par quatre
soupiraux ouverts sous les divans circulaires des
grands salons, des bouffées d'air frais puisé dans les
caves, qui, montant ensuite vers les galeries de l'étage
supérieur, s'échappaient par des lanternes placées dans
les toitures.

STATISTIQUE

DE

L'EXPOSITION DES BEAUX-ARTS (1).

LISTE numérique des artistes exposants.

DÉSIGNATION des pays.	Peinture.	Sculpture.	Gravure.	Lithographie.	Architecture.	Total.
Autriche	60	38	6	″	4	108
Bade et Nassau.....	9	1	1	1	″	12
Bavière	31	3	2	2	1	39
Belgique	115	17	8	1	1	142
Danemark	29	2	1	″	″	32
Deux-Siciles.......	3	1	″	″	″	4
Espagne..........	35	5	1	1	16	58
États-Pontificaux..	9	6	1	″	″	16
États-Unis d'Amér.	11	2	″	″	″	13
Grande-Bretagne. *	150	35	53	9	50	297

* Peinture, aquarelle et dessin, 150 Exposants.

(1) Cette suite de tableaux, embrassant toute l'Exposition des Beaux-Arts, a été dressée par M. de Jancigny, chef du Catalogue des Beaux-Arts.

DÉSIGNATION des pays.	Peinture.	Sculpture.	Gravure.	Lithographie.	Architecture.	Total.
Grèce..............	3	9	//	//	//	12
Hanovre...........	1	//	1	//	//	2
Hesse-Électorale et Hesse Gr.-Ducale.	3	1	1	//	//	5
Luxembourg.......	//	1	//	//	//	1
Mexique..........	1	//	//	//	//	1
Pays-Bas..........	63	2	10	//	3	78
Pérou.............	2	//	//	//	//	2
Portugal..........	16	3	//	//	//	19
Prusse............	75	15	17	2	2	111
Sardaigne.........	15	1	//	//	1	17
Saxe.............	9	1	4	//	//	14
Suède	29	4	//	1	2	36
Norwège..........	12	//	//	//	//	12
Suisse............	39	4	3	1	//	47
Toscane...........	7	3	//	//	//	10
Turquie...........	1	//	//	//	1	2
Villes Anséatiques.	15	1	1	//	//	17
Wurtemberg.......	7	//	1	//	//	8
France............	699	177	77	28	91	1,072

ÉTATS classés d'après la part qu'ils ont prise

DÉSIGNATION des pays.	Peinture.		Sculpture.		Gravure.	
	Artistes.	OEuvres	Artistes.	OEuvres	Artistes.	OEuvres
Autriche.	60	108	38	94	6	16
Bade et Nassau . .	9	15	1	2	1	1
Bavière	31	65	3	4	2	3
Belgique.	115	226	17	29	8	15
Danemark	29	48	2	4	1	2
Deux-Siciles. . . .	3	6	1	1	//	//
Espagne.	35	88	5	10	1	4
États-Pontificaux..	9	14	6	13	1	1
États-Unis d'Amér.	11	46	2	5	//	//
Grande-Bretagne. .	150	381	35	77	53	166
Grèce	3	5	9	15	//	//
Hanovre.	1	1	//	//	1	2
Hesse-Électorale et Grand-Ducale . .	3	6	1	2	1	2
Luxembourg. . . .	//	//	1	2	//	//
Mexique.	1	1	//	//	//	//
Pays-Bas.	63	100	2	3	10	26
Pérou	2	5	//	//	//	//
Portugal.	16	26	3	6	//	//
Prusse.	75	140	15	54	17	26
Sardaigne	15	26	1	1	//	//
Saxe.	9	13	1	7	4	15
Suède et Norwège.	29	52	4	11	//	//
Suisse	39	95	4	8	37	7
Toscane	7	8	3	6	//	//
Turquie	1	1	//	//	//	//
Villes Anséatiques.	15	17	1	1	1	1
Wurtemberg. . . .	6	11	//	//	1	1
France.	699	1,872	177	386	77	191
TOTAUX. .	1,436	3.376	332	741	188	479

à l'Exposition, dans les diverses branches des Beaux-Arts,

Lithographie.		Architecture.		Total.		OBSERVATIONS.
Artistes.	Œuvres	Artistes.	Œuvres	Artistes.	Œuvres	
//	//	4	6	108	224	
1	6	//	//	12	24	
2	3	1	1	39	76	
1	2	1	2	142	274	
//	//	//	//	32	54	
//	//	//	//	4	7	
1	5	16	23	58	130	
//	//	//	//	16	28	
//	//	//	//	13	51	
9	33	50	128	297	785	
//	//	//	//	12	20	
//	//	//	//	2	3	
//	//	//	//	5	10	
//	//	1	8	2	10	
//	//	//	//	1	1	
//	//	3	5	78	134	
//	//	//	//	2	5	
//	//	//	//	19	32	
2	7	2	2	111	229	
//	//	1	1	17	28	
//	//	//	//	14	35	
1	4	2	2	36	69	
2	2	//	//	47	112	
//	//	//	//	10	14	
//	//	1	2	2	3	
//	//	//	//	17	19	
//	//	//	//	7	12	Le même artiste a ex-
28	95	91	188	1,072	2,732	posé comme peintre et comme graveur.
46	173	157	368	2,175	5,121	

ÉTATS classés par ordre d'importance comme Exposants.

DÉSIGNATION DES PAYS	Artistes.	OEuvres.	Moyenne par artiste.	
France.	1,072	2,732	2	55
Grande-Bretagne..	297	785	2	64
Belgique.	142	274	1	93
Prusse.	111	229	2	06
Autriche.	108	224	2	07
Pays-Bas.	78	134	1	72
Espagne.	58	130	2	24
Suisse.	47	112	2	38
Bavière.	39	76	1	93
Suède et Norwège.	36	69	1	91
Danemark	32	54	1	69
Etats-Unis d'Amérique. .	13	51	3	92
Saxe.	14	35	2	50
Portugal.	19	32	1	68
Etats-Pontificaux.	16	28	1	75
Sardaigne.	17	28	1	65
Bade et Nassau.	12	24	2	00
Grèce..	12	20	1	67
Villes Anséatiques.. . . .	17	19	1	18
Toscane.	10	14	1	40
Wurtemberg.	7	12	1	71
Luxembourg.	2	10	5	00
Hesse-Électorale et Hesse Grand-Ducale.	5	10	2	00
Deux-Siciles.	4	7	1	75
Pérou..	2	5	2	50
Hanovre.	2	3	1	50
Turquie.	2	3	1	50
Mexique.	1	1	1	00

ÉTATS classés par ordre d'importance comme Exposants en peinture.

DÉSIGNATION DES PAYS	Artistes.	Œuvres.	Moyenne par Artiste.	
France.	699	1,872	2	68
Grande-Bretagne	150	381	2	54
Belgique.	115	226	1	95
Prusse.	75	140	1	87
Autriche.	60	108	1	80
Pays-Bas	63	100	1	59
Suisse.	39	95	2	44
Espagne.	35	88	2	51
Bavière	31	65	2	10
Suède et Norwège.	29	52	1	79
Danemark.	29	48	1	65
États-Unis d'Amérique. .	11	46	4	18
Sardaigne.	15	26	1	73
Portugal.	16	26	1	62
Villes Anséatiques	15	17	1	13
Bade et Nassau.	9	15	1	66
États-Pontificaux.	9	14	1	56
Saxe.	9	13	1	44
Wurtemberg	6	11	1	83
Toscane.	7	8	1	14
Deux-Siciles.	3	6	2	//
Hesse-Électorale et Hesse-Grand-Ducale.	3	6	2	//
Pérou.	2	5	2	50
Grèce.	3	5	1	67
Hanovre.	1	1	1	//
Mexique.	1	1	1	//
Turquie	1	1	1	//
Luxembourg	//	//	//	//

ÉTATS classés par ordre d'importance comme Exposants en
Sculpture et Gravure en Médailles et Pierres fines.

DÉSIGNATION DES PAYS	Artistes.	OEuvres.	Moyenne par Artiste.	
France.	177	386	2	18
Autriche.	38	94	2	47
Grande–Bretagne.	35	77	2	20
Prusse.	15	54	3	60
Belgique.	17	29	1	71
Grèce.	9	15	1	66
États-Pontificaux.	6	13	2	17
Suède et Norwège.	4	11	2	75
Espagne.	5	10	2	//
Suisse.	4	8	2	//
Saxe.	1	7	7	//
Portugal.	3	6	2	//
Toscane.	3	6	2	//
Etats-Unis d'Amérique.. .	2	5	2	50
Danemark	2	4	2	//
Bavière.	3	4	1	34
Pays-Bas.	2	3	1	50
Bade et Nassau..	1	2	2	//
Hesse-Electorale et Hesse Grand-Ducale.	1	2	2	//
Luxembourg.	1	2	2	//
Deux-Siciles.	1	1	1	//
Sardaigne..	1	1	1	//
Villes Anséatiques.	1	1	1	//
Hanovre.	//	//	//	//
Mexique.	//	//	//	//
Pérou..	//	//	//	//
Turquie.	//	//	//	//
Wurtemberg.	//	//	//	//

ÉTATS classés par ordre d'importance comme Exposants en Gravure.

DÉSIGNATION DES PAYS	Artistes.	Œuvres.	Moyenne par Artiste.	
France	77	191	2	48
Grande-Bretagne	53	166	3	13
Pays-Bas	10	26	2	60
Prusse.	17	26	1	52
Autriche.	6	16	2	67
Saxe.	4	15	3	75
Belgique.	8	15	1	88
Suisse.	3	7	2	33
Espagne.	1	4	4	ʺ
Bavière	2	3	1	50
Danemark.	1	2	2	ʺ
Hanovre.	1	2	2	ʺ
Hesse-Électorale et Hesse-Grand-Ducale.	1	2	2	ʺ
Bade et Nassau.	1	1	1	ʺ
Etats-Pontificaux.	1	1	1	ʺ
Villes Anséatiques · . . .	1	1	1	ʺ
Wurtemberg	1	1	1	ʺ
Deux-Siciles	ʺ	ʺ	ʺ	ʺ
Etats-Unis d'Amérique . .	ʺ	ʺ	ʺ	ʺ
Grèce	ʺ	ʺ	ʺ	ʺ
Luxembourg	ʺ	ʺ	ʺ	ʺ
Mexique.	ʺ	ʺ	ʺ	ʺ
Pérou.	ʺ	ʺ	ʺ	ʺ
Portugal	ʺ	ʺ	ʺ	ʺ
Sardaigne.	ʺ	ʺ	ʺ	ʺ
Suède et Norwège.	ʺ	ʺ	ʺ	ʺ
Toscane.	ʺ	ʺ	ʺ	ʺ
Turquie.	ʺ	ʺ	ʺ	ʺ

ETATS classés par ordre d'importance comme Exposants en Lithographie.

DÉSIGNATION DES PAYS	Artistes.	Œuvres.	Moyenne par Artiste.	
France.	28	95	3	39
Grande-Bretagne..	9	33	3	67
Prusse.	2	7	3	50
Bade et Nassau.	1	6	6	//
Espagne.	1	5	5	//
Suède et Norwège.	1	4	4	//
Bavière..	2	3	1	50
Belgique.	1	2	2	//
Suisse.	1	2	2	//

ÉTATS classés par ordre d'importance comme Exposants en Architecture.

DÉSIGNATION DES PAYS	Artistes.	Œuvres.	Moyenne par Artiste.	
France.	91	188	2	06
Grande-Bretagne..	50	128	2	56
Espagne.	16	23	1	44
Luxembourg.	1	8	8	//
Autriche.	4	6	1	50
Pays-Bas.	3	5	1	66
Belgique.	1	2	2	//
Turquie.	1	2	2	//
Prusse.	2	2	1	//
Suède et Norwège.	2	2	1	//
Bavière.	1	1	1	//
Sardaigne.	1	1	1	//

*Moyenne par Exposant, pour les États qui ont exposé
plus de vingt-cinq œuvres d'art.*

DÉSIGNATION DES PAYS	Artistes.	OEuvres.	Moyenne par Exposant.	
Etats-Unis d'Amérique . .	13	51	3	92
Grande-Bretagne	297	785	2	64
France	1,072	2,732	2	55
Suisse.	47	112	2	38
Espagne	58	130	2	24
Autriche	108	224	2	07
Saxe.	14	35	2	50
Prusse.	111	229	2	06
Bavière	39	76	1	95
Belgique	142	274	1	93
Etats-Pontificaux	16	28	1	75
Pays-Bas	78	134	1	72
Suède et Norwège.	36	69	1	91
Sardaigne.	17	28	1	65
Portugal.	19	32	1	68

*Moyennes générales de la production artistique absolue
dans les différentes branches de l'art représentées à
l'Exposition Universelle de 1855.*

ARTS.	Artistes.	OEuvres.	Moyenne par Artiste.	
Peinture	1,436	3,576	2	35
Sculpture et gravure en médailles et pierres fines...	332	741	2	23
Gravure.	188	479	2	74
Lithographie	46	157	3	41
Architecture.	173	363	2	13
TOTAL . . .	2,175	5 121		
Moyenne générale de la production artistique. . .			2	35

*Moyenne de la production artistique d'après la population
des divers États qui ont concouru à l'Exposition.*

DÉSIGNATION des pays.	Popula-tion.	Artistes exposant.	Un artiste exposant sur	Product. moyenne par artiste	
Autriche.	36,000,000	108	333,333	2	07
Bade et Nassau . .	3.233,000	12	269,416	2	//
Bavière	4,500,000	39	115,357	1	95
Belgique.	4,300,000	142	30,282	1	93
Danemark	2,200,000	32	68,750	1	69
Deux-Siciles. . . .	8,700,000	4	2,171,000	1	75
Espagne.	14,000,000	58	241,379	2	24
États-Pontificaux .	2,800,000	16	175,000	1	75
États-Unis d'Amér.	23,000,000	13	1,769,230	3	92
France.	36,000,000	1,072	33.582	2	55
Grande-Bretagne .	28,000,000	297	94,276	2	64
Luxembourg. . . .	188,000	2	94.000	5	//
Grèce	1,000,000	12	83,585	1	67
Hanovre.	1,819,000	2	909,500	1	50
Hesse	1,609,600	5	321,800	2	//
Mexique.	6,774,000	1	6,774,000	1	//
Norwège (seule). .	1,300,000	12	108,333	1	33
Pays-Bas	3,362,000	78	43,102	1	72
Pérou	1,374,000	2	687,000	2	50
Portugal.	3,471,000	19	182,631	1	68
Prusse.	16,000,000	111	144,144	2	06
Sardaigne.	4,916,000	17	289,176	1	65
Saxe.	1,988,000	14	142,000	2	50
Suède et Norwège.	4,800,000	36	133,333	1	91
Suède (seule) . . .	3,500,000	24	145,833	1	87
Suisse.	2,390,000	47	50,851	2	38
Toscane.	1,778,000	10	177,800	1	40
Turquie	15,000,000	2	7,100,000	1	50
Villes Anséatiques	391,000	17	23,176	1	12
Wurtemberg. . . .	1,733,000	7	247,571	1	71

I.

ASPECT GÉNÉRAL DE L'EXPOSITION.

Les visites de S. A. I. le prince Napoléon à l'Exposition des Beaux-Arts ont complété la série des études dont l'Exposition de l'Industrie avait été l'objet, et n'ont été ni moins attachantes ni moins instructives. Là aussi, le génie du xixᵉ siècle, personnifié dans les noms les plus illustres, et représenté par les œuvres les plus remarquables, brille du plus vif et du plus incontestable éclat. Là aussi, la France, tantôt victorieuse, tantôt égalée, provoque l'admiration des nations qu'elle a convoquées au concours fraternel de tous les agents de la civilisation, et réclame pour elle-même la plus grande partie des couronnes qu'elle a si impartialement voulu décerner à tous les genres de mérite.

C'est la première fois que l'art se présente ainsi aux yeux du monde avec le double tribut de ses ressources actuelles et de ses richesses passées. « C'est là une innovation qui sera féconde, » disait S. A. I. le Prince Napoléon dans son discours d'installation du jury d'admission ; « aussi suis-je heureux d'en reporter hautement le mérite à qui en a eu la première pensée, à S. M. l'Impératrice Eugénie, qui s'y est vivement intéressée et a voulu ainsi répandre un nouvel éclat sur la France. »

La peinture et la sculpture viennent, en quelque sorte, donner une révélation de leur avenir par l'exhibition de leur passé, et tel maître dont les dernières œuvres suffisaient seules à immortaliser son nom, ne sera cependant bien connu que depuis cette histoire complète de son talent que lui aura faite l'Exposition de 1855. Dans les arts, comme dans toutes les manifestations de l'intelligence et du progrès, il est utile, à certaines époques, de revenir sur ses pas, de mesurer l'espace parcouru, de comparer le présent au passé, afin de savoir d'où l'on vient et où l'on va, et de poser plus sûrement les jalons de l'avenir.

C'est la première fois aussi qu'on aura vu plus de 1,500 œuvres des écoles d'Angleterre, d'Allemagne, de Belgique, placées à côté des plus remarquables productions de l'école française. A Londres, il y eut aussi des tableaux et des statues exposés; mais leur petit nombre d'un côté, l'absence de toute concurrence de l'autre, ne permirent aucune appréciation même sommaire, et les grands artistes qui avaient détaché pour le palais de Hyde-Park quelques spécimens isolés de leur collection, n'y ajoutèrent d'autre importance que la satisfaction d'une récompense, et l'attrait d'une visite à l'étranger.

Il n'en est pas ainsi à l'Exposition actuelle : ce ne sont pas les hommes, mais les écoles, qui ont choisi librement et volontairement notre palais des Beaux-

Arts pour champ de combat. Un homme qui n'aurait jamais vu de peinture de sa vie peut, pourvu qu'on lui suppose quelque intelligence, emporter de l'Exposition assez de notions pour écrire une histoire complète de l'art contemporain en Europe. La place nous manquerait pour énumérer seulement les noms des artistes et le titre de leurs œuvres ; mais il suffit d'énoncer cette vérité, que presque pas une de nos illustrations vivantes n'a manqué à l'appel, pour comprendre toute l'importance de ce concours, où un demi-siècle de civilisation vient apporter ses produits et donner la mesure de ses ressources.

On comprend que notre tâche ici n'est pas de refaire l'étude à laquelle s'est livré et se livre encore, dans le feuilleton d'un journal, le brillant écrivain à qui a été dévolue la mission élevée de raconter, de juger et de glorifier ces grands chapitres du livre immortel de la pensée humaine qu'on appelle les Beaux-Arts ; non. Attachée, pour ainsi dire, aux pas du Prince, qui s'est voué si infatigablement aux gloires et aux résultats de l'Exposition universelle, et qui n'a pas laissé passer un jour sans constater un progrès, provoquer une amélioration ou découvrir un mérite, notre appréciation doit être, comme dans les visites au Palais de l'Industrie, succincte, rapide, consciencieuse et véridique comme une nomenclature.

Nous ne sommes ici ni critique, ni public, ni partie intéressée, et notre rôle n'a de désignation que dans le mot, intraduisible pour nous, que la presse anglaise donne à ceux qui font la même besogne, et qu'elle appelle ses *reporters*.

Le Prince, dans chacune des longues explorations qu'il a faites au palais des Beaux-Arts, a été accompagné des membres du Jury international, de MM. les Commissaires français et étrangers, de M. Le Play, commissaire général de l'Exposition universelle; de M. de Mercey, commissaire général; Alfred Arago, inspecteur des beaux-arts, chargé de l'exposition des Beaux-Arts; de MM. le marquis de Chennevières, Martinet, le comte Clément de Ris, secrétaire adjoint du Jury. Un grand nombre d'artistes de France, d'Angleterre, de Belgique et d'Allemagne se sont joints, chaque fois, à Son Altesse Impériale, et ont pu retrouver dans le Prince Napoléon ce goût traditionnel et cet instinct du beau, l'une des plus originaires et des plus distinctives qualités de cette famille, qui a compté parmi ses sculpteurs et ses peintres de prédilection les plus rares talents de toutes les écoles : David, Canova, Gros, Bartolini, et dont plusieurs membres ont possédé les plus belles galeries connues d'objets d'art.

La récapitulation générale des noms et des numéros d'ouvrages qui figurent au livret donne le double résultat que voici : 2,176 artistes, et près de 5,000 ouvrages. Ce chiffre n'a rien de surprenant, car, à nos précédentes expositions, le livret a presque toujours atteint le chiffre de 4,000. Il prouve seulement qu'autant la France a été hospitalière pour les artistes étrangers, autant elle a été sévère pour ses propres artistes. Le prince Napoléon l'avait recommandé aux membres du Jury d'admission : « La France, disait-il, ne devait se présenter à cette bataille pacifique qu'avec des œuvres choisies, et nos artistes se montrer dans cette lutte dignes de ces autres enfants de la France qui combattent si vaillamment les ennemis de notre patrie. »

Ces noms et ces œuvres se subdivisent ainsi :

> Autriche,
> Grand-duché de Bade,
> Bavière,
> Belgique,
> Danemark,
> Deux-Siciles,
> Espagne,
> États Pontificaux,
> États-Unis d'Amérique,
> Grande-Bretagne,
> Java,
> Pays-Bas,
> Pérou,
> Portugal,
> Prusse,
> Sardaigne,
> Saxe,
> Suède et Norwège,
> Suisse,
> Toscane,
> Turquie,
> Villes anséatiques,

Wurtemberg,

France.

Après la France, c'est l'Angleterre qui a envoyé le plus grand nombre d'œuvres d'art. Puis viennent, dans l'ordre numérique des ouvrages exposés, la Belgique, la Prusse, l'Autriche, les Pays-Bas, la Suisse, la Bavière, les Etats-Unis d'Amérique, la Suède et la Norwège, la Sardaigne, etc., etc.

L'Exposition ne présente, à proprement parler, que quatre grandes divisions : la France, l'Angleterre, la Belgique et l'Allemagne ; et encore, à l'exception de la galerie anglaise, un grand nombre de toiles qui figurent dans les galeries de l'Autriche, de la Bavière, du Danemark, de l'Espagne, de la Norwège, de l'Amérique même, ont été déjà vues à Paris aux précédentes expositions. Nos livrets ont déjà cité les noms de leurs auteurs. La plupart nous appartiennent, les uns par la naissance, les autres par leurs études ou leur séjour à Paris, les autres aussi par les récompenses que la France leur a déjà décernées : tous sont venus chercher en France le goût, l'inspiration, le talent.

Quant aux écoles autrefois si renommées de Hollande, d'Italie et d'Espagne, c'est au Louvre qu'il faut aller chercher leurs chefs-d'œuvre : Holbein, Rembrandt, Rubens, Teniers, Titien, Raphaël, Velasquez et Murillo n'ont pas d'élèves de leur nation qui les représentent à l'Exposition universelle de 1855. Rome où régna Léon X, Florence où régnèrent les Médicis, ne figurent que pour mémoire au palais des Beaux-Arts. Ce n'est pas un reproche que nous adressons.

c'est un fait, et un fait historique, ou plutôt providentiel, que nous constatons. La civilisation a ses étapes, dont chaque peuple est à son tour le voyageur.

« Un beau jour, a dit M. Théophile Gautier avec cette élévation de pensée qui lui est propre, on ne sait pas pourquoi les ateliers d'une ville, autrefois célèbre par ses maîtres, se dépeuplent, puis se ferment. Sans raison apparente, la pourpre de la vie abandonne des veines généreuses, et de pâles peintures, d'où l'inspiration est absente, constatent seules qu'un petit nombre d'adeptes conservent des traditions tombées en désuétude. Est-ce à dire pour cela que Dieu mesure le génie à l'humanité d'une main plus parcimonieuse? non; seulement il dispense ses faveurs à d'autres moins bien traités auparavant. — Pendant trois siècles, l'Italie, assise sur son trône d'or, a gardé le sceptre de la peinture, de la sculpture et de l'architecture. Rome, Florence, Venise formaient une radieuse trinité. Léonard de Vinci, Michel-Ange, Raphaël, Bartolommeo, Corrège, Titien, Paul Véronèse, pour ne nommer que les plus illustres, éblouissaient le monde de leur rayonnement.

« Aujourd'hui l'Italie, épuisée de merveilles, se repose. Son atelier, si actif jadis, n'est plus qu'un musée : de ses magnifiques écoles florentine, romaine, vénitienne, il ne reste que des chefs-d'œuvre, elles n'ont plus d'élèves ; à peine quelques copistes s'efforcent de perpétuer des images qui s'effacent. — Après la Grèce, elle a donné au monde le type éternel de tout ce qui est beau.

« La France, au contraire, a grandi. — Sans doute,
dans son passé, elle compte Poussin, Eustache Lesueur,
Lebrun, Watteau, et, plus tard, quelques peintres estimables; mais ce n'est guère que depuis un demi-siècle,
et surtout en ces dernières années, qu'elle est devenue une école où tout le monde peut apprendre. — On
va maintenant à Paris comme autrefois on allait à
Rome; c'est, personne ne le conteste, la métropole de
l'art. En aucune ville on ne trouverait un tel nombre
d'artistes remarquables; tous les genres y sont cultivés
avec succès et supériorité. A l'esprit qui l'a toujours
caractérisée, la France a su joindre la couleur qui lui
manquait; sans perdre son originalité, elle s'est approprié les procédés des écoles de Venise et d'Anvers;
par l'étude de Phidias et de Raphaël, elle a conquis le
style, cette qualité si rare, dont la civilisation semble
avoir perdu le secret.

« L'Allemagne, abandonnant le faire naïf et minutieux, le naturalisme d'Albert Durer et de Lucas Cra-
nach, semble se complaire dans l'esthétique de l'art; à
peine si elle daigne jeter un regard distrait sur la nature : elle invente, compose et dessine des cartons dont
elle abandonne l'exécution à des mains secondaires.
Elle ne fait pas des tableaux, mais des poëmes : ce sont
des inventions cycliques déroulant les destinées du genre
humain, les migrations des races, les mythes et les
apocalypses des religions; ou bien encore des symbo-
lismes et des systèmes philosophiques où les figures in-
terviennent plutôt comme signes hiéroglyphiques que
comme représentation de l'individu. Cette école tout

intellectuelle méprise la couleur, l'habileté de pinceau, l'agrément de la touche. Elle ne peint pas, elle écrit l'idée. Une semblable manière d'envisager l'art est tout à fait nouvelle pour nous, et fournira de curieux sujets d'étude aux peintres français, dont la manière de voir est si différente, et qui se sont toujours attachés à la forme.

« La Belgique brille au contraire par une adresse extrême, par une science d'exécution rare ; elle ne poursuit aucun idéal, et, comme à l'école flamande sa grand'mère, il lui suffit du prétexte le plus insignifiant pour faire un précieux petit chef-d'œuvre ; au patient amour de la nature, elle joint l'étude curieuse des vieux tableaux ; elle en soulève couche à couche le vernis jaune ; d'un doigt patient elle dissipe la fumée séculaire pour dérober les secrets de leurs procédés. Elle imite aussi la France sa voisine ; quelquefois même elle la contrefait à s'y méprendre, mais cependant elle a son individualité reconnaissable : les grands aïeux ne désavoueraient pas les petits-enfants.

« Les caractères distinctifs de l'Angleterre sont une originalité franche, une forte saveur locale ; elle ne doit rien aux autres écoles, et le bras de mer de quelques lieues qui la sépare du continent semble, tant il l'éloigne, avoir la largeur de l'Océan Atlantique. Une peinture anglaise, quel que soit son mérite, se fait reconnaître à l'instant même par l'œil le moins exercé. — L'invention, le goût, le dessin, la couleur, la touche, le sentiment, tout diffère. — On se sent transporté dans un autre monde très-lointain et très-inconnu, quoiqu'on puisse

déjeûner à Paris et dîner à Londres le même jour ; c'est
un art particulier, raffiné jusqu'à la manière, bizarre
jusqu'à la chinoiserie, mais toujours aristocratique et
gentleman, d'une élégance mondaine et d'une grâce
fashionable, dont les livres de beauté et les keepsake
offrent le plus pur type. L'antiquité n'a rien à y voir.
Un tableau anglais est moderne comme un roman de
Balzac ; la civilisation la plus avancée s'y lit jusque dans
les moindres détails, dans le brillant du vernis, dans la
préparation du panneau et des couleurs. — Tout est
parfait. »

S. A. I. le Prince Napoléon a voulu ici, comme au
palais de l'Industrie, commencer ses visites par les expositions étrangères, et il a suivi l'ordre de la distribution des tableaux par nation dans le palais des Beaux-
Arts.

Les deux premières salles, à l'entrée du vestibule, ont
été destinées, l'une à la Suède, à la Norwège, au Danemark, au Mexique et au Pérou, l'autre à la Suisse.
Viennent ensuite le salon occupé par la Prusse ; les
deux galeries latérales de gauche occupées par la Belgique ; les deux galeries de droite, subdivisées, la première entre l'Autriche, la Saxe, le Wurtemberg ; la seconde consacrée à l'Angleterre. Deux travées contiguës
à celles de la Belgique renferment l'exposition de la
Hollande ; le reste du palais est réservé à la France.

II.

SUÈDE, NORWÈGE, SUISSE, MEXIQUE, PÉROU.

C'est par la Suède et la Norwège qu'ont commencé les visites de S. A. I. le Prince Napoléon à l'Exposition universelle des Beaux-Arts. Nous allons suivre, comme l'a fait le Prince, la classification même du livret, peinture, sculpture, gravure et lithographie, architecture, et, pour chaque nation dont nous aurons à énumérer les œuvres d'art, nous ajouterons la liste des récompenses obtenues par les exposants.

La Suède compte 17 exposants dans la peinture, 4 dans la sculpture, 1 dans la lithographie, et 2 dans l'architecture.

S. A. I. a remarqué deux petits tableaux dont le sujet est tiré des annales de la Suède, et représentant : l'un le roi Gustave-Adolphe sur le point d'être fait prisonnier à Stum (1629) ; l'autre, le champ de bataille de Lutzen, où Gustave Adolphe mourut en triomphant.

Les soldats du prince suédois viennent de retrouver son corps sur le champ de bataille, le lendemain de la victoire.

Ces deux tableaux sont dus à M. Charles Wahlbom, professeur à l'Académie royale des Beaux-Arts de Stockholm.

Un autre exposant suédois, résidant à Paris depuis plusieurs années, M. Charles Kiorboé, a envoyé cinq tableaux d'animaux qui témoignent de bonnes études.

Mais le tableau qui a le plus vivement fixé l'attention du Prince, et qui est l'œuvre capitale de l'exposition suédoise, est dû au pinceau d'un jeune artiste, relevant lui aussi de l'école française par ses études, M. Hockert, pensionnaire du roi à Paris. *Le prêche dans une chapelle de la Laponie suédoise* est une toile remarquable. — Notons aussi en passant, car l'exposition suédoise est digne d'attention à plus d'un titre, et ses artistes, en venant chercher en France l'étude et l'inspiration, y ont trouvé quelquefois l'esprit, la méthode et le talent ; notons, disons-nous, la toile représentant *Un torrent dans la vallée*, de M. Marcus Larson, et une vue du Colysée à Rome, de M. Guillaume Palm.

C'est la première fois que l'art tout jeune de la Norwège se montre dans une de nos expositions.

Le petit nombre des peintures norwégiennes qui figurent à celle de 1855 ont été favorablement accueillies par le public. Le gouvernement français en a acheté plusieurs.

Le Prince a examiné, avec l'attention qu'ils méritaient, quatre tableaux de genre, représentant des traits caractéristiques de la vie du paysan norwégien, par M. Adolphe Tidmand. Cet artiste jouit, dans le nord de l'Europe, d'une réputation méritée. L'Empereur Napoléon III a fait acheter le tableau *des Funérailles*, un des quatre qui figurent à notre Exposition.

S. A. I. le Prince Napoléon s'est fait présenter M. Tidmand, et lui a adressé des félicitations.

La Suède, avec ses grandes forêts, ses sites pittoresques, ses lacs, ses cascades, ses grottes profondes ; la Norwége, avec ses plateaux sauvages, ses aspects saïssissants, qu'on ne rencontre pas même en Suisse offrent des modèles inépuisables d'études et d'inspiration pour les peintres de paysage : aussi étaient-ils nombreux à l'Exposition.

S. A. I. a remarqué *une Vue prise dans les hautes montagnes de la province de Bergen* (Norwège), de M. Gude, professeur à l'Académie royale de Dusseldorf, et une grande toile représentant *le Soleil couchant dans les bois de Norwége*, de M. Rodvan jeune.

En résumé, la Norwège a envoyé à l'Exposition des œuvres de dix-sept peintres, et elles offrent cette particularité, que tous les artistes qui les ont exposées sont élèves des écoles de Dusseldorff ou de Copenhague.

L'Exposition suédoise présente en outre trois tableaux à l'aquarelle, savoir : deux intérieurs d'églises, peints par M. Frédéric-Guillaume Scholander, professeur à l'Académie des beaux-arts de Stockholm, et connu comme architecte ; et une *boutique de barbier à Séville*, charmant petit tableau peint par M. Egron Lundgren.

Parmi les sculpteurs, nous devons signaler M. Char-

les-Gustave Qwarnström, directeur à l'Académie des
beaux-arts de Stockholm, qui expose un groupe en
plâtre représentant trois jeunes filles surprises au bain,
et M. Jean-Pierre Molin, professeur à la même Académie, qui expose une Bacchante couchée et un petit
Napolitain portant une cruch e.

Les récompenses obtenues par la Suède et la Norwège sont les suivantes :

M. Tidmand, peintre (Norwège), la médaille de première classe ; il a été ensuite décoré de la Légion
d'Honneur, comme commissaire. — M. Gude, peintre
(Norwège), a obtenu la médaille de deuxième classe, et
MM. Boë et Muller Morton (peintres), la mention honorable.

Pour la Suède, la médaille de première classe est
accordée à M. Hockert, et la mention honorable à
M. Marcus Larson, tous deux peintres.

La Suisse, le Mexique et le Pérou complètent la
galerie où sont les œuvres de la Suède et de la Norwège.

La Suisse compte 47 exposants, dont : 39 peintres, 4 sculpteurs, 3 graveurs et 1 lithographe.

M. Diday, dont les paysages ont joui, il y a quelques années, d'une grande réputation, est plus célèbre
aujourd'hui par le nom de ses élèves que par ses propres œuvres. Le plus connu et le plus brillant des
peintres suisses, M. Calame, et MM. Castan et Baudit,
dont les œuvres ont été remarquées, sont sortis de son

école. S. A. I. s'est arrêtée avec intérêt devant le *Lac des Quatre Cantons*, de M. Calame, et devant les études de lacs et de glaciers de son maître, où les grandes scènes de la nature alpestre sont reproduites avec un véritable talent. La *Matinée d'Automne*, de M. Castan, et les cinq ou six petits paysages de M. Baudit, les tableaux de genre finement retouchés de M. Grosclaude, lauréat de presque toutes nos expositions, mais surtout le *Réfectoire des Capucins à Albano*, près de Rome, charmante toile de M. Van-Muyden, élève de Kaulbach, pleine de sentiment et d'observation; et enfin les tableaux divers de MM. Lugardon, élève de deux de nos plus illustres maîtres, Gros et M. Ingres, ont été l'objet de l'attention du Prince Impérial, ainsi que la *Halte de chasseurs de chamois dans les Alpes* de M. Albert de Meuron; la *Foire dans l'Oberland bernois*, de M. Édouard Girardet; les projets de vitraux dessinés à la mine de plomb par M. Gsell, élève de Pradier et de M. Ingres, établi à Paris, et bien connu de tous les amateurs de l'art du verrier.

Le sculpture suisse est représentée par M. Christen, élève de Thorwaldsen, par M. Dorer, à qui l'Académie des beaux-arts de Dresde a décerné une médaille d'or, et par un artiste sourd-muet de naissance, M. Viellard, élève de M. Jouffroy.

MM. Paul Girardet (médaille de 2e classe au salon de Paris de 1849) est l'auteur de la belle gravure de Washington traversant la Delaware, et M. Weber, établi à Paris, de plusieurs planches remarquables, parmi lesquelles S. A. I. a considéré avec attention le

Napoléon et le Roi de Rome, d'après M. Steuben, et une *Italienne à la fontaine*, d'après M. de Keyser.

Les récompenses suivantes ont été attribuées par le jury à MM. les artistes suisses.

Dans la peinture : M. Calame, la médaille de première classe ; M. Alfred Van-Muyden, celle de seconde classe ; M. Gsell, la médaille de troisième classe, et MM. Édouard Girardet, Albert de Meuron, Ulrich et Weber (graveur), la mention honorable.

Le Mexique n'a envoyé qu'un tableau à l'Exposition, de M. Juan Cordero.

Quant au Pérou, il est représenté par deux artistes, établis à Paris et formés à notre école. M. Mérino, élève de M. Monvoisin, a exposé une *Halte d'Indiens péruviens*, très-curieuse comme couleur locale et exécution ; un *Christophe Colomb* et un portrait d'homme. M. Laso, élève de M. Gleyre, a envoyé un portrait historique et une belle étude d'après nature.

III.

DANEMARK, PRUSSE, WURTEMBERG.

Le Danemark, qui a donné à ce siècle l'un de ses plus grands sculpteurs, Thorwaldsen, compte à l'Exposition universelle vingt-neuf peintres, deux statuaires, et un graveur. Le Jury lui a accordé une médaille de deuxième classe pour M. Theude Gronland, peintre; des mentions honorables à MM. Exner et Gertner, également peintres, et à M. Bissen, sculpteur. S. A. I. a examiné avec attention les œuvres de ces artistes. M. Exner a peint les mœurs locales des paysans de l'île d'Amack, et M. Gertner de remarquables portraits de sa mère et du célèbre pianiste danois Sigismond Thalberg.

Quant à M. Bissen, auteur de deux statues en bronze, il est élève de Thorwaldsen, dont il rappelle l'inspiration classique et l'amour de l'antique pur, dans son *Oreste poursuivi par les Furies* et dans son *Philoctète blessé.*

En mettant le pied dans le domaine de la Prusse, ce ne sont plus des individualités seulement qui se pré-

6'

sentent, mais des systèmes, des traditions, des écoles
qui décèlent les tendances d'une époque de l'art. L'esprit allemand, avec ses idées si fortement mélangées de
romantisme et de culte du passé, avec ses aspirations
tantôt absolutistes et théocratiques, apparaît dans l'exposition prussienne. Berlin, qui envoie à l'Exposition
universelle la plupart des œuvres originales et saisissantes que nous examinons dans cette section du Palais des Beaux-Arts, n'est pas, à proprement parler, le
centre d'une école ; mais elle s'est approprié les maîtres
et les doctrines des écoles de Dusseldorff et de Munich.

Les artistes prussiens comptent soixante-quinze peintres, quinze sculpteurs, dix-sept graveurs, deux lithographes et deux architectes.

Deux noms illustres, MM. de Cornelius et de Kaulbach, ouvrent le cycle de ces exposants. Tous deux
n'apportent que des cartons, et ne viennent faire juger
que le mérite de leur composition et de leur dessin.

Nous ne reviendrons pas sur ce qu'a dit M. Théophile
Gautier sur les œuvres respectives de ces deux maîtres :
l'un, Cornelius, nourri de Michel-Ange, du Dante et
de Gœthe, interprétant l'Apocalypse et l'Évangile dans
ces cartons des fresques destinées au Campo-Santo de
Berlin, avec une véhémence de composition, des rémi-
niscences quelquefois très-belles des grands maîtres
des écoles florentine et romaine, une fougue de dessin
et une puissance d'exécution incomparables ; — l'autre, plus calme, plus contenu, plus philosophique,
cherchant l'idée plus que l'effet, l'histoire plus que le

drame, et faisant de ces magnifiques dessins de la *Destruction de Babel*, de *la Tradition*, de *l'Histoire*, de *Moïse*, etc., de véritables poèmes, où la beauté de la forme le dispute au grandiose et à l'originalité de l'idée principale. M. de Kaulbach a été directeur de la célèbre Académie de Munich.

Voici, du reste, la nomenclature des œuvres de ces deux artistes qui ont figuré au Palais des Beaux-Arts.

CORNÉLIUS : — I. 1° *Lunette*. Les sept anges versent les coupes de la colère de Dieu sur la terre et les eaux, sur la mer, sur le soleil et dans l'air. 2° *Tableau*. Destruction du genre humain par l'envoi des quatre cavaliers, la peste, la famine, la guerre et la mort. 3° *Prédelle*. OEuvres de la charité chrétienne : visiter les prisons, consoler les affligés, montrer le chemin aux égarés. — II. 4° *Lunette*. Satan est précipité par l'ange qui tient la clef de l'abîme et la chaîne pour enchaîner le méchant; un autre ange montre à l'apôtre la nouvelle Jérusalem. 5° *Tableau*. La nouvelle Jérusalem descend, portée par douze anges, comme une épouse qui s'est parée pour son époux. 6° *Prédelle*. OEuvres de la charité chrétienne : donner à manger à ceux qui ont faim et à boire à ceux qui ont soif. — III. 7° Une des figures placées entre les grands tableaux représentant les huit béatitudes de la prédication sur la montagne : heureux ceux qui ont faim et soif de justice.— IV. 8° Croquis gravés au trait de toute la composition qui représente les destinées générales du genre humain, d'après les livres saints sacrés de l'église chrétienne.

KAULBACH (Cartons d'une partie des peintures à fres-

que exécutées par lui dans le nouveau musée de Berlin) :
— La Tour de Babel ; — la Légende ; — l'Histoire ;—
Moïse ; — Solon ; — portion de frise peinte en grisaille ; — deux piliers peints en grisaille, partie supérieure ; — deux piliers peints en grisaille, partie infé-
rieure ; — petite bande peinte en grisaille.

S. A. I., après un juste tribut d'éloges accordé à ces
œuvres, a examiné avec un très-vif intérêt les marines
pittoresques et senties de M. Achembach, les tableaux
de genre d'un sentiment si vrai et si touchant de
M. Meyer (*Mère et Enfants*, et le *Petit Frère endormi*),
de M. Hubner (le *Droit de chasse* et les *Adieux des
Emigrants*) , de M. Meyerheim (*Paysans se rendant à
l'église*, et *La famille d'un artisan*); les aquarelles ma-
gistrales de M. Biermann ; les deux beaux paysages
de M. Hildebrand, élève de M. Isabey, et l'une des
gloires de l'école prussienne ; l'*Electeur de Brande-
bourg à la bataille de Fehrbellin*, belle toile historique de M. Eybel, élève de M. Paul Delaroche ; les
portraits d'une rare perfection de MM. Magnus, Richter, Frédéric de Kaulbach, Roeting ; *Voltaire soupant
avec d'Argens et La Mettrie chez le Grand-Frédéric*, à
Sans-Souci, joli tableau de genre de M. Menzel ; et enfin les animaux de M. Kruger, les paysages norwégiens
de M. Leu, et les cartons emblématiques des *Quatre
Saisons*, spirituelles et fines compositions de M. Schrader.

La sculpture prussienne, outre l'*Amazone à cheval
combattant un tigre*, de M. Kiss, qui orne aujourd'hui
le grand escalier du musée de Berlin, et dont la ré-

duction en bronze est aussi populaire en France qu'en Prusse, compte de ce même artiste le modèle en plâtre du colossal *Saint-Georges vainqueur du dragon*. M. Rauch, le plus célèbre des statuaires prussiens, expose la réduction au huitième de son curieux monument national de Frédéric-le-Grand, avec son piédestal peuplé de statues ; plus la tête en plâtre du principal personnage, une Danaïde, et enfin un buste de M. de Humboldt, qui est un chef-d'œuvre. MM. Dracke, Fischer et Dietrich exposent aussi des œuvres qui ont eu l'honneur de fixer l'attention de S. A. I.

La gravure et la lithographie prussiennes figurent dignement à l'Exposition, MM. Eichens, Hoffmann et Jacoby se sont voués spécialement à reproduire les œuvres de Kaulbach ; MM. Seidel et Unzelmann, celles de M. Menzel.

Dans la catégorie de l'architecture, deux noms, qui ne figurent pas au catalogue, ont spécialement fixé l'attention de S. A. I. : l'un, M. d'Arnim, expose un projet d'habitation ; l'autre, M. Charles Hesse, un projet d'addition au Palais de Sans-Souci.

La Prusse a eu une belle part de récompense : M. Rauch est nommé officier de la Légion-d'honneur, et MM. de Kaulbach et Hildebrand, chevaliers du même ordre. Nous avons dit que M. de Cornélius avait obtenu l'une des grandes médailles d'honneur de la peinture.

Les autres récompenses se répartissent ainsi qu'il suit :

Médailles de première classe. *Peinture* : MM. de Kaulbach et Achembach.

Médailles de deuxième classe. *Peinture* : MM. Hildebrand, Magnus, Schrader, Meyerheim; *Sculpture* : M. Kiss; *Gravure* : M. Mandel; *Architecture* : M. d'Arnim.

Médailles de troisième classe. *Peinture* : MM. Kruger et Rœting.

Mentions honorables. *Peinture* : MM. Achembach (Oswald), Fecker, Graeb, Hubner, Kalcreuth, Keller, Kellerhoven, Leu, Pape et Rosenfelder; *Sculpture* : M. Dracke; *Architecture* : M. Hesse.

Du compartiment de la Prusse, S. A. I. est passée à celui du Wurtemberg, qui ne compte que **8** exposants, **7** peintres et un sculpteur.

L'Allemagne, en général, n'a pas fait d'envois proportionnés à la richesse de son génie artistique; aussi faut-il se garder de juger de l'importance des différents pays allemands par le chiffre des ouvrages envoyés au palais des Beaux-Arts.

Si la Souabe tient toutefois un rang plus élevé dans la littérature que dans les arts, on ne peut attribuer ce fait qu'à des causes matérielles, à l'absence, par exemple, dans ce pays, de riches amateurs capables de seconder les efforts des artistes.

La *Descente de Croix*, de M. Neher, directeur de l'école des Beaux-Arts à Stuttgard, est d'une belle composition et du meilleur style. La couleur trop pâle rappelle bien plus les fresques des anciens que celles

exécutées par le même artiste à Munich et à Weimar.
M. Guermann Bohn, outre un portrait d'homme et
une Desdémone, a exposé un tableau destiné au musée
de Stuttgard, et dont le sujet est tiré d'une ballade
d'Uhland : la *Sérénade;* c'est une jeune fille mourante
attirée vers le ciel par les chants des anges. L'artiste
a heureusement rendu la pensée du célèbre roman-
cier. Un petit tableau de M. Schmidt, *Marie et saint
Jean près du tombeau du Seigneur*, est d'un très-pur
sentiment, et les teintes du paysage d'une belle harmonie, avec l'expression heureusement rendue des deux
saints personnages.

M. Karl Muller, un des meilleurs élèves de M. Ingres,
aussi habile dessinateur que peintre brillant, expose un
Roméo et Juliette qui est la plus poétique interprétation que nous ayons vue du dénouement de ce drame
célèbre. M. Karl Nordlinger, peintre et graveur, s'est
attaché à la reproduction d'une des plus belles œuvres
de Raphaël, mais aussi d'une des plus délicates et difficiles. Le travail de cette gravure est plein d'intelligence.

M. Zanth, architecte, expose ses admirables plans
et vues de la *Wilhelma,* maison de plaisance qu'il a
construite pour S. M. le Roi de Wurtemberg, et qui lui
ont valu, outre la médaille de seconde classe décernée
par le Jury, la croix de la Légion-d'honneur que lui a
remise S. M. l'Empereur. M. Guermann Bohn (peinture)
a obtenu une mention honorable.

IV.

BELGIQUE.

Le salon de la Belgique venait immédiatement après ceux du Wurtemberg et de la Prusse.

115 peintres, 17 sculpteurs, 8 graveurs, 6 lithographes, en tout 146 noms signant 271 œuvres, tel est le bilan artistique, à l'Exposition universelle de 1855, de cette nation, dont les travaux, comme a dit un publiciste, font plus de chemin que de bruit, et qui occupe une place élevée dans la civilisation moderne. Depuis vingt ans, chacune de nos expositions a mis en lumière quelques noms des écoles d'Anvers et de Bruxelles, et, après la France, qui tient la tête de la peinture européenne, l'école belge vient en première ligne.

S. A. I. a parcouru avec un intérêt des plus vifs la collection dont nous énumérons statistiquement les œuvres, si bien appréciées déjà par la critique et le public.

Le genre historique proprement dit est, de toutes les classifications de la peinture, celui qui a envoyé le moins d'œuvres à l'Exposition universelle. Le peintre le plus célèbre dans ce genre, M. Galais, dont les

amateurs français se rappellent les belles pages histo·
riques tirées de la vie du comte d'Egmont, l'*Abdica-
tion de Charles-Quint*, le *Tasse en prison* et la *Prise
d'Antioche*, que possède notre Musée de Versailles, n'a
rien exposé cette année. Trois toiles, le *Compromis
des nobles à Bruxelles*, de M. de Biefve, le *Godefroy
de Bouillon à l'assaut de Jérusalem*, de M. Charles
Verlat, et une *Scène de l'Histoire de Hongrie*, de
M. Cermak, représentent la peinture historique. En
peinture religieuse, M. Thomas a exposé *Judas errant
pendant la nuit de la condamnation du Christ*.

L'absence de M. le baron Wappers, ancien directeur de l'Académie d'Anvers, de M. Wiertz, qui avait
exposé à Paris, il y a quelques années, un *Patrocle*,
composition originale et hardie, et enfin de M. de Keyser, directeur actuel de l'Académie d'Anvers, qui s'est
borné à envoyer un portrait de femme, rend incom-
plète l'exhibition belge dans la grande peinture ; mais,
par contre, l'Exposition contient des toiles de presque
tous les artistes belges qui se sont acquis une juste
renommée dans la peinture de genre et dans le
paysage.

Parmi ces artistes, la première place est occupée
par M. Henry Leys, d'Anvers, auquel ses trois tableaux, les *Trentaines de Berthal de Harze*, la *Pro·
menade hors des murs* et le *Nouvel an en France*,
suffiraient pour assurer une position éminente dans
l'art contemporain, si déjà elle ne lui avait été acquise
par ses précédents ouvrages. M. Leys se fait remarquer par la composition savante et la vérité artistique

7

de ses œuvres, par son dessin, et surtout par l'habileté et l'éclat de son coloris.

Les trois tableaux de M. de Willems, et en première ligne celui qui représente l'*Intérieur d'une boutique de soieries au* XVIIe *siècle*, acheté par S. M. l'Empereur, ont attiré aussi justement les suffrages du public. Cet artiste possède un talent fin et vrai.

M. Madou fait valoir un esprit plein d'observation ; une sorte de *vis comica* de bon goût et sans exagération dans ses tableaux, intitulés le *Trouble fête* et la *Fête au Château*, qui seraient plus remarquables encore si la couleur avait le mérite de la composition et des détails.

Parmi les artistes qui ont suivi surtout les traditions de l'ancienne école flamande, nous devons nommer M. Dillens, dont les scènes, empruntées aux mœurs populaires de son pays, ont une bonhomie franche et beaucoup de vérité.

S. A. I. a distingué encore les productions de M. Lies, dont les tableaux la *Promenade* et les *Plaisirs de l'hiver* dénotent un talent gracieux et facile, et ont une certaine affinité avec les productions de M. Leys ; de M. Hamman, artiste sérieux, qui a donné surtout une bonne opinion de son talent dans le tableau représentant la *Messe d'Adrien Willaert*, lequel appartient au gouvernement belge ; de M. Alfred Stevens, jeune artiste qui habite Paris comme M. Willems et plusieurs artistes ses compatriotes dont les œuvres figurent avec honneur au salon ; de M. de Block, qui expose une *Sortie d'école* pleine de vivacité et d'une très-bonne

couleur ; de M. F. de Braeckeleer, dont les compositions révèlent un sentiment vrai de l'ancienne peinture
flamande.

Nous avons à signaler encore quelques œuvres re-
commandables, les tableaux de M. Portaels, que l'on
pourrait rattacher aussi à la peinture de genre, et en
particulier sa *Caravane en Syrie surprise par le si-
moun*, et son *Convoi funèbre au désert de Suez*, qui
ont des qualités réelles de dessin et de couleur, qualités
qu'on retrouve aussi dans les portraits dus au même
artiste;—le *Christ au tombeau* de M. Mathieu, les
sujets gracieux et spirituels de feu Coulon, et surtout
le *Dernier adieu*, l'*Enfant malade*, et la *Promenade*
de M. Degroux.

En Belgique comme en France, il y a parmi les paysagistes une tendance manifeste à abandonner la nature de convention pour la nature vraie.

Au nombre des paysagistes belges qui suivent cette
voie, nous citerons MM. Roelofs, Fourmois, De Knyff,
Kuytenbrouwer, etc. Les artistes belges s'exercent aussi
avec talent dans la peinture d'animaux : à côté de la
grande toile de M. Robbe, montrant avec vérité et
mouvement un *Troupeau* paissant dans une prairie
de la Campine, et des études de moutons de M. Eugène Verbœckhoven, on s'arrête devant les scènes
spirituelles et originalement rendues de M. Joseph
Stevens. Une mention honorable est due également à
M. Verlat pour son tableau représentant des *Buffles
attaqués par un tigre*. Les vues d'Espagne de M. Bossuet, les intérieurs de ville de MM. Stroobant et Van-

Moer, les marines de MM. Le Hon et Clays, méritent
dêtre cités.

Dans cette nomenclature, nous n'avons pas in-
diqué sans doute toutes les œuvres que renferme l'exposition belge, mais nous en'avons mentionné les
principales. En résumé, l'école belge conserve un rang
distingué, surtout dans la peinture de genre.

En sculpture, la Belgique est représentée par *Le
lion amoureux* et la *statue en marbre du roi Léopold*
de M. Guillaume Geefs, les gracieuses productions de
M. Fraikin, et surtout le marbre représentant le *Berceau de l'Amour*. Les ouvrages des frères Jacquet, qui
sont très-recherchés par les fabricants de bronze ; un
groupe remarqué de M. Vanhove, représentant un
Esclave nègre après la bastonnade, montrent que l'art
de la statuaire est pratiqué avec talent dans la patrie
de Duquesnoy.

Parmi les gravures sur médailles, on distingue
celles de M. Wiener, qui retrace avec finesse et sûreté des vues de monuments ; dans la gravure en taille-
douce, l'illustre M. Calamatta, qui, Romain de naissance, expose dans la salle des États Pontificaux, mais
qui a fondé une école dans la capitale de la Belgique,
où il a formé des élèves très-distingués. S. M. l'Empereur a daigné conférer la croix d'officier de la Légion-d'Honneur à ce prince de la gravure moderne.

M. Madou a obtenu la croix de la Légion-d'Honneur.

Les autres récompenses de la Belgique se décom-
posent ainsi :

Peinture : Grande médaille d'honneur à M. Henri Leys.

Médaille de première classe à M. Florent Willems.

Médailles de deuxième classe à MM. Madou, Portaels, Robbe, Alfred Stevens, Joseph Stevens, Van-Moer et Verlat.

Médailles de troisième classe à MM. Dillens, Hamman, Robert, Thomas et Verbœckhoven.

Mentions honorables à MM. De Knyff, Kuytenbrouwer, Pieron, Regemorter, Robie, Roffiaen, Stroobant, Charles T'schaggeny et de Winter.

Sculpture : Médaille de deuxième classe à M. Guillaume Geefs.

Médaille de troisième classe à MM. Fraikin et Vanhove.

Mentions honorables à MM. Chardon, Jean Geefs, Jacquet et Tuerlinckx.

V.

AUTRICHE, BADE ET NASSAU, BAVIÈRE, HANOVRE, PAYS-BAS, SAXE, VILLES ANSÉATIQUES.

L'Autriche, qui comprend dans son envoi, non-seulement les œuvres de ses peintres et sculpteurs allemands, mais aussi celles des artistes lombards et hongrois, est représentée à l'Exposition par 60 peintres, 38 statuaires, 6 graveurs et 4 architectes.

L'Autriche est faible en peinture ; en revanche, elle apporte, en sculpture, un grand nombre d'ouvrages véritablement supérieurs, presque tous, il est vrai, dus à des artistes italiens.

S. A. I. s'est arrêtée devant l'*Eve*, tableau de M. Steinle, et devant sa remarquable aquarelle tirée du *Juif de Venise* de Shakespeare. S. M. l'Empereur a décerné à M. Steinle la croix de la Légion-d'honneur.

Les toiles de M. Gauerman, peintre d'animaux et de paysages ; de M. Blaas, peintre d'histoire et professeur à l'École impériale de Vienne ; des deux frères Induno (Dominique et Jérôme), l'un peintre de genre,

l'autre de scènes militaires, et tous deux Milanais ; de
M. Kuwasseg, paysagiste ; de mademoiselle Sophie
Fredro, Polonaise, élève de deux de nos meilleurs portraitistes ; et enfin de M. Hayez, Français, né et domicilié à Venise, où il a fondé une excellente école, ont
plus spécialement fixé l'attention de S. A. I.

M. le marquis de Torquato della Torre, le statuaire
le plus en renom de l'Italie, mais dont les œuvres
n'ont pas paru au Jury proportionnées à sa grande réputation ; M. Fraccaroli de Milan, auteur d'un *Achille
blessé*, d'une *Eve*, d'un *Dédale*, et d'un groupe d'*Atala
et Chactas ;* MM. Gaili, Magni, Mallgrati, auteur d'un
Napoléon remarquable ; Miglioretti, Marchesi, Mini-
sini, Motelli, Pagani, Pelloli et quelques autres, appartiennent à cette catégorie, et ont pour rivaux, dans
la section autrichienne proprement dite, un Suisse,
M. Vela, un Viennois, M. Fernkorn, et un Polonais, M. Radnitzki.

L'Autriche a obtenu du Jury international une médaille de première classe pour M. Fraccaroli, statuaire ;
trois de deuxième classe à MM. Miglioretti et Fernkorn, sculpteurs, et Steinle, peintre ; deux médailles de
troisième classe à MM. Blaas, peintre, et Cœsar, sculpteur ; et enfin dix mentions honorables, dont cinq en
peinture, à MM. Gauerman, Induno frères, Kuwasseg
et Waldmuller ; et cinq en sculpture, à MM. Della
Torre, Max, Pierotti, Radnitzki et Vela.

Les deux duchés de Bade et de Nassau, réunis dans

la même salle, comptent en tout 12 exposants, dont 9 peintres. L'un de ces peintres, M. Knaus, qui a obtenu la médaille de 1re classe, habite Paris depuis plusieurs années ; ses trois tableaux, *une Halte de Bohémiens*, *un Incendie*, et le *Lendemain d'une fête de village*, peuvent soutenir la comparaison avec les meilleurs tableaux de genre.

M. Winterhalter, auteur du *Décaméron* et du *Far-Niente*, a exposé dans le compartiment badois un portrait de femme, et dans le grand salon français deux portraits de S. M. l'Impératrice, un tableau de Sa Majesté entourée de ses dames d'honneur, et enfin le portrait en pied de S. M. l'Empereur.

Les autres récompenses de Bade et de Nassau sont trois mentions honorables, à MM. Willmann, graveur, établi à Paris ; Lindemann-Frommel, lithographe, exerçant également son art en France, et Saal, auteur d'un fort beau paysage de Laponie.

La Bavière, qu'on a surnommée l'Attique allemande, et qui est représentée à l'Exposition par 31 peintres, 3 sculpteurs, 2 graveurs, 2 architectes et 1 lithographe, n'a obtenu que deux mentions honorables, l'une pour M. Zimmermann (Richard), auteur d'un paysage ; l'autre pour M. Voigt, graveur en médailles. L'Académie des Beaux-Arts de Munich a pour président M. G. de Kaulbach, qui a exposé en Prusse, où nous avons parlé de lui. Les miniatures de M. Muller, d'après Raphaël, Murillo, Carlo Dolce et Rubens, ont été examinées attentivement, ainsi que les dessins historiques de M. Sangstaetter et les curieuses aquarelles représentant des vues de l'Italie par M. Scheuchzer. Le paysage et la miniature sont ce que l'école de Munich nous a envoyé de plus remarquable.

Un portrait de S. M. le roi de Hanovre, miniature à l'huile de M. Wagner ; cinq médaillons et seize médailles en métaux divers, sont tout ce qu'a exhibé le Hanovre. Le Jury n'a rien accordé à ces produits.

Les deux Hesses, Electorale et Grand-Ducale, n'ont pas obtenu plus de récompenses. Elles n'avaient, il est vrai, que 3 peintres, 1 sculpteur et 1 graveur.

Le grand-duché de Luxembourg n'a exposé que deux bustes en grès de S. M. le roi Guillaume III, œuvres de MM. Wener frères.

L'exposition des Pays-Bas a plus d'importance, bien qu'il n'y ait plus trace dans ce pays des grandes traditions de l'ancienne école hollandaise ; cependant quelques œuvres estimables, sérieuses, et dignes de l'esprit si industrieux de cette sage nation, se font remarquer à l'Exposition de 1855. Les Pays-Bas n'y comptent pas moins de 63 peintres, 2 sculpteurs, 10 graveurs et 3 architectes.

D'agréables et fins tableaux de genre de M. David Bles, celui surtout intitulé *Le jeune ménage et la vieille tante ;* les intérieurs religieux de M. Bosboom, de La Haye, le *Louis-Napoléon, roi de Hollande,* se-

7*

courant les inondés en 1809, par M. Calisch ; le *Rembrandt dans son atelier*, de M. Hollander ; les paysages de M. Koekkock, et les marines de M. Louis Meyer, tous deux chevaliers de notre Légion-d'honneur ; les *Discussions politiques* et la *Fête champêtre* de M. Herman Ten-Kane, d'Amsterdam ; enfin, les toiles de M. Mertz, les grandes peintures de M. Springer, et les marines de MM. Werveer et Waldorp, forment la partie saillante de l'exposition des Pays-Bas.

La gravure qui, comme on le sait, a une importance toute particulière en Hollande, offre les œuvres remarquables de MM. Kaiser, Lange, Mare et Taurel, entre autres les belles pages de Rembrandt et de Vander-Helst, la *Ronde de nuit et la garde civique*, que nous trouvons reproduites aussi dans les aquarelles de MM. Craayvanger et Klinkhamer.

Les récompenses accordées à la section de peinture et de gravure des Pays-Bas consistent en trois médailles de troisième classe (MM. David Bles, Meyer et Bosboom), et six mentions honorables (MM. Kane, Mertz, Springer, Waldorp et Werveer).

La Saxe compte neuf peintres, un sculpteur et quatre graveurs, tous appartenant à cette grave et autrefois célèbre école de Dresde.

La *Fête nuptiale au printemps*, de M. Adrien Richter, et les deux sujets tirés de la vie de Charles-Quint par MM. Hubner et Erhardt, sont des œuvres de premier ordre. Le morceau capital de l'exposition saxonne est du sculpteur M. Rietschell, élève de Rauch de Berlin et professeur à Dresde ; il a reçu du Jury la grande médaille d'honneur, et de S. M. l'Empereur la décoration. Ceux qui ont vu le beau groupe de la *Pieta*, la statue de Lessing, les *Amours à la panthère* et les *Quatre heures du jour*, trouveront ces hautes récompenses justifiées. M. Richter a obtenu la médaille de deuxième classe.

L'exposition des Villes anséatiques (quatorze peintres, un sculpteur, un graveur) n'a obtenu aucune récompense.

———

En terminant cette nomenclature des nations du Nord de l'Europe qui ont pris part à l'Exposition universelle et qui ont été l'objet des études de S. A. I. le Prince Napoléon, nous ne pouvons résister au désir de citer le passage suivant de M. Christien Ostrowski, sur les artistes polonais qui ont figuré au grand concours de 1855.

« Commençons, dit-il, cette analyse par un aveu qui doit nous coûter, on le comprendra sans doute, un effort sérieux : c'est que la Pologne de nos pères, agricole et guerrière avant toute chose, était beaucoup moins artistique que savante ; que les arts de la forme et de la couleur, les arts plastiques, étaient généralement chez elle d'importation étrangère. Sa civilisation, qui date de son avènement au christianisme, civilisation toute évangélique et morale, ne devait rien emprunter à l'art grec ou romain, au panthéisme licencieux et profane dans lequel l'art moderne a pris naissance. En fait de savants, d'orateurs et de poëtes, elle ne le cède à aucune nation de l'Occident; en fait d'architectes, de sculpteurs, de peintres, elle vient presque après toutes les autres. Nous ne parlons pas du czarat moscovite, qui n'a jamais fait partie de l'Europe, ni de l'empire Ottoman, qui vient à peine d'y payer sa bienvenue. Nos aïeux excellaient surtout dans l'imitation la plus parfaite des chefs-d'œuvre étrangers, dans la traduction la plus fidèle de leurs beautés, qu'ils ont su s'approprier comme si elles émanaient du génie national : l'art indigène, l'art slave et polonais est encore, il faut en convenir, à l'état d'étude et d'essai.

« De cette infériorité relative de la Pologne dans les arts libéraux, il ne faudrait pas conclure à son défaut d'organisation artistique; rien ne serait plus faux que cette induction. Non, certes, un pays qui, de nos jours, a produit A. Mickiewicz dans la poésie, F. Chopin dans la musique, et P. Michalowski dans la peinture, n'est pas dépourvu du sens artistique, de la conception du beau et de la facilité à le reproduire. Mais les circonstances favorables ont toujours manqué à son développement. En effet, quel est l'espoir de l'artiste? quel est l'aiguillon qui lui fait braver tous les obstacles, qui lui fait vouer toutes les facultés de son âme, toute la puis-

sance de sa volonté à produire des chefs-d'œuvre souvent méconnus de ses contemporains, souvent payés
par l'oubli, l'abandon et la misère? C'est l'espoir de
survivre à son agonie de tous les jours, de renaître
dans ses ouvrages ; c'est ce triste bonheur de pouvoir
jeter son nom, comme l'écho d'un cri suprême de dou-
leur et de reproche, à la justice parfois tardive de la
postérité.

« Ce stimulant n'a jamais existé pour les artistes polonais. Car, quel est l'ouvrage sublime ou médiocre
qui aurait pu résister à cet ouragan de fer ou de feu
qui venait chaque année, infailliblement, ravager le
sol de la Pologne, en déplaçant les villes, en renver-
sant les châteaux, en emportant jusqu'aux traces
mêmes de ses monuments? L'art ne peut fleurir et
prospérer sur un sol bouleversé par des révolutions
sans issues. Placée en sentinelle entre l'Europe et
l'Asie, sur le grand chemin des barbares qu'elle avait
mission d'arrêter, la Pologne soldat n'a jamais eu le
temps de devenir artiste. A peine osait-elle déboucler
le casque et l'armure, entre le combat de la veille et
celui du lendemain, pour labourer et pour ensemen-
cer son champ de bataille ; trop heureuse si le canon
scandinave ou le cor tartare la laissait achever le sil-
lon ! Elle donnait la paix et la sécurité au monde, et
se réservait la guerre et l'agitation : « *Primum vivere,
deindè philosophari,* » telle fut sa devise pendant les
huit siècles de son orageuse existence.

« Et cependant la terre polonaise fut, de même que
l'intelligence polonaise, admirablement douée pour le

culte des beaux-arts. Coupée par quatre mille rivières, hérissée de forêts immenses, semée de minerais, de mataux précieux, de marbre et de granit ; couvrant les mers de ses vaisseaux et nourrissant l'Europe de sa fécondité, la Pologne avait de quoi largement rétribuer et soutenir ses artistes. La richesse, ce premier élément de la production artistique, y était répandue à profusion. Cette richesse était telle que, dès le onzième siècle, l'évêque Ditmar, qui accompagna l'empereur Othon III à Cracovie, prétend avoir vu à la cour de Boleslas-le-Grand des trésors « *ineffabilia ac incredibilia.* »

« Varsovie, capitale du pays depuis Vladislas-Vasa, et de nos jours le foyer le plus énergique de son patriotisme, possède une magnifique copie de la *Transfiguration* de Raphaël, par Oleszkieuw, des tableaux de Smugleczricz, de Warkulewicz, de Sokolowski, de Krzeczkowski, d'Eleisither, d'Albertrandy ; des toiles excellentes de Bacciarelli, peintre de Stanislas-Auguste, et dont la meilleure avait été enlevée en **1807** pour le Musée de Paris. Une exposition bi-annuelle de peinture réunissait les tableaux des professeurs Blank et Brodowski, des deux Orlowski, de Kokular, élève et grand prix de Rome, et de beaucoup d'autres ; ainsi que les dessins de Norblin, de Kondratowicz, de Suchodolski, de Letronne de Lewiçki, de Charles Hofman, et de notre tant regrettable Pierre Michalowski, notre ami d'enfance, et qui promettait à la Pologne un peintre de premier ordre. La statue de Copernic, lui-même peintre et poète, comme l'attestent son portrait peint par lui-même pour l'Université de Cracovie et son poème latin *Septem sidera,* due au ciseau de Thorwaldsen, avait été érigée à Tatarkiewicz, devant le palais des Amis-des-Sciences, société fondée par Stanislas Staszic et présidée par Julien Niemcewicz. Une autre place attendait la statue équestre du prince Joseph Poniatowski. Les palais de Paç, de Radziwil et de Krasinski, étaient de véritables musées historiques. Près du palais d'été de Lazienski, le Saint-Cloud de Varsovie, se trouve cette magnifique statue de Jean Sobieski, le sauveur de la chrétienté, devant laquelle Nicolas lui-même se découvrait avec respect.

« Wilna, le chef-lieu de la Lithuanie, possède aussi des monuments artistiques remarquables : comme l'église de Saint-Stanislas et l'Hôtel-de-Ville restauré par l'architecte Gucewicz, avec des tableaux de Smuglewicz et de Stachowicz, déjà cités. N'oublions pas de dire que c'est un architecte polonais du douzième siècle, Octavien Wolkner, qui érigea la cathédrale de Saint-Etienne dans la capitale de l'Autriche, préservée de la destruction par un autre Polonais, artiste en batailles s'il en fut jamais. Nos généraux des légions étaient presque tous peintres ou poètes : parmi les premiers, nous citerons Rymkiewicz, Godebski et notre ancien chef Mathieu Rybinski; parmi les seconds, Kniaziewicz, Vladimir Potoçki et Thadée Kosciusko. Le père de ce héros était musicien d'un très-grand mérite; lui-même donnait à ses moments perdus des leçons de dessin : son portrait du président des Etats-Unis, Thomas Jefferson, gravé au burin par le général Sokolnicki, est un vrai chef-d'œuvre. Nous avons sous les yeux une collection précieuse, *le Moyen âge polonais*, qui se publie en ce moment à Paris sous la direction de M. Przezdziecki ; une autre collection d'antiquités polonaises, laborieusement assemblée pendant trente années par les soins de M. Adolphe Cichowski, et se trouvant depuis sa mort sous la surveillance de M. le major d'artillerie Bielski, renferme plus de cent mille numéros de gravures, d'estampes et de médailles se rattachant aux différentes époques de notre existence nationale.

« Comment oserons-nous comparer à ces glorieux vestiges de notre indépendance qui sont aujourd'hui toute notre vie et notre avenir, les œuvres écloses aux jours de la servitude et de l'exil, composées avec le deuil dans l'âme, le doute et le découragement dans la pensée ? Nous le ferons cependant, pour être justes envers nos exposants de **1855** qui n'ont pas voulu désespérer de la Pologne et d'eux-mêmes. Ce sont d'abord les trois portraits de M. Rodakowski, dont le plus remarquable est sans contredit celui du général Henri Dembinski, le commandant en chef hongrois. Il est représenté assis dans sa tente de guerre, la tête appuyée sur sa main droite, dans une attitude de profonde méditation. L'expression du visage est noble et belle : en le considérant on doit comprendre l'indignation profonde qui a dû s'emparer de son âme au dénoûment de la campagne de Hongrie, terminée par la trahison de Gœrgey et l'intervention de Paskéwitch. Le front du noble vieillard se détache sur un fond crépusculaire embrasé par la vapeur des batailles. C'est une toile d'un mérite réel, chef-d'œuvre de l'artiste, déjà honoré en 1852 d'une médaille de grand module. Le portrait de la mère de M. Rodakowski est un digne pendant du précédent. Nous lui conseillons toutefois d'aborder largement les sujets historiques s'il veut perpétuer son nom dans le souvenir de ses compatriotes.

« Le portrait de son frère, par mademoiselle Fredro, promet une artiste distinguée dans cette famille illustre, dont deux membres, Alexandre et Maximilien, sont en première ligne dans la littérature nationale. Les œuvres de M. Antoine Pietruszynski, de Léopold et de M. Maurice Polak, méritent les plus sérieux encouragements. La *Naissance du Christ*, par M. Pietrowski, de Bromberg, est tout empreinte du sentiment religieux ; la couleur en est un peu mate, et le contour inégal, mais l'effet d'ensemble est d'une grande suavité. *Suzanne justifiée par le prophète Daniel*, par M. Kaselowski, de Potsdam, est une œuvre hardie, bien conçue, vigoureusement exécutée. Ses dessins du Christ, de saint Jean et de saint Matthieu, sont une très-heureuse alliance de l'ancienne école italienne et de l'école moderne française. Hâtons-nous de payer un juste tribut d'éloges à M. Jaroslas Cermak, de Prague, issu de la race tchèque ou bohème, sœur de la nôtre, et qui, dans son tableau des *Hussites*, a raconté un épisode de la propagande austro-catholique au quinzième siècle. Toutes les qualités d'une excellente peinture s'y trouvent réunies à un éminent degré. Nous souhaitons à la Pologne et aux Slaves beaucoup d'ar-

tistes pareils à M. Cermak, qui, certes, a pu trouver
en Belgique, où il est établi, les pieux modèles de son
tableau.

« Que dirons-nous des gravures de M. Antoine Olesz-
czynski, ce vétéran du burin polonais, que l'Europe
n'ait déjà dit avant nous ? Sa renommée date de loin, et
son portrait de Kosciusko, couronné en 1828 ; celui de
Mickiewicz, d'après David (d'Angers); les charmantes
illustrations publiées dans les recueils de M. Léonard
Chodzko, notre savant historiographe, suffiraient seuls
pour lui assurer la célébrité. Ses planches de cette
année ne le cèdent en rien à leurs aînées. M. Grabow-
ki (d'Angers) a exposé le statuette en marbre d'une
jeune fille grecque. C'est un début important; mais
pour que l'avenir tienne toutes les promesses du présent, il faut qu'il renonce à l'imitation trop exclusive,
trop difficile peut-être, de l'antiquité : il faut qu'il
s'inspire de la poésie et de l'histoire nationales, comme
a fait M. Statler, digne fils du peintre de Cracovie,
dans son buste du général Chlopicki. Nous en dirons
autant de M. Kamionowski, de Varsovie, auteur d'un
buste offert en hommage à la reine d'Angleterre. Nous
regrettons beaucoup de ne pas voir ici la statuette
équestre de Napoléon Ier, par Pierre Michalowski, et
quelques dessins sur bois de M. Jean Tysiewicz, qui a
consacré son talent et sa fortune à l'illustration des
meilleurs poëmes polonais. »

VI.

TOSCANE, PIÉMONT, ETATS PONTIFICAUX, ESPAGNE, PORTUGAL, GRÈCE, TURQUIE, ETATS-UNIS.

La Toscane, la Sardaigne, les Etats Pontificaux, le royaume des Deux-Siciles, l'Espagne, le Portugal, la Grèce, la Turquie, le Mexique et les Etats-Unis d'Amérique formaient le contingent de la visite que le Prince Napoléon faisait au palais des Beaux-Arts avant d'entrer dans la galerie de l'Angleterre.

Les quatre premiers Etats de cette catégorie sont faiblement représentés à l'Exposition universelle. La Toscane n'y compte que sept peintres et quatre sculpteurs; la Sardaigne, quinze peintres, un sculpteur et un architecte; les Etats Pontificaux, neuf peintres, six sculpteurs et un graveur; les Deux-Siciles, trois peintres et un sculpteur.

Les peintures toscanes ne sont généralement que des copies d'anciens maîtres, parmi lesquelles S. A. I. a remarqué une reproduction en clair obscur d'un tableau de Fra-Bartolomeo par M. Burlamachi, et une

imitation des anciens procédés de la peinture à la dé-
trempe, reproduisant le *Paradis* de Beato-Angelico da
Fiesole, par M. Sasso. Le Jury a accordé une médaille
de première classe à M. Jean Dupré, sculpteur, né à
Sienne, et professeur à l'Académie de Florence, auteur
d'un beau plâtre d'*Abel mourant* et de la *Femme endormie*. Trois statues en marbre de M. Romanelli de
Florence, élève de Bartolini, et la *Femme voilée*, groupe
de marbre de M. Gandolfi, Florentin domicilié à Paris,
ont été également remarqués. Florence se contente de
posséder le plus riche musée de l'univers, et semble se
soucier peu de prouver qu'elle est autre chose que la
collection des plus rares trésors artistiques de l'antiquité; elle vit tout entière dans le passé!

Le Piémont compte dans le nombre de ses peintres deux artistes estimés et connus parmi nous : l'un,
M. Ferri, qui a obtenu une médaille de troisième
classe pour son tableau de la *Nouvelle de la mort du
roi Charles-Albert;* l'autre, M. Gastaldi, à qui le Jury
a accordé une mention honorable; il a tiré son sujet
du poëme de lord Byron *la Parisina* et son *Prisonnier de Chillon*. Les portraits de M. Gacomelli,
les tableaux de M. Rassat, peintre de fleurs, et ceux de
madame la comtesse de Vigone, ont eu l'honneur de
fixer aussi l'attention de S. A. I.

Le contingent des États Pontificaux se compose en
grande partie de noms appartenant à la France et à
l'Angleterre. Un sculpteur, grand prix de 1851, de

notre école des Beaux-Arts, M. Bonnardel, élève de
M. Ramey et de M. Dumont, a envoyé une statue de
Ruth, à laquelle le Jury a décerné une mention honorable. En peinture, M. le chevalier Podesti, pour son
remarquable *Siège d'Ancône sous Frédéric Barbe-
rousse*, a obtenu une médaille de première classe.
M. Soulacroix, de Montpellier ; M. Leghton, sujet anglais, et M. Cavalieri, inventeur d'une méthode de coloris qu'il appelle peinture bichromographique ; en
sculpture, M. Bienaimé, auteur d'un buste apothéo-
tique de l'Empereur Napoléon Ier, et M. Gibson, Anglais établi à Rome, représentent honorablement l'art
romain à l'Exposition universelle.

Naples, dont les quatre exposants n'ont de napolitain que la naissance, puisque tous quatre habitent
Paris, n'a obtenu aucune récompense.

L'Espagne est représentée à l'Exposition par 35
peintres, 5 sculpteurs, 1 graveur et 16 architectes.
Comme l'Italie, elle est dans une décadence artistique complète : la noble terre des Murillo, des Velasquez, des Zurbaran et des Ribera, n'est plus qu'un
temple sans pontifes. Aucun vestige de cette vieille
école, qui est la sœur et la rivale de celle de Venise.
La peinture religieuse et l'art pur ont fait leur temps
en Espagne. Pourtant, le culte du beau n'y est pas sans
inspirer de temps en temps quelques artistes, et un
portraitiste intelligent, M. Frédéric de Madrazo, chevalier de la Légion-d'honneur depuis **1846**, a été re-

marqué; il a fait les portraits du roi et de la reine
d'Espagne, de mesdames les duchesses d'Albe, de
Séville, de Medina-Cœli, celui du patriarche des Indes, etc., etc. M. Madrazo a un jeune frère, M. Louis
de Madrazo, dont l'unique tableau, représentant
l'*Enterrement de sainte Cécile dans les catacombes de
Rome*, a été fort apprécié.

M. Ribera, qui porte un beau nom, a peint l'*Origine
de la famille de Los Girones* : le comte Rodrigue Giron sauvant la vie du roi Alphonse VI, en restant prisonnier à sa place, lui coupe un lambeau de son pour-
point, qu'il doit lui présenter lorsqu'il sera libre, d'où
lui vint le surnom de Giron (lambeau). M. Ribera a
obtenu, ainsi que M. Madrazo cadet, une mention honorable. M. Madrazo l'aîné a obtenu la médaille de première classe. Une mention honorable a été accordée à
M. Gandara, architecte, auteur de belles études sur le
Parthénon et la cathédrale de Palerme. Un curieux tableau de M. Castellano, représentant les principaux
torreros de Madrid ; un *Episode de la Révolution espagnole*, par M. Lucas; les pages historiques de
MM. Espalter, Galofre, Lopez et Mendoza, ainsi que la
collection si complète des études envoyées par les élèves de l'école spéciale d'architecture de Madrid, composent l'exposition espagnole.

La gravure est représentée par M. Martinez, élève
de M. Calamatta, et la lithographie par plusieurs pièces
intéressantes du recueil archéologique et artistique que
publie M. Parcerisa, sous le titre de *Recuerdos y Bel-
lezas de Espana*.

Dans le Portugal, qui compte seize peintres et trois sculpteurs, nous avons remarqué **MM. Metrass, Fonseca et Annunciaçao. M. Rodriguès**, directeur de l'Académie des beaux-arts de Lisbonne, est l'auteur d'une bonne statue du Camoëns.

La **Grèce** expose les œuvres de neuf sculpteurs, parmi lesquelles de belles copies en bois et en marbre pentélique des éternels chefs-d'œuvre de Phidias, et les curieux bas-reliefs en bois du moine Agathangelos Triantaphylon, professeur à l'école des arts d'Athènes. Presque tous les artistes grecs sont élèves de Rome.

La **Turquie** n'a qu'un peintre, né en Valachie, mais domicilié et élevé à Paris, où il a reçu les leçons de Drolling et de M. Picot. C'est M. Aman, auteur d'une vivante et curieuse *Bataille de l'Alma*, que S. A. I. a longuement considérée. En architecture, M. Bilezikdji, élève de M. Duban, a obtenu une mention honorable pour le projet d'un monument destiné à perpétuer le souvenir de la promulgation du Tanzimat et de l'alliance de la France, de l'Angleterre et de la Turquie.

Du **Mexique**, qui ne compte qu'un tableau, S. A. I. est arrivée dans le compartiment des États-Unis d'Amérique : onze peintres et deux sculpteurs. A l'exception de deux d'entre eux, ces treize artistes appartiennent à l'école française par leur résidence, leurs études et le choix de leurs sujets. S. A. I. a remarqué de jolis tableaux de genre de M. Babcok et de M. Williams Hient ; les nombreux portraits de M. Healy, auteur d'une grande page historique, *Franklin plaidant la cause des colonies américaines devant Louis XVI*, qui a valu la médaille de deuxième classe à son auteur ; le *Brigand blessé*, de M. May, et les tableaux de chevalet de M. Rossiter.

Outre la médaille de M. Healy, deux médailles de troisième classes ont été accordées à MM. May et Rossiter.

———

VII.

GRANDE-BRETAGNE.

Nous voici enfin dans la galerie de la peinture anglaise, qui a été l'objet d'une étude féconde pour S. A. I. le prince Napoléon, comme pour tous les connaisseurs et les hommes capables de deviner le caractère, les mœurs et les goûts d'une nation d'après les productions de son génie.

Spirituelle avant tout, marquée au coin d'un bon sens à la fois imperturbable et un peu railleur; consciencieuse dans son exécution, recherchée et souvent maniérée, la peinture anglaise est à la nôtre ce que l'esprit est à l'inspiration, le talent au génie, et le travail patient, minutieux et infatigable à l'imagination ardente et élevée. Les habitudes et les usages de leur pays ont, sur les peintres anglais, une influence des plus caractéristiques.

On voit en Angleterre peu de ces grandes toiles historiques qui abondent dans nos églises et nos musées; mais, en revanche, la peinture dite de genre s'y révèle par une variété de sujets, une puissance d'expression,

8

un fini qui distinguent éminemment l'école anglaise de la nôtre.

Aucun des grands noms de l'Angleterre artistique n'a manqué à l'appel de la France, et, après celle-ci, nulle part il n'y a eu plus de récompenses de la part du Jury, plus d'admiration de la part du public.

On peut dire que, pour beaucoup d'observateurs, l'ensemble de l'école anglaise a été comme une révélation. Certains genres, l'aquarelle surtout et la miniature, sont traités par nos voisins avec une supériorité qui n'a pas de concurrence sérieuse même en France. La gravure sur acier et à la manière noire, la gravure sur bois, et enfin l'architecture, offrent de grandes richesses et dénotent les puissants efforts d'une intelligence féconde. En somme, cette exposition est digne en tout point de celle de l'Industrie.

Deux cents peintres, dont cinquante aquarellistes, trente-cinq sculpteurs, cinquante-trois graveurs, neuf lithographes et cinquante architectes, en tout deux cent quatre-vingt-dix-sept artistes, auteurs de près de neuf cents œuvres diverses, composent le personnel de l'exhibition artistique du Royaume-Uni. Sans vouloir entrer dans une appréciation détaillée que notre cadre ne comporte pas, nous nous bornerons à classer d'une manière générale, et comme ils le sont dans leur pays même, les artistes anglais.

Le genre proprement dit, qui est à lui seul presque toute la peinture anglaise, compte à sa tête les noms illustres de MM. Mulready, Leslie et Webster, dont les chefs-d'œuvre, tirés de la collection particulière de

S. M. la Reine, de la Galerie Nationale et des magnifiques galeries particulières de MM. Sheepshanks, Miller et de quelques membres élevés de l'aristocratie anglaise, justifient de l'admiration qui entoure les œuvres de ces artistes chez leurs compatriotes. *Le Loup et l'Agneau*, *l'Enfant dans sa voie* et les *Baigneuses*, de M. Mulready, réalisent la perfection du dessin et de la couleur, comme *l'Oncle Tobie*, le *Vicaire de Wakefield* et le *Sancho Pança*, de M. Leslie, étonnent par le raffinement de leur composition et la profondeur de l'expression dont ils sont empreints. M. Webster, qui excelle dans les sujets d'enfants, s'y montre en même temps coloriste d'une délicatesse exquise et dessinateur d'une pureté et d'une verve hors ligne. Puis viennent M. Cope, avec ses beaux sujets tirés de Shakespeare ; M. Frith, avec son *Pope et lady Montague*, sa *Scène* de Goldsmith, et son *Bourgeois gentilhomme*, dans lequel il a si bien interprété Molière ; MM. Egg et Elmore, dont les charmants tableaux de *Buckingham rebuté*, de *Henriette de France*, de *Pierre le Grand et Catherine*, et d'une *Scène de controverse sous Louis XIV*, sont presque autant de l'histoire que du genre ; M. Hook, M. Millais, chef de l'école dite raphaélique, et M. Hunt, son disciple, remarquables tous deux par la finesse de l'exécution et la pureté du dessin ; M. Dyce, qui choisit ses sujets dans l'Écriture Sainte et cherche à reproduire le style des vieux maîtres du XVe siècle ; sir John Eastlake, président de l'Académie royale de Londres, grand coloriste ; M. Maclise, inférieur sous ce rapport à M. Eastlake, mais incomparable de mise en scène, d'action et de mouvement ; enfin, MM. Hurlstone, Horsley, Paton, dont le *Songe d'une Nuit d'été* est peut-être, sous le rapport de la composition, l'œuvre la plus surprenante qu'ait jamais exécutée un pinceau humain ; — Poole, Frost, avec ses sujets mythologiques ; Goodall, qui rappelle les traditions de la vieille Angleterre; Mac-Innes, Redgrave, avec son *Ophélia*, et Stone, auteur de pages inspirées par les doux sentiments du cœur.

En peinture historique, il faut mentionner d'abord sir George Hayter, auteur du *Procès de lord Russell,* que la gravure a rendu populaire, et du *Mariage de S. M. la reine Victoria*, également bien connu en France ; M. Herbert, dont le *Roi Lear* le dispute à son *Saint Jean devant Hérode ;* M. Ward, auteur d'un *Louis XVI au Temple*, d'un *Argyle* et d'un *Montrose* des plus dramatiques ; M. Lucy, qui a pris dans la vie de Cromwell le texte de deux tableaux remarquables ; M. Cross, M. Armitage, peintre de batailles, et enfin M. Pickersgill (F.), dont le frère est un des meilleurs portraitistes de l'Angleterre.

Nous arrivons aux peintres d'animaux, catégorie où brille le plus illustre artiste de l'Angleterre, sir Edwin Landseer.

Sir Edwin Landseer est une gloire presque européenne, s'il faut en juger par l'immense renommée dont ses œuvres, si nombreuses et si popularisées par la gravure, jouissent aujourd'hui partout : facilité d'exécution, profusion de caractères, accord toujours heureux de la nature et de l'art, pensées charmantes, beauté su-

prême de types et largeur de style toujours soutenue,
toutes ces qualités se retrouvent dans les douze ou
treize chefs-d'œuvre qu'a exposés ce grand peintre,
et qui justifient la haute récompense dont il a été
l'objet.

Après lui, M. Ansdell, pour son *Tueur de Loups* et
ses *Chiens de berger dirigeant des moutons*, les deux
MM. Cooper, et M. Willis, sont les peintres d'animaux
les plus estimés de la Grande-Bretagne.

Le paysage s'enorgueillit des noms de MM. Linnel,
Stanfield, Roberts, Danby, Lee, Creeswick, Cooke,
Wilson, Anthony, Jutson et Linton. Soit que ces artistes reproduisent les sites brumeux et mélancoliques
des trois royaumes, les vues pittoresques et colorées
de l'Italie ou de l'Inde, les intérieurs poétiques ou les
monuments féodaux du vieux temps ; soit qu'ils s'a-
donnent à la marine, au paysage champêtre ou au
paysage historique, sur presque toutes leurs toiles on
retrouve ce tact infini de leur école, cette science
exacte de la lumière et de la perspective, cette puissance d'effet obtenue par la plus patiente étude, et
surtout cette rêveuse et attachante simplicité qui donne
un si grand charme aux poëtes modernes de l'Angleterre, dont presque tous les paysagistes représentés à
l'Exposition semblent s'être inspirés.

MM. Gordon, Grant, Boyall, Pickersgill, Watson,
Macnee et Knight, se distinguent parmi les peintres
de portraits à l'huile. M. Grant a un *Rendez-vous de
chasse* qui est un chef-d'œuvre. M. Knight unit le talent de portraitiste à celui de peintre d'histoire, et son

portrait de lord Vaughan n'a d'égal en mérite que sa sombre scène des *Naufrageurs*.

L'aquarelle, ce genre si essentiellement anglais, et si bien approprié par l'Angleterre à toutes les branches de la peinture, exhibe, malgré la modeste prétention de ses moyens et de ses cadres, des pages qui sont des tableaux de premier ordre. La grande peinture n'a rien qui surpasse les œuvres de M. Cattermole, de M. Corbould, de feu Fielding, président des peintres d'aquarelles ; de MM. Cox, Haghe, Tayler, Topham et Wehnert, Haag, Hunt, Lee, Lewis, Nash, Harding et Duncan. S. A. I. le Prince Napoléon a payé un long tribut d'admiration à cette collection magnifique, placée en compagnie de la miniature sur papier et sur ivoire, où les plus purs types de la haute société anglaise ont été reproduits par l'éblouissante et correcte habileté de MM. Ross, Chalon, Thorburn et quelques autres, qui rappellent nos deux grands talents spéciaux ravis par la mort, Isabey père et madame de Mirbel.

Tel est, brièvement et succinctement, le bilan de la peinture anglaise. La sculpture, malgré le nombre de ses produits, n'atteint pas à cette supériorité, quoiqu'elle ait produit des statues remarquables. Ainsi l'*Angélique*, l'*Omphale*, le *Tueur d'Aigles* et la *Dorothée*, de M. John Bell ; le *Ganymède* et la *Princesse Borghèse*, de M. Campbell ; le *Hampden* et la *Mère*, de M. Foley ; le *Chasseur*, de M. Gibson ; le *Rêve*, l'*Eve hésitant* et la *Jeune Fille lisant*, de M. Magdowell ; la *Baigneuse*, de M. Lawlor ; l'*Ulysse*, de

M. Magdonald ; l'*Ajax*, de M. Marshall ; les bustes de
MM. Moore et Park ; la *Bacchante* et l'*Enfant au ser·
pent*, de M. Sharp, enfin la *Jeune Naturaliste*, de
M. Weekes, et les trois charmantes statues de sir
R. Wesmacott, la *Voyageuse*, la *Nymphe entrant au
bain* et l'*Enfant endormi*, ont, aux yeux de tous ceux
qui les ont vues, justifié la popularité dont ces œuvres
jouissent en Angleterre, où presque toutes les industries du bronze, de la porcelaine, de la fonte, de l'orfèvrerie et de la galvanoplastie, les reproduisent dans
tous les formats.

La gravure anglaise a, comme on sait, une réputation proverbiale ; « crayon français, burin anglais, »
dit-on dans le monde artistique. On sait aussi tout ce
que les tableaux anglais gagnent à la reproduction.
Les plus belles toiles de MM. Landseer, Mulready,
Leslie, Webster ; les tableaux plus anciens de Wilkie
et de Turner, reproduits par la gravure sur acier, sur
bois ou à la manière noire, sont mêlés aux magnifiques
épreuves d'après Raphaël, Murillo, Rubens et Van
Dyck, et forment un ensemble digne des plus grands
éloges. MM. Robinson, Cousins, Doo, Gruner, Pye,
Stocks-Lumb, Wilson, Th. Landseer, Burnett, Ryall,
parmi les graveurs au burin pur ; puis, dans la série
des graveurs sur bois, M. Thompson, le père de cet art
populaire ; M. Lenton, M. Green, brillent dans ce
compartiment, où le Prince et le public ont admiré
aussi les belles lithographies de MM. Lane, Maguire et
John Linnel.

Enfin, l'architecture tient une grande et noble place

dans l'Exposition anglaise. Sir Charles Barry, l'un des plus célèbres architectes de l'Europe, a exposé son nouveau palais de Westminster, l'une des merveilles monumentales de ce siècle, et les plans de la villa de Cliefden, qu'il a construite pour le duc de Sutherland ; MM. les professeurs Cockerell et Donaldson, le monument de Wien et le Temple de la Victoire d'Adrien ; MM. Falkener, Owen, Gibson, Hamilton, Hardwick, Burton, Allom, Fowler, Digby Wyatt, Kendall, Shaw, et Smirke, une quantité considérable d'études antiques ou du moyen âge, et de projets de monuments nouveaux, bourses, clubs, ponts, châteaux, marchés, églises, gares, salles de séances, monuments commémoratifs, hôtels-de-ville, docks, musées, collèges, etc., etc., tous conçus et rendus avec cette puissance grandiose et ces développements qui font de l'Angleterre la première nation de constructeurs.

Les récompenses suivantes ont été accordées aux artistes de la Grande-Bretagne :

Par l'Empereur, trois croix de chevaliers de la Légion-d'honneur à sir John Eastlake, peintre, à M. Mulready, peintre, et à M. Gibson, architecte.

Par le Jury :— Deux grandes médailles d'honneur à sir Edwin Landseer, peintre, et à sir Charles Barry, architecte.

Dix médailles de première classe à MM. Cattermole, Grant, Gordon, Leslie, Stanfield et Thorburn, peintres ;— Robinson, graveur, et Cockerell, Jones (Owen) et Donaldson, architectes.

Douze médailles de seconde classe à MM. Frith,

Haghe, Millais, Roberts, Tayler, Webster et Ward, peintres; — Cousins, graveur, — et Hardwick, Scott, Falkener et Hamilton, architectes.

Sept médailles de troisième classe, à M. Ansdell, Hunt, Hurlstone, Macnee et Poole, peintres; — et Thompson et Doo, graveurs;

Enfin, trente-quatre mentions honorable à MM. Cooke, Corbould, Cross, Danby, Elmore, Goodall, Harding, Holland, Horsley, Nash, Paton, Philipp, Stone, Topham, Warren, Wehnert, Wells, peintres; — Foley, Lawlor, Macdonald, Macdowell, Sharp et Weekes, statuaires; — Gruner, Pye, Stocks-Lumb et Wilson, graveurs; — Lane, lithographe; — et Burton, Fowler, Allom, Digby Wyatt, Kendall et Shaw, architectes.

VIII.

FRANCE.

La France, qui, avec une libéralité sans exemple dans l'histoire, a convoqué toutes les nations de l'univers à cette lutte à la fois sociale et artistique dont l'Exposition a été le théâtre ; — la France, qui leur a distribué les plus belles places et décerné les plus éclatantes récompenses, tenait si naturellement la tête dans cette armée d'artistes et d'hommes supérieurs en tous genres, qu'il lui suffisait d'énumérer ses richesses pour que, d'une commune voix, le monde intelligent lui accordât toutes les palmes. Aussi n'aurons-nous qu'à constater, en quelque sorte, le chiffre de ses exposants, pour qu'il soit mathématiquement prouvé que sa supériorité ressort de toutes les confirmations, et que la qualité concorde ici avec la quantité, la masse de la production avec la variété de l'inspiration, et la beauté des œuvres avec l'universalité du mérite.

Six cent quatre-vingt-dix-neuf peintres, cent soixante et dix sculpteurs, soixante et dix-sept graveurs, vingt-quatre lithographes et quatre-vingt-onze architectes : en tout, mille soixante et douze artistes, composent la phalange glorieuse qui représente l'art français sous toutes ses faces et avec toutes ses ressources.

Chaque maître a pu, grâce aux dispositions si prévoyantes du décret impérial, se présenter avec autant d'œuvres qu'il a voulu, fouiller dans les collections particulières et dans les musées, et, au rebours des expositions ordinaires, qui ne comportaient que deux ou trois œuvres de sa dernière année de travail, se composer une exposition pour ainsi dire historique de toute sa vie d'artiste.

En parcourant les salons où MM. Ingres, Horace Vernet, Decamps, Delacroix, Meissonnier, Cogniet, Troyon, Rousseau, Lehman, Heim, Aligny, Jeanron, Corot, Gudin, Flandrin, Mme Herbelin, Paul Huet, Cabat, Jadin, Maréchal, Couture, Muller, Ricard, Roqueplan, Robert Fleury, Saint-Jean, Scheffer, Sudre, Vinchon, Yvon, et quelques autres dans la peinture ; où MM. Duret, Dumont, Rude, Barye, Bonnassieux, Cavelier, Barre, Dantan, Debay, Reault, Étex, Foyatier, Fremiet, Gatteaux, Gayrard père et fils, Jouffroy, Lequesne, Oudiné, Peyre, Simart dans la sculpture et la gravure sur médailles; où MM. Calamatta, Forster, Henriquel-Dupont, Dien, Jazet, Pollet, Prévost et Mouilleron dans la gravure, où MM. Duban, Caristie, Lassus, Albert Lenoir, Questel, Vaudoyer, Viollet-Leduc, Labrouste, etc., dans l'architecture, exposent, à côté des œuvres de leur jeunesse, leurs dernières créations exécutées en vue de l'Exposition de 1855, le public, habitué à des noms qu'il salue depuis de longues années, se rend compte de ses admirations, comprend ses sympathies, suit pas à pas la carrière artistique de chacun d'eux, et voit sous ses yeux la justification matérielle de chacune des récompenses qui ont jalonné ces nobles existences, depuis le prix de Rome jusqu'à la nomination à l'Institut ; depuis la médaille de 3e classe jusqu'au prix d'honneur; depuis la croix de chevalier jusqu'à celle de grand-officier ; depuis l'humble toile de l'élève qui concourt jusqu'à l'œuvre magistrale du professeur et du chef d'école.

Les disciples exposent à côté des maîtres, les fils à côté de leurs pères, de sorte que non-seulement l'histoire de telle ou telle célébrité renommée, mais encore la trace de son influence et de son action sur le goût contemporain, se lit, s'étudie et se constate au Palais des Beaux-Arts.

S. A. I. a parcouru d'abord les galeries individuelles où brilla tel maître illustre, dont les œuvres, éparses dans les musées publics ou dans les galeries particulières, ont consacré les progrès et le génie.

Ingres ouvre cette série, qui est une des pages nationales de la France au XIXe siècle. Ce maître célèbre, que S. A. I. a glorifié elle-même dans son discours du 15 novembre, par cette phrase : « *J'ai témoigné le dé-* « *sir qu'il me fût permis de proposer à Votre Majesté* « *une haute distinction pour celui de nos artistes qui,* « *suivant la glorieuse tradition des beaux siècles de* « *l'antiquité, a consacré toute sa vie et son talent* « *au genre que, dans mon opinion personnelle, je* « *regarde comme le type éternel du beau ;* » M. Ingres, disons-nous, expose quarante tableaux, parmi lesquels sa dernière grande toile, le plafond destiné à l'Hôtel-de-Ville, et représentant l'apothéose de Napoléon Ier, et son portrait en grisaille du prince Napoléon, exécuté quelques semaines seulement avant la fin de l'Exposition, se trouvent placés en face du portrait de l'auteur, peint par lui-même en 1804.

Cinquante ans de travail et de gloire se trouvent résumés dans cette galerie, dont il suffit d'énumérer les œuvres pour rappeler les plus magnifiques pages de la peinture moderne : l'*Apothéose d'Homère*, le *Saint Symphorien*, le *Vœu de Louis XIII*, l'*Odalisque couchée*, le *Pape Pie VII tenant chapelle*, etc., et cette suite de magnifiques portraits qui élèvent M. Ingres jusqu'à la hauteur des plus grands maîtres du xvie siècle. Mais ici nous devons laisser la parole à M. Théophile Gautier. Pour juger un tel maître, il faut un tel critique.

« Le premier nom qui se présente à la pensée lorsqu'on aborde l'école française, est celui de M. Ingres. Toutes les revues du Salon, quelle que soit l'opinion du critique, commencent invariablement par lui : en effet, il est impossible de ne pas l'asseoir au sommet de l'art, sur ce trône d'or à marche-pied d'ivoire où siègent couronnées de lauriers les gloires accomplies et mûres pour l'immortalité. L'épithète de souverain, que Dante donne à Homère, sied également à M. Ingres, et les jeunes générations que traverse sa vieillesse radieuse la lui ont décernée. D'abord nié, longtemps obscur, mais

persistant dans sa voie avec une constance admirable,
M. Ingres est aujourd'hui arrivé à la place où la postérité le mettra, à côté des grands maîtres du xvie siècle,
dont il semble, après trois cents ans, avoir recueilli
l'âme : noble vie à prendre pour exemple, et que l'art
remplit toute entière, sans une distraction, sans une
défaillance, sans un doute! Enfermé volontairement
au fond du sanctuaire dont il avait muré sur lui la
porte, l'auteur de l'*Apothéose d'Homère*, du *Saint
Symphorien*, du *Vœu de Louis XIII*, a vécu dans
l'extatique contemplation du beau, à genoux devant
Phidias et Raphaël, ses dieux ; pur, austère, fervent,
méditant, et produisant à loisir les œuvres témoignages
de sa foi. Seul, il représente maintenant les hautes
traditions de l'histoire, de l'idéal et du style ; à cause
de cela, on lui a reproché de ne pas s'inspirer de l'esprit moderne, de ne pas voir ce qui se passait autour
de lui, de n'être pas de son temps enfin. Jamais accu-
sation ne fut plus juste. Non, il n'est pas de son temps,
mais il est éternel. — Sa sphère est celle où se meu-
vent les personnifications de la beauté suprême, l'éther
transparent et bleu que respirent les Sibylles de la
Sixtine, les Muses du Vatican et les Victoires du Parthénon.

« Loin de nous l'intention de blâmer les artistes qui
se pénètrent des passions contemporaines et s'enfièvrent
des idées qu'agite leur époque. Il y a, dans la vie générale où chacun trempe plus ou moins, un côté ému
et palpitant que l'art a le droit de formuler et dont il
peut tirer des œuvres magnifiques : mais nous préfé-

rons la beauté absolue et pure, qui est de tous les temps, de tous les pays, de tous les cultes, et réunit dans une communion admirative le passé, le présent et l'avenir.

« Cet art, qui n'emprunte rien à l'accident, insoucieux des modes du jour et des préoccupations passagères, paraît froid, nous le savons, aux esprits inquiets, et n'intéresse pas la foule, incapable de comprendre les synthèses et les généralisations

« C'est cependant le grand art, l'art immortel et le plus noble effort de l'âme humaine : ainsi l'entendirent les Grecs, ces maîtres divins dont il faut adorer la trace à genoux. — L'honneur de M. Ingres sera d'avoir repris ce flambeau que l'antiquité tendit à la Renaissance, et de ne pas l'avoir laissé éteindre lorsque tant de bouches soufflaient dessus, dans les meilleures intentions du monde, il faut le dire.

« Notre admiration pour M. Ingres date de loin ; nous avons déjà loué comme ils le méritent la plupart des tableaux de cette exposition, où, abjurant toute bouderie d'amour-propre, l'illustre peintre a répondu généreusement à l'appel de la France, et laissé voir à tous les chefs-d'œuvre qu'il ne montrait qu'à un petit nombre d'amis ; nous sommes heureux de les trouver réunis, et d'exprimer encore une fois l'impression qu'ils nous ont produite, et que le temps n'a fait que confirmer.

« Commençons par l'*Apothéose d'Homère,*—*ab Jove principium.* — L'*Apothéose d'Homère,* comme chacun le sait, servait de plafond à une des salles du musée Charles X, et Dieu sait combien de torticolis nous avons gagnés en la contemplant : nous pouvons l'admirer maintenant à notre aise redressée contre un mur, ce qui est sa vraie position, car la composition, entendue avec la placidité sereine d'un bas-relief antique, ne plafonne pas du tout.

« Nous ne croyons pas, après avoir visité toutes les galeries du monde, que l'*Apothéose d'Homère* redoute la comparaison avec un tableau quel qu'il soit. Si quelque chose peut donner l'idée de la peinture des Apelles, des Euphranor, des Zeuxis, des Parrhasius, telle que les témoignages des anciens nous la retracent, c'est assurément l'*Apothéose d'Homère*. En retranchant les personnages modernes qui garnissent le bas du tableau, elle eût pu, ce nous semble, figurer dans la pinacothèque des Propylées, parmi les chefs-d'œuvre antiques.

« Devant le péristyle d'un temple dont l'ordre ionique rappelle symboliquement la patrie du Mélésigène, Homère déifié est assis avec le calme et la majesté d'un Jupiter aveugle ; sa pose immobile indique la cécité, quand même ses yeux blancs comme ceux d'une statue ne diraient pas que le divin poète ne voit plus qu'avec le regard de l'âme les merveilles de la création qu'il a retracées si splendidement. Un cercle d'or ceint ses larges tempes, pleines de pensées ; son corps, modelé par robustes méplats, n'a rien des misères de la caducité ; il est antique et non vieux : l'âge n'a plus de prise sur lui, et sa chair s'est durcie pour l'éternité dans le marbre éthéré de l'apothéose. D'un ciel d'azur que découpe le fronton du temple, et que dorent comme des rayons de gloire quelques zônes de lumière orangée, descend dans le nuage d'une draperie rose une belle vierge tenant la palme et la couronne. Aux pieds d'Homère, sur les marches du temple, sont campées dans des attitudes héroïques et superbes ses deux immortelles filles, l'Iliade et l'Odyssée : l'Iliade, altière, regardant de face, vêtue de rouge et tenant l'épée de bronze d'Achille ; l'Odyssée, rêveuse, drapée d'un manteau vert de mer, ne se montrant que de profil, sondant de son regard l'infini des horizons et s'appuyant sur la rame d'Ulysse : — l'action et le voyage.

« Ces deux figures, d'une incomparable beauté, sont dignes des poëmes qu'elles symbolisent : quel éloge en faire après celui-là !

« Autour du poëte suprême se presse respectueusement une foule illustre : Hérodote, le père de l'histoire, jette l'encens sur les charbons du trépied, rendant hommage au chantre des temps héroïques; Eschyle montre la liste de ses tragédies ; Apelles conduit Raphaël par la main; Virgile amène Dante ; puis viennent Tasse, Corneille, Poussin, coupés à mi-corps par la toile; de l'autre côté, Pindare s'avance, touchant sa grande lyre d'ivoire ; Platon cause avec Socrate; Phidias offre le maillet et le ciseau qui ont tant de fois taillé les dieux d'Homère ; Alexandre présente la cassette d'or où il renfermait les œuvres du poëte. Plus bas s'étagent, en descendant vers l'àge moderne, Camoëns, Racine, Molière, Fénelon, rattaché au chantre de l'*Odyssée* par son *Télémaque*.

« Il règne dans la portion supérieure du tableau une sérénité lumineuse, une atmosphère élyséenne argentée et bleue, d'une douceur infinie ; les tons réels s'y éteignent comme trop grossiers, et s'y fondent en nuances tendres, idéales. Ce n'est pas le soleil des vivants qui éclaire les objets dans cette région sublime, mais l'aurore de l'immortalité ; les premiers plans, plus rapprochés de notre époque, sont d'une couleur plus robuste et plus chaude. Si Alexandre, avec son casque, sa cuirasse et ses cnémides d'or, semble l'ombre d'une statue de Lysippe, Molière est vrai comme un portrait d'Hyacinthe Rigaud.

« Quel style noble et pur ! quelle ordonnance majestueuse ! quel goût véritablement antique ! Dans ce tableau sans rival, l'art de Phidias et d'Apelles est retrouvé. »

Plus loin, à propos de l'*Apothéose de Napoléon* Ier, le même écrivain ajoute :

« M. Ingres a conçu son sujet avec une simplicité antique, comme si à Rome un artiste grec eût été chargé de faire en camée l'apothéose d'un César : il a mis Napoléon déifié sur un quadrige, qu'une Victoire ailée conduit au temple de la Gloire : près de lui une jeune Renommée le couronne ; au-dessus de sa tête plane l'aigle sacrée ; au fond, sur un horizon de mer bleue, se dessine la sombre silhouette d'une île ; à l'autre bout de la carrière rayonne le temple étincelant d'or et de lumière ; au bas de la composition figure un trône vide, et la France éplorée tend les mains vers

l'apparition radieuse ; Némésis s'élance et terrasse l'A-
narchie.

« Cet empereur nu dans sa pourpre comme un
Olympien, ce char d'or aux roues tourbillonnantes,
ces quatre chevaux divins habitués à fouler le bleu
pavé du ciel, et fiers comme s'ils étaient détachés des
frises du Parthénon, cette Victoire aussi noble que
celle qui délie sa sandale sur le bas-relief du temple de
la Victoire Aptère, quel maître de Grèce, de Rome ou
de Florence n'eût été orgueilleux de les avoir conçus et
réalisés avec ce style si pur et cette beauté suprême ? »

. . . .

« Si l'*Apothéose d'Homère* est exclusivement grecque, le *Martyre de saint Symphorien*, comme l'*Incendie du Bourg*, de Raphaël, semble indiquer une
certaine préoccupation de Michel-Ange. M. Ingres s'est
dit sans doute : Ce n'est pas assez d'avoir la composition simple, la forme correcte, le contour précis ; il
faut montrer que l'on est capable de ces outrances
anatomiques tant admirées, qui amènent les muscles à
la peau et font de l'homme vivant un écorché d'amphithéâtre ; et il a rassemblé dans son tableau tous les
tours de force de dessin imaginables. Depuis le *Jugement dernier* de la Sixtine, on n'a rien vu de si vivant,
de si fort, de si robuste : — c'est le *nec plus ultra* du
style et de l'art. Pour le vulgaire, il trouvera sans doute
ces musculatures exagérées, et, comparant son bras
chétif aux bras de ces licteurs athlétiques, il s'étonnera
de la différence, ne sachant pas que l'art n'a pas pour
but de rendre la nature, et s'en sert seulement

comme moyen d'expression d'un idéal intime. Si forts
que soient les géants de Michel-Ange, ils ne traduisent
pas encore toute l'énergie secrète de sa pensée.

. . . .

« Le *Vœu de Louis XIII* a été popularisé par la belle
gravure de Calamatta ; il est donc inutile de le décrire
ici en détail. — Avec quel céleste *smorfia* et quelle
dignité protectrice la sainte Vierge accueille l'offre que
le roi de France lui fait de son royaume, comme s'il
n'était pas déjà à elle ! — Depuis Raphaël, aucun
peintre n'avait peint une madone si belle, si fière, si
chaste et pourtant si douce. La madone de Saint-Sixte,
la Vierge à la Chaise, la Vierge au Poisson, l'admet-
traient pour leur sœur, et leurs enfants Jésus joueraient
avec celui qu'elle tient debout sur ses genoux divins.

« Le Louis XIII, vu de dos, inondant du velours
fleurdelisé de son manteau royal le premier plan du
tableau, et ne montrant qu'en profil perdu cette tête
pâle et caractéristique, à la moustache et à la mouche
noires ; les grands anges relevant les courtines pour
mieux laisser voir l'apparition céleste ; les petits séra-
phins supportant le cartouche où est inscrit le vœu,
sont dessinés et peints de main de maître. — Si le
style se perdait, c'est là qu'il faudrait l'aller chercher.

. . . .

« Le portrait élevé jusqu'à l'art est une des tâches
les plus difficiles qu'un peintre puisse se proposer ; —
les grands maîtres seuls, Léonard de Vinci, Titien,
Raphaël, Velasquez, Holbein, Van-Dick, y ont réussi.

— M. Ingres a le droit de se mêler à cette illustre phalange ; personne n'a fait le portrait mieux que lui. A la ressemblance extérieure du modèle il joint la ressemblance interne; il fait sous le portrait physique le portrait moral. — N'est-ce pas la révélation de toute une époque que cette magnifique pose de M. Bertin de ·Vaux appuyant, comme un César bourgeois, ses belles et fortes mains sur ses genoux puissants, avec l'autorité de l'intelligence, de la richesse et de la juste confiance en soi? Quelle tête bien organisée! quel regard lucide et mâle ! quelle aménité sereine autour de cette bouche fine et sans astuce ! — Remplacez la redingote par un pli de pourpre, ce sera un empereur romain ou un cardinal.

« Citons sans les détailler, car cela nous mènerait trop loin, et tout le monde les connaît, les portraits de madame d'H., de madame L.-B., celui de madame la princesse de B., si fin, si aristocratique, et reproduisant avec tant de charme la grande dame moderne. Quelle harmonie délicieuse que ces bras et ces mains d'une pâleur nacrée, se détachant du satin bleu de la robe ! Arrêtons-nous au portrait si fier, si hardi, si coloré, que M. Ingres fit de lui-même dans sa première jeunesse ; celui de son père est aussi une bien belle chose. Les portraits de M. Molé et de M. de Pastoret sont gravés, et nous n'avons pas besoin d'en parler ici.

« Après ces éloges que nous aurions voulu rendre dignes de l'illustre maître, et que la rapidité du journal nous force à improviser au courant de la plume, terminons par un regret. La *Stratonice,* le joyau, la perle

9*

de l'écrin, manque à cette Exposition. La gloire du
grand artiste n'en sera pas diminuée : un chef-d'œuvre
de plus ou de moins, que lui importe ! Mais nous aurions été fier de voir les étrangers s'arrêter, rêveurs,
devant cette merveille sans pareille au monde (1). »

(1) Voici, du reste, d'après le livret officiel, la liste exacte
des ouvrages exposés par M. Ingres :

*N. S. Jésus-Christ donne à saint Pierre les clefs du Pa-
radis en présence des apôtres.*

> xviii. Et moi aussi je vous dis que vous êtes Pierre, et
> que sur cette pierre je bâtirai mon église, et les portes
> de l'enfer ne prévaudront point contre elle.
> xix. Et je vous donnerai les clefs du royaume des cieux,
> et tout ce que vous lierez sur la terre sera aussi lié
> dans les cieux. *(Evangile selon* saint Matthieu, ch.
> xvii.)
> Musée de l'Empereur. (Peint à Rome en 1820.)

La Vierge à l'hostie. (Peint en 1854.)

Saint Symphorien.
> Appartient à la cathédrale d'Autun. (Salon de 1834.)

Vœu de Louis XIII.
> Appartient à la cathédrale de Montauban. (Salon de 1824.)

25 *Cartons de vitraux* pour les chapelles de Saint-Ferdi-
nand et de Dreux.

Le pape Pie VII tenant chapelle.
> La scène se passe dans la chapelle Sixtine, à Rome.
> Appartient à M. Marcotte. (Salon de 1814.)

Le pape Pie VII tenant chapelle.
> Un religieux de Saint-François vient baiser les pieds du
> pape avant de commencer son sermon.
> Appartient à M. Hauguet. (Peint à Rome, 1821.)

M. Horace Vernet, dont S. A. I. a visité la galerie après celle de M. Ingres, expose, avec les quatre tableaux représentant les batailles de Valmy, de Jem-

Apothéose de l'empereur Napoléon Ier.
  Il est conduit, sur un char, au temple de la Gloire et de l'Immortalité ; la Renommée le couronne, et la Victoire dirige les chevaux ; la France le regrette ; Némésis, déesse des vengeances, terrasse l'Anarchie.
  Ce tableau décore un des salons de l'Hôtel-de-Ville, à Paris. (Peint en 1853.)

Portrait en pied de Napoléon, premier consul.
  Appartient à la ville de Liège.

Homère déifié.
  Homère reçoit l'hommage de tous les grands hommes de la Grèce, de Rome et des temps modernes. L'Univers le couronne ; Hérodote fait fumer l'encens ; l'Iliade et l'Odyssée sont à ses pieds.
  M. de l'Empereur. (Salon de 1827.)

Jupiter et Antiope.
  Appartient à M. Moitessier. (Peint en 1851.)

Naissance de Vénus Anadyomène.
  Appartient à M. F. Reiset. (Peint en 1808 ; terminé en 1848.)

OEdipe explique l'énigme du Sphinx.
  Appartient à M. le comte Tanneguy Duchâtel. (Peint en 1808.)

Roger délivrant Angélique.
  Roger, monté sur un hippogriffe, plonge sa lance dans la gueule du monstre, qui est sur le point de dévorer Angélique enchaînée à un rocher. (L'ARIOSTE.)
  M. de l'Empereur. (Salon de 1819.)

mapes, de Montmirail et de Hanau, extraits de la galerie de M. le marquis d'Hertford, la plupart des grandes pages qui ornent le musée historique de Versailles,

Odalisque couchée.

Appartient à M. Goupil. (Peint à Rome, 1814.)

Odalisque.

Appartient à M. Marcotte. (Peint à Rome, 1839.)

Baigneuse.

Appartient à M. Valpinçon. (Peint à Rome, 1808.)

Baigneuse ; petite étude.

Appartient à M. Defresne. (Peint à Rome, 1806.)

Francesca da Rimini.

Appartient à M. le comte de Turpin de Crissé. (Rome, 1819.)

Jean Pastorel.

Charles V, alors régent du royaume, rentre à Paris, après l'expulsion du duc de Bourgogne, et reçoit le prévôt et les échevins de Paris, que Jean Pastorel et Jean Maillard lui présentent.

Appartient à M. le marquis de Pastoret. (Salon de 1822.)

Jeanne d'Arc.

Jeanne assiste au sacre du roi Charles VII dans la cathédrale de Reims ; elle est accompagnée de son écuyer Doloy, de son aumônier Jean Paquerel, religieux augustin, et de ses pages.

M. de l'Empereur. (Peint en 1854.)

Don Pedro de Tolède.

Don Pedro de Tolède, étant ambassadeur en France, rencontre dans la galerie du Louvre un page portant l'épée d'Henri IV ; il s'avance, met un genou en terre, et qui ont tant contribué à la gloire de son talent si éminemment français.

M. Horace Vernet est, dans l'acception la plus vi-

et la baise, en disant : « Rendons cet honneur à la plus glorieuse épée de la chrétienté. »
Appartient à M. Démier, à Montauban. (Salon de 1814.)

L'Epée d'Henri IV.
La même scène se passe devant le duc d'Épernon, Gabrielle d'Estrées, Malherbe et le cardinal Duperron.
Appartient à M. S. Davilliers. (Peint en 1832.)

Henri IV jouant avec ses enfants au moment où l'ambassadeur d'Espagne est admis en sa présence.
... Le roi se retourne et lui demande s'il a des enfants :
— Oui, sire, lui répond l'ambassadeur. — En ce cas, reprit le roi, je puis continuer le tour de ma chambre.
Appartient à M. de Rothschild. (Salon de 1824.)

Philippe V, roi d'Espagne, donnant l'ordre de la Toison-d'Or au maréchal de Berwick, après la bataille d'Almanza.
Appartient à M le duc de Fitz-James. (Salon de 1822)

Le poëte Arétin reçoit avec dédain une chaîne d'or que lui envoie Charles-Quint. (Peint en 1848.)

Tintoret et Arétin.
... Arétin ayant mal parlé du Tintoret, celui-ci l'invite à venir chez lui pour faire son portrait. Avant de commencer, le Tintoret s'avance armé d'un long pistolet avec lequel il le mesure de la tête aux pieds, en lui disant froidement : « Vous avez deux mesures et demie de mon pistolet. »
Ces deux tableaux appartiennent à M. Marcotte Genlis.
(Peint en 1848.)

vante du mot, le peintre d'histoire par excellence. Depuis quarante ans, pas une de nos annales militaires n'a
pu se passer de son pinceau facile et brillant; pas une
de nos victoires n'a rayonné dans le monde sans que
Horace Vernet ne l'ait fixée sur la toile. Personne ne
comprend une bataille et ne pose le soldat français
comme ce vaillant artiste, le plus connu, à coup sûr,
entre tous les peintres vivants.

Son exposition se compose de vingt et un pages,
parmi lesquelles S. A. I. a surtout remarqué : *la Smala*,

Chérubini ; portrait historique.
> La Muse de la musique étend sa main protectrice au-
> dessus de la tête du compositeur.
> M. de l'Empereur. (Peint en 1842.)

Portrait de Mme D...
> Appartient à M. F. Reiset. (Peint à Rome en 1807.)

Portrait de Mme la comtesse d'H... (Peint en 1845.)

Portrait de Mme M... (Peint en 1851.)

Portrait de Mme la princesse de B... (Peint en 1853.)

Portrait de Mme L. B... (Peint en 1823.)

Portrait de Mme G... (Peint en 1852.)

Portrait de M. le comte Molé. (Peint en 1834.)

Portrait de M. le marquis de Pastoret. (Peint en 1826.)

Portrait de M. Bertin aîné. (Peint en 1832).

Portrait de M. Ingres. (Peint en 1804.)

Portrait de M. Ingres père. (Peint en 1804.)

4 *Têtes d'étude.* (Peintes en 1820.)

Portrait de M. R...

cette œuvre si grandiose et si populaire; le maréchal *Moncey à la barrière de Clichy*, patriotique inspiration des derniers souvenirs de l'Empire, et qui porte la date 1820 ; le *Retour de la chasse au lion*, la *Judith*, la *Rebecca*, les deux *Mazeppa* si connus, et enfin la *Célébration d'une messe militaire en Crimée*, tableau simple, vrai et grand comme la campagne dont il rappelle le souvenir (1).

(1) Voici, d'après le livret officiel, la nomenclature complète des ouvrages exposés par M. Horace Vernet :

Jemmapes : général Dumouriez, 1792. (Peint en 1821.)

Valmy : général Kellermann, 1792. (Salon de 1831.)

Montmirail: l'Empereur Napoléon Ier, 1814. (Peint en 1822.)

Hanau : l'Empereur Napoléon Ier, 1813. (Peint en 1822.)
  Ces quatre tableaux appartiennent à M. le marquis d'Herford.

Épisode de la campagne de France, 1814.
  Appartient à M. Schikler.

La barrière de Clichy, ou la défense de Paris en 1814.
  Le maréchal Moncey donne au chef de bataillon Odiot l'ordre d'empêcher les Russes de s'emparer de la butte Montmartre. Parmi les acteurs de cette scène, on remarque le Maréchal Moncey, M. Odiot, colonel, de Marguery-Pipaty, l'homme de lettres, Charlet, et Horace Vernet, l'auteur du tableau.
  M. de l'Empereur. (Peint en 1820.)

Attaque de la porte de Constantine : lieutenant-colonel La Moricière, 13 octobre 1837.
  Répétition du tableau original (peinte en 1855).

M. Delacroix, dont l'exposition contient 38 tableaux, la plupart du plus grand cadre, et dont quelques-uns remontent à plus de trente ans, offre, comme M. Ingres,

La Smala : duc d'Aumale, 16 mai 1843.
M. de l'Empereur. (Salon de 1845.)

Bataille d'Isly : le maréchal Bugeaud, août 1844.
M. de l'Empereur. (Salon de 1846.)

Campagne de Kabylie : gouverneur-général Randon, 1853.
(Peint en 1854.)

Le choléra à bord de la Melpomène. (Peint en 1830.)
Judith et Holopherne.
M. de l'Empereur. (Salon de 1831.)

Rébecca à la fontaine.
(Rome, 1834. — Salon de 1835.)

Mazeppa. (Peint en 1825.)
M. de l'Empereur.

Mazeppa aux loups. (Peint en 1826.)
Musée d'Avignon.

Chasse au moufflon, par des Marocains. (Peint en 1854.)

Retour de la chasse au lion. (Peint en 1853.)
Appartient à M. A. Revenaz.

Chasse au sanglier, en Afrique. (Peint en 1835.)

Le frère Philippe, général des frères de la doctrine chrétienne. (Salon de 1845.)

S. E. le maréchal Vaillant. (Peint en 1855.)

Rendez-vous de chasse. (Peint en 1824.) Rapports de valets de limiers.
Appartient à M. Schikler.

Intérieur d'atelier.
Appartient à M. le comte de Lariboisière.

le spectacle d'un artiste aux prises pendant toute sa
vie avec la noble et sévère ambition de persister dans
une voie et de réaliser un idéal, malgré les clameurs
de la foule ou les avertissements de la critique. Mais
hâtons-nous de dire que les discussions violentes, les
critiques passionnées en matière d'art, ne sont plus de
notre temps, et que dans M. Delacroix le coloriste, on
ne retrouve plus le révolutionnaire ardent qu'une école
trop jeune voulut si longtemps opposer à M. Ingres.
Chacun aujourd'hui occupe sa place légitime, et
M. Théophile Gautier, jadis admirateur exclusif de Delacroix, peut écrire aujourd'hui avec toute raison, et
sans rien rabattre de ses admirations passées :

«Autour du nom de M. Delacroix il s'est fait, pendant un quart de siècle, un tumulte assourdissant d'in-
jures, de diatribes, de railleries, de discussions d'une
violence extrême; maintenant la poussière de la lutte
est tombée, et le maître, longtemps qualifié d'enragé e
de fou, apparaît dans l'éclat d'une gloire sérieuse et désormais incontestable. L'Exposition universelle de 1855
a posé bien haut M. E. Delacroix ; on a revu ses toiles,
objets de jugements si divers, et l'on s'est étonné de
les trouver si belles, si visiblement marquées au cachet
du génie.

« Coïncidence étrange ! Ce jeune siècle, arrivé maintenant à l'âge de raison, a nié dans M. Ingres le dessin
suprême ; dans M. Delacroix, la couleur absolue. Il
rejetait le style et le mouvement, l'idéal et la passion,
méconnaissant à la fois ses deux plus grands artistes ;
—la beauté ne le séduisait pas plus que le caractère. Il

est revenu, il est vrai, sur ce jugement bizarre, que l'on ne s'expliquerait pas si l'on ne savait que le génie a en soi , au moment de son apparition, quelque chose de choquant pour la foule dont il dépasse la portée. — Peu à peu l'éducation des masses se fait, et l'admiration succède aux sarcasmes. Le paradoxe se transforme en axiome : louer M. Ingres et M. Delacroix est maintenant un lieu commun. »

Quoi qu'il en soit, l'exposition de M. Delacroix est une grande et magnifique collection; la *Pieta*, le *Christ aux Oliviers*, le *Massacre de Scio*, la *Barque du Dante*, le *Trajan triomphant*, la *Prise de Constantinople*, les *Femmes d'Alger*, comptent depuis longtemps au nombre des choses qui restent et qui parlent. Dans un format moins vaste, mais avec plus de charme et d'intérêt dramatique encore, le public a salué de nouveau les saisissantes compositions des *Deux Foscari*, du *Marino Faliero*, de l'*Evêque de Liège*, de la *Noce juive*, du *Hamlet* et du *Naufrage de Don Juan*. Si, à l'exemple de M. Ingres, M. Delacroix eût pu détacher des plafonds du Louvre , du Luxembourg, du Palais-Bourbon et de l'Hôtel-de-Ville, les admirables peintures décoratives qu'il y a exécutées, la foule et les étrangers se fussent fait une idée plus complète encore de sa vigoureuse puissance de composition et de mouvement (1).

(1) Voici la nomenclature complète, d'après le livret officiel, de l'exposition de M. Delacroix :

Le Christ au jardin des Olives (Salon de 1827).

Appartient à l'église Saint-Paul et Saint-Louis de Paris.

M. Decamps n'expose pas moins de cinquante œuvres diverses : peintures, dessins et aquarelles. Pour
beaucoup de connaisseurs, M. Decamps est un maître

Le Christ en croix (Salon de 1847).

> Appartient à M. Bonnet.

Le Christ au tombeau (Salon de 1848).

> Appartient à M. le comte de Geloës.

La Madeleine dans le désert (Salon de 1845).

La sibylle (Salon de 1845).

> Elle montre au sein de la forêt ténébreuse le rameau d'or,
> conquête des grands cœurs et des favoris des Dieux.

Médée furieuse.

> Elle est poursuivie et sur le point de tuer ses deux enfants.
> Musée de Lille (Salon de 1838).

*Dante et Virgile, conduits par Phlégias, traversent le lac
qui entoure la ville infernale de Dité.*

> Des coupables s'attachent à la barque ou s'efforcent d'y
> entrer. Dante reconnaît parmi eux des Florentins.
> M. de l'Empereur (Salon de 1822).

Justice de Trajan.

> . . . .
> Une veuve était là, de douleur insensée!
> S'efforçant d'arrêter la marche commencée :
> Autour de l'empereur s'agitaient les drapeaux,
> Et la terre tremblait sous les pieds des chevaux.
> (DANTE, traduct. d'Antony Deschamps.)

> Musée de Rouen (Salon de 1840).

Marc-Aurèle mourant (Salon de 1845).

> L'empereur recommande la jeunesse de son fils à quelques
> amis philosophes et stoïciens comme lui ..

à la hauteur des plus illustres, et le prix dont se paient ses tableaux justifie cette appréciation. « Au XIXᵉ siècle, écrit M. Théophile Gautier, M. Decamps a décou-

L'empereur Justinien composant ses lois (Salon de 1827).
Appartient à l'État. (Conseil d'État).

Prise de Constantinople par les Croisés.
Baudouin, comte de Flandre, commandait les Français, qui avaient donné l'assaut du côté de la terre, et le vieux doge Dandolo, à la tête des Vénitiens et sur ses vaisseaux, avait attaqué le port.

Les principaux chefs parcourent les divers quartiers de la ville, et les familles éplorées viennent sur leur passage invoquer leur clémence.
M. de l'Empereur (Salon de 1841).

Le roi Jean à la bataille de Poitiers.
Son jeune fils, Philippe-le Hardi, cherche à le protéger dans la mêlée.
Appartient à M. le vicomte d'Osembray (Peint en 1830).

Bataille de Nancy; mort du duc de Bourgogne Charles-le-Téméraire, le 5 janvier 1477.
Le duc, aigri par ses derniers désastres, livre cette bataille contre toute prudence, ayant la neige à la figure, et par un temps glacé qui fit la perte de sa cavalerie. Lui-même, embourbé dans un étang, fut tué par un chevalier lorrain, au moment où il s'efforçait d'en sortir.
Musée de Nancy (Salon de 1834).

Le doge Marino Faliero condamné à mort (Salon de 1827).
Il est décapité sur l'escalier du palais ducal.

Les deux Foscari.
Le doge Foscari est obligé d'assister à la lecture de la

vert l'Orient. L'on peut dire qu'avant lui ces splendides contrées, bien-aimées du soleil, n'existaient pas pour l'art. Jean-Jacques Rousseau ne connais-

sentence de son fils, Jacques Foscari. Ce dernier, accusé d'intelligence avec les ennemis de la République, est condamné à l'exil perpétuel, après avoir été appliqué à la torture. Il se tourne vers son père pendant que sa femme, introduite un moment, s'élance pour lui faire ses adieux.

L'évêque de Liège.

Guillaume de la Marck, surnommé le Sanglier des Ardennes, s'empare du château de l'évêque de Liège, aidé des Liégeois révoltés. Au milieu d'une orgie dans la grande salle, et placé sur le trône pontifical, il se fait amener l'évêque, revêtu, en dérision, de ses habits sacrés, et le laisse égorger en sa présence (WALTER SCOTT, *Quentin Durward*).

Appartient à M. Villot Salon de **1831**).

Scène des massacres de Scio.

Des familles grecques attendent la mort ou l'esclavage.

M. de l'Empereur (Salon de **1824**).

Boissy-d'Anglas; esquisse (Peint en **1831**).

Le 28 juillet 1830.

M. de l'Empereur (Salon de **1831**).

Combat du Giaour et du Pacha.

Appartient à Mme Davin (Peint en **1835**).

Le prisonnier de Chillon.

Enfermé dans le même cachot avec son jeune frère, il le voit mourir lentement sous ses yeux sans pouvoir l'atteindre ni le secourir.   (Lord BYRON.)

Appartient à M. Ad. Moreau (Salon de **1835**).

sait que la nature alpestre, et c'est en montagnard encore plus qu'en artiste qu'il la sentait; M. Decamps, lui, est une des plus puissantes organisations

Le Tasse en prison.

Appartient à M. Alexandre Dumas.

Mort de Valentin (GOETHE, *Faust*).

Appartient à M. Cottier (Salon de 1848).

Femmes d'Alger dans leur appartement.

M. de l'Empereur (Salon de 1834).

Noce juive dans le Maroc.

Les Maures et les Juifs sont confondus. La mariée est enfermée dans les appartements intérieurs, tandis qu'on se réjouit dans le reste de la maison. Des Maures de distinction donnent de l'argent pour des musiciens qui jouent de leurs instruments, et chantent sans discontinuer le jour et la nuit; les femmes sont les seules qui prennent part à la danse, ce qu'elles font tour à tour et aux applaudissements de l'assemblée.

M. de l'Empereur (Salon de 1841).

Les Convulsionnaires de Tanger (Salon de 1838).

Ces fanatiques portent le nom d'Yssaouïs, de celui de Ben-Issa leur fondateur. A de certaines époques ils se réunissent hors des villes, et, s'animant par la prière et par des cris frénétiques, ils entrent dans une ivresse véritable, et, répandus ensuite dans les rues, ils se livrent à mille contorsions et souvent à des actes dangereux.

Appartient à M. Mala.

Les adieux de Roméo et Juliette (Salon de 1846).

Appartient à M. Benjamin Delessert.

pittoresques qui aient jamais tenu la palette, et il
règne sur son empire avec l'autorité absolue d'un
sultan.

« Chose singulière! les pays les plus beaux du
monde, et où le type humain a gardé sa noblesse ori-
ginelle, sont soumis à une religion ennemie de toute
représentation plastique, et n'avaient pas encore été
reproduits par le pinceau : cette terre antique, qui
garde l'empreinte des premiers pas de l'homme, res-
tait inconnue dans son immobilité séculaire. On ne
saurait s'imaginer à quelles bizarres fantaisies se li-
vraient les peintres ayant, par aventure, à traiter un
sujet oriental, asiatique ou turc : le vieux Carnaval,
parmi sa défroque tombée en désuétude, n'eût pas

Roméo et Juliette, scène des *Tombeaux des Capulets.*
   Appartient à Mme G. Delessert.

Hamlet (Salon de 1839).
   LE PAYSAN.— Ce crâne, monsieur, était le crâne d'Yo-
      rick, le bouffon du roi.
   HAMLET : Hélas! pauvre Yorick! (SHAKESPEARE.)
   Appartient à M. Cottier.

Le Naufrage de don Juan (Salon de 1841).
   Appartient à M. Adam Moreau.

La Famille arabe (Peint en 1854).

Chasse aux lions.
   Appartient à l'État.

Tête de vieille femme.

Fleurs.

Fleurs et fruits (Salon de 1849).

trouvé de costumes plus ridicules ; Decamps lança la
Patrouille turque à travers les rues de Smyrne. En
un seul tableau l'Orient était révélé : quelle surprise
et quelle admiration soudaines ! Le public applaudit,
les artistes s'étonnèrent, et plus d'un, s'installant avec
boite à couleurs et parasol sur la bosse d'un chameau,
se mit à la queue du maître et le suivit, mais de loin,
dans ses caravanes. — Quant à lui, il ne rentra jamais
sous son toit, et, depuis plus de vingt-cinq ans, il
campe sous la tente au pied des colonnes de Balbeck,
fume son chibouck à la porte des caravansérails, prend
son café chez les barbiers des bazars, cause avec les
zeïbecks sur le banc des corps-de-garde, ou regarde
de loin les femmes qui plongent leurs urnes aux fon-
taines, en égrenant son chapelet en bois de santal.

« Jamais la nostalgie de la patrie absente ne l'a
tourmenté dans ce pèlerinage au pays du soleil. Sous
ce ciel implacablement bleu, il n'a pas songé une fois
aux nuages gris du Nord, ce Turc à moustache blonde !
S'il n'a pas embrassé l'islamisme, il a du moins l'im-
passibilité fataliste et la quiétude dédaigneuse du mu-
sulman. — Nous, ses contemporains, nous n'avons
pas existé pour lui : nos pensées, nos espérances, nos
regrets, nos amours, nos haines, il les ignore : — *la
Allah, il Allah !* — Nous a-t-il vus avec nos chapeaux
ronds, nos fracs noirs, nos paletots et nos cigares ?
Sait-il que par les rues de Paris courent sous les aver-
ses fréquentes un tas de giaours fort laids et crottés
jusqu'à l'échine ? Non ! il est toujours là-bas, dans ces
belles villes aux minarets blancs, aux coupoles d'étain,

aux maisons en terrasse entremêlées de palmiers, aux moucharabys en bois de mélèze, cages appliquées au mur, où gazouillent, derrière le treillis, des femmes au lieu d'oiseaux. Du haut de la muraille crénelée, il voit arriver la caravane toute grise encore de la poudre du désert, avec le petit âne clariné en tête ; les chameaux allongent leur cou d'autruche et enfoncent leurs babines velues dans l'auge de l'abreuvoir ; les cavaliers cherchent le flanc de leurs montures amaigries du coin de l'étrier, pour en obtenir quelques courbettes ; les esclaves déchargent les ballots bourrés de marchandises précieuses et d'aromates. La caravane disparue sous l'ogive en cœur du khan, il suit le vol d'une cigogne qui file les pattes tendues en arrière et portant un serpent dans son long bec. Il a chaud, il est heureux, car il a rapporté le climat avec lui et cloué le soleil d'Orient au plafond de son atelier. »

Rien de plus vrai que cette critique : les tableaux de M. Decamps, ainsi réunis, ont été l'une des curiosités les plus extraordinaires de l'Exposition universelle, et devant tous, devant les chefs-d'œuvre les plus incontestables comme devant les dessins les plus largement ébauchés, l'admiration a été générale. Il est vrai que cette exécution nerveuse ne se rencontre que là, et que M. Decamps, qui n'a pour ainsi dire pas eu de maître, n'a pas eu non plus d'élève ou d'imitateur : c'est le génie de l'individualité à sa plus haute expression (1).

(1) Voici la nomenclature complète, d'après le livret officiel, des tableaux exposés par M. Decamps :

10

M. Heim, premier grand prix de Rome en 1807, appartient à une école de grande pratique, où la division des genres maintenait la hiérarchie et consacrait la

La pêche miraculeuse.

Moïse sauvé des eaux. (Peint en 1837.)
Ces deux tableaux appartiennent à M. Joseph Fau.

Joseph vendu par ses frères. (Salon de 1839.)
Appartient à M. le docteur L. Véron.

Eliézer et Rébecca. (Salon de 1850-51.)
Appartient à M. le baron Roger.

La défaite des Cimbres. (Salon de 1834.)

Poules et canards.
Ces deux tableaux appartiennent à M. Cottier.

Le singe peintre.

Chasse au faucon.

Chasseurs au miroir.
Ces trois tableaux appartiennent à M. le comte de Morny.

Don Quichotte et Sancho Pança.
Appartient à M. le baron Gustave de Roth'schild.

Café turc.
Appartient à M. le comte de Lariboisière.

Espagnols jouant aux cartes.
Appartient à M. Jules Delon.

Enfants à la tortue.

Anes d'Orient.
Ces deux tableaux appartiennent à M. Paturle.

Intérieur de ferme.
Appartient à M. le comte Tanneguy Duchâtel.

prééminence des études sérieuses. Lethiers, David,
Prudhon, Gros, Girodet, Gérard, étaient les chefs de
cette école. La rivalité de ces talents divers ouvrait

Cour de ferme. (Salon de 1850-51.)
    Appartient à M. le baron Corvisart.

Enfants turcs avec des tortues.
    Appartient à M. Cuvillier-Fleury.

L'enfant au lézard.
    Appartient à M. le docteur L. Véron.

Chevaux de halage.
    Appartient à M. Revenaz.

Rue d'un village des États Romains. (Salon de 1839.)

Tigre et éléphant.
    Ces deux tableaux appartiennent à M. Gaillard père.

Ane et chiens savants.

Mendiant comptant sa recette.
    Appartiennent à M. Albert.

Boucher turc.

Paysan italien.

La grand'mère.

Joueurs de boules.
    Ces quatre tableaux appartiennent à M. Gaillard fils.

Un chenil.

Intérieur de cour.
    Ces deux tableaux appartiennent à M. le baron Michel.

Souvenir de la Turquie d'Asie. (Salon de 1846.)

Albanais.

Bohémiens.

un champ fécond à l'étude et à l'indépendance de la jeunesse. — Géricault et Heim sont sortis de cette école. Heim, avant l'exposition de 1855, était peu

Un café (*Asie Mineure*). (Salon de 1839.)

L'improvisateur.

Ces cinq tableaux appartiennent à M. Henry Didier Goédon.

Chasseur au marais.

Appartient à M. Bonnet.

Halte de cavaliers arabes.

Chiens.

Ces deux tableaux appartiennent à M. le marquis d'Harcourt.

Les experts. (Salon de 1839.)

Grand bazar turc.

Ces deux tableaux appartiennent à lord Henry Seymour.

Une vieille femme.

Histoire de Samson; neuf dessins. (Salon de 1845.)

1° Sacrifice de Manoé.

2° Samson met le feu aux moissons des Philistins.

3° Samson enlève les portes de Gaza.

4° Samson tue le lion.

5° Samson défait les Philistins.

6° Samson et Dalila.

7° Samson emmené prisonnier.

8° Samson renverse la salle des festins.

9° Samson tourne la meule.

Appartient à M. Benjamin Delessert.

Josué; dessin.

Moïse sauvé; dessin.

connu, ou plutôt était méconnu. Ses dernières expositions dataient de **1827**, et peu d'artistes en avaient conservé le souvenir. — La résurrection a été complète, et l'exposition de **1855** a replacé Heim au rang qu'il doit occuper dans notre pléiade artistique.

Le *Martyre de saint Cyprien, de sainte Juliette*, le *Martyre de saint Hippolyte*, *sainte Hyacinthe ressuscitant un noyé*, la *Victoire des Machabées*, l'esquisse de la *Bataille de Rocroy*, l'épisode du *Sac de Jérusalem*, peintures pleines de largeur, de force, de mouvement, ont particulièrement fixé l'attention de Son Altesse Impériale, ainsi que la toile représentant la

Le gué ; dessin.
   Appartient à M. le docteur L. Véron.

Les singes boulangers ; dessin.

Les singes charcutiers ; dessin.
   Ces deux dessins appartiennent à M. Joseph Fau.

Le singe au miroir.
   Appartient à M. Cottier.

La ronde de Smyrne.
   Appartient à M. le marquis d'Hertford.

Intérieur de cour.
   Appartient à M. le marquis d'Harcourt.

Paysage en Anatolie.
   Appartient à M. Goldschmidt.

Episode de la défaite des Cimbres ; dessin. (Salon de **1842**.)

La sortie de l'école turque ; aquarelle. (Salon de **1842**.)
   Ces deux dessins appartiennent à Mme la comtesse Lehon.

Distribution des récompenses après l'exposition de
1824, composition spirituelle, dessin distingué, couleur
solide qui a obtenu un grand succès dans le grand salon
des Beaux-Arts (1).

(1) L'exposition de M. Heim était ainsi composée :

*Sujet tiré de l'*Histoire des Juifs *par Josèphe.*
    Sur la foi de faux prophètes, un nombre considérable
    d'hommes, de femmes, d'enfants, s'étaient réfugiés dans
    une des cours du temple de Jérusalem, croyant être
    épargnés; mais ils furent tous massacrés. Un juif cher-
    che à défendre sa femme et son enfant renversés par
    un soldat furieux, et foulés aux pieds de son cheval.
    M. de l'Empereur. (Salon de 1824.)

Victoire de Judas Machabée.

Martyre de saint Cyr et de sainte Juliette sa mère.
    Appartient à l'église Saint-Gervais. (Salon de 1819.)

Martyre de saint Hippolyte.
    Appartient à Notre-Dame de Paris. (Salon de 1822.)

Sainte Hyacinthe, invoquant la Sainte-Vierge, ressuscite
    un jeune homme qui s'était noyé. (Salon de 1827.)

Bataille de Rocroy.

Le roi Charles X distribuant des récompenses aux artistes
    à la fin de l'exposition de 1824. (Salon de 1827.)
    Le moment représenté est celui où Cartelier reçoit du
    roi le cordon de Saint-Michel. Carle Vernet vient de
    recevoir le sien.

Seize portraits, dessins :
    1° Le comte Daru; 2° le baron Cuvier; 3° le baron Sylves-
    tre de Sacy; 4° Pierre Guérin; 5° Mgr. Frayssinous,
    évêque d'Hermopolis; 6° Geoffroy Saint-Hilaire; 7° le

M. Meissonnier est un des six peintres français qui
ont obtenu la grande médaille d'honneur de l'Exposition, Emule glorieux des Metzu et des Terburg,
il est passé maitre dans son art. Dans le cadre étroit
qu'il s'est tracé, sa peinture dit bien ce qu'elle veut
exprimer, sa couleur est vraie, sa touche vigoureuse.
Les dix tableaux qui formaient son exposition ont obtenu un grand succès. La *Rixe*, les *Bravi*, les *Joueurs
de boule sous Louis XV*, le *Dimanche*, la *Luxure*, etc.,
ont fixé l'attention de Son Altesse Impériale. Un de ces
tableaux, la *Rixe*, avait été remarqué par la reine
Victoria. L'Empereur a voulu que S. M. l'emportàt
comme un souvenir de sa visite au Palais des Beaux-
Arts, et la toile a été enlevée avant la fin de l'Exposition pour orner la résidence royale de notre auguste
alliée (**1**).

Les autres artistes dont les œuvres ont particulièrement fixé l'attention du Prince et qui presque tous

comte Alex. de Laborde ; 8° Berton ; 9° Arnaud ; 10°
Serres ; 11° Droz ; 12° Michaud ; 13° Perceval Grand-
maison ; 14° Andrieux ; 15° Thevenin ; 16° Mᵐᵉ Hersent.

(1) Les autres tableaux de M. Meissonnier à l'Exposition
étaient inscrits de la manière suivante au catalogue des Beaux-
Arts :

Jeune homme travaillant.
Un jeune homme lit en déjeúnant.
Un homme dessinant.
La lecture.
Portrait de femme.

ont obtenu de glorieuses distinctions de la part du Jury, sont, dans l'ordre alphabétique :

M. Abel de Pujol, médaille de 1re classe, avait envoyé quatre toiles à l'Exposition des Beaux-Arts : un *saint Etienne prêchant l'Evangile ;* la *sainte Vierge au Tombeau* qui appartient à Notre-Dame de Paris ; la *Ville de Valenciennes encourageant les arts*, et enfin les *Danaïdes*, grisaille imitant le bas-relief.

M. Baron, dont les charmants tableaux, inscrits au livret sous les nos 2475, 76, 77 et 78, sont d'une élégance de couleur très-remarquable. Cette qualité distingue surtout les toiles représentant le *Bouquet* et les *Vendanges en Romagne*, qui appartiennent à l'Etat.

M. Barrias, dont les *Exilés de Tibère*, qui avaient déjà figuré avec distinction au Salon de 1851, ont obtenu aussi un légitime succès à l'Exposition de 1855.

M. Bellangé a exposé une bataille de l'*Alma* pleine d'action et de vigueur, remarquable par l'entente et jusqu'à un certain point par l'exactitude des mouvements militaires.

M. Belly, dont le tableau inscrit au livret sous le no 2517, et représentant une *haute-futaie* dans la forêt de Fontainebleau, a été apprécié du public.

M. Benouville. Ses *Martyrs chrétiens entrant à l'amphithéâtre* sont une toile remarquable. — L'aquarelle de ce tableau, qui appartient à l'État, avait figuré avec succès à l'Exposition de 1853.

M. Bida a exposé de magnifiques dessins qui lui ont valu une médaille de 1re classe. M. Bida est élève de Delacroix. C'est un coloriste au crayon noir, car, ainsi

que l'a dit un écrivain, un simple fusain peut être
d'une belle couleur. — Les eaux-fortes de Rembrandt, de Paul Huet, de Méryon, de Mme O'Connell
sont d'une couleur admirable. C'est en ce sens que
M. Bida est coloriste. — Ses dessins dénotent une
habileté remarquable et une science profonde du mé-
tier. — Le *Retour de La Mecque*, la *Cérémonie du
Dosseh* (piétinement), la *femme Fellah*, le *Portrait de
M. le comte de Morny*, etc., ont été justement remarqués.

Mlle Rosa Bonheur n'a exposé qu'un seul tableau,
la *Fenaison*, mais ce tableau suffit pour soutenir la
réputation qu'elle s'est acquise dans les précédentes
Expositions. La composition en est savante, le dessin
précis, le style large. Le jury lui a accordé également une médaille de 1re classe.

Mlle Rosa Bonheur, ainsi que l'a dit un critique,
n'est pas coloriste. Elle n'arrive pas à ces effets singu-
liers de la couleur qui sont comme ceux de la sym-
phonie; mais, quand ses yeux regardent le paysage,
c'est un miroir qu'elle place tout simplement devant
lui. Le paysage s'y dessine avec une netteté merveil-
leuse. La nature elle-même n'est pas plus vraie. La
charrette où s'entassent les foins coupés, l'attelage au
repos, les belles paires de bœufs roux qui se ramènent
l'une sur l'autre, les faneuses qui prennent l'herbe à
brassées dans les champs, celles qui la foulent sur la
charrette, le grand jeune homme qui la leur passe avec
la fourche, tout cela est à son plan, dans sa valeur et
dans sa lumière. La photographie ne donne pas des

rapports plus exacts, des vigueurs plus palpables, une solidité plus vivante. Les bœufs défient le daguerréotype et le dépassent de toute la supériorité d'une admirable intelligence. Grand air, grand soleil, la beauté de la terre et la noblesse du travail : paradoxe, si l'on veut ; mais la peinture historique est peut-être là. La *Fenaison*, comme le *Marché aux chevaux*, comme les *Bœufs au labour*, de combien s'en faut-il que ce ne soient pas là nos vrais tableaux d'histoire ?

M. Bonhommé s'est attaché à rendre la sombre poésie des travaux de forges, et il y a réussi jusqu'à un certain point. Ses toiles représentant les *Vues intérieures des forges d'Abbainville*, l'*Intérieur d'une usine du Berri*, ont un cachet de vérité et d'originalité remarquables.

M. Brascassat (paysages et animaux) a joui autrefois d'une grande réputation. Il est membre de l'Institut depuis 1846.

Les quatre tableaux qu'il avait à l'Exposition lui ont valu une médaille de 1re classe. La *Lutte des Taureaux*, la *Vache attaquée par des loups et défendue par des taureaux*, ont été les plus appréciés.

M. Brion (genre et paysage). Son tableau un *Train de bois sur le Rhin* est d'un effet original. Ses deux toiles représentant la *Fête-Dieu* et la *Pêche Miraculeuse*, ont fixé l'attention des artistes et du public.

M. Busson a exposé une *Vue des environs de Montoire* (Loir-et-Cher), qui promet beaucoup pour l'avenir. Le Jury a récompensé le début de ce jeune artiste par une médaille de 3e classe.

Chenavard, élève d'Hersent et d'Ingres, a exposé

20 cartons destinés à la décoration du Panthéon, et résumant, avec une magnifique splendeur, ses études sur l'humanité. Il suffit de citer les titres de ce travail gigantesque pour en donner une idée :

— Philosophie de l'histoire.
— L'Enfer.
— Le Purgatoire.
— Le Paradis.
— Commencement de Rome.
— Junius Brutus.
— Siège de Carthage.
— Le Rubicon.
— Mort de Caton et de Brutus.
— Fin de la République romaine.
— Temps d'Auguste.
— Naissance de N.-S. Jésus-Christ.
— Prédication de N.-S. Jésus-Christ.
— Passion de N.-S. Jésus-Christ.
— Les Chrétiens dans les catacombes.
— Temps d'Attila.
— Les Croisés.
— Luther à Wittemberg.
— Temps de Louis XIV.
— Convention nationale ; dessin.

Les époques principales de l'histoire sont tracées à grands traits avec une science des faits, une fermeté de style et une assurance de main surprenantes.

Il serait à désirer que ce grand travail, qui a si vivement appelé l'attention du monde artistique, ne restât pas à l'état de simple promesse, ainsi qu'on en a exprimé la pensée, et que la peinture en fixât à jamais la réalisation.

« Chenavard, a dit un des écrivains qui ont rendu compte de l'Exposition des Beaux-Arts, Chenavard a étudié l'histoire, la littérature, la politique, la philosophie; il s'est fait un bagage immense, sachant bien que la faiblesse de l'éducation première et l'ignorance des faits ont paralysé le talent de plus d'un grand peintre. Il s'est nourri à la conversation de tous les hommes éminents de notre pays; il a vécu dans l'intimité de Ballanche, de M. Thiers, de Louis Blanc et de tous les semeurs d'idées. Il a voyagé, parce que les voyages étendent l'horizon de l'esprit. Il a vécu en Italie pour apprendre la peinture : il sait les tableaux comme M. Villemain sait les classiques, comme M. Guizot sait les historiens. Pas un muscle de Raphaël, pas un rayon du soleil du Titien, pas un pli des draperies de Véronèse n'est nouveau pour lui. Mais, tandis qu'il apprenait, il oubliait de produire : on ne saurait tout faire à la fois. »

M. Cabanel s'était révélé au monde artistique par la *Mort de Moïse;* il a tenu les promesses de son début; son *Martyr chrétien,* la *Glorification de saint Louis,* lui ont valu les suffrages du public, et de la part du Jury une médaille de 1re classe.

M. Léon Cogniet est un des vétérans de la peinture. Élève de Guérin, ami de Géricault, il a emprunté à l'un sa fougue, à l'autre son goût délicat, et s'est fait ainsi une originalité particulière. — Une *Scène du massacre des*

Innocents date du musée de 1824.—Son *Saint Étienne* est du salon de 1827. — Le *Tintoret et sa fille* a figuré au salon de 1843, où il produisit une grande sensation. —D'autres tableaux, de remarquables portraits entre autres, sont d'une date plus récente et ne sont point au-dessous du talent de l'auteur. Le temps a passé sur les toiles de Léon Cogniet et ne leur a rien fait perdre de leur prix artistique, de leur réputation première.— C'est le plus bel éloge qu'on puisse en faire.

Le Jury a décerné à M. Léon Cogniet une médaille de 1re classe.

M. Comte (genre historique).—*Henri III, le duc de Guise* et l'*Arrestation du cardinal de Guise*, ont appelé l'attention sur cet artiste, auquel le Jury a accordé une médaille de 2e classe.

M. Corot (paysage) a exposé six toiles qui lui ont valu de justes éloges et une récompense du Jury (médaille de 1re classe). — Deux de ses toiles, inscrites sous les numéros 2791 et 2792, appartiennent à l'Empereur; elles représentent un *Effet de marée* et un *souvenir de Marcoussy*, près de Montlhéry; peut-être ne sont-elles pas assez finies comme dessin, mais elles sont pleines de grâce, de charme et de poésie.

Aucun peintre, a-t-on dit de lui, n'a plus de style et ne fait mieux passer ses idées dans le paysage; il transforme tout ce qu'il touche, il s'approprie tout ce qu'il peint, il ne copie jamais, et, lors même qu'il peint d'après nature, il invente. Sous son pinceau tout devient frais, jeune, harmonieux. Il est le poète du paysage.

M. Chassériau a envoyé cinq toiles à l'Exposition de

11

1855 : un tableau romain, le *Tepidarium*, un tableau gaulois, deux tableaux arabes, et une *Scène de la Bible*. Le plus remarquable de ces tableaux est le *Tepidarium de Pompéï*.

M. Court, grand prix de Rome en 1821, a exposé en 1827 une *Mort de César* qui fit alors une grande sensation, et qui encore aujourd'hui a valu à son auteur une place honorable dans la classification des récompenses (médaille de 1re classe).

M. Couture.

> *Nunc patimur longæ pacis mala ;*
> *Luxuria incubuit, victumque ulciscitur orbem.*

Ce sont ces deux vers de Juvénal qui lui ont inspiré sa belle toile des *Romains de la décadence*. Tout a été dit sur cette toile, qui a figuré avec tant d'éclat au salon de 1847, et qui a fait la réputation de l'auteur. Un autre tableau du même artiste, inscrit sous le n° 2820 du livret de 1855, a eu aussi un beau succès. Couture est un des coloristes qui dessinent le mieux.

M. Daubigny (paysage). Ses toiles qui ont figuré à l'Exposition de 1855 sont au nombre de quatre. Elles ont une valeur incontestable ; c'est de la peinture habile et pleine d'effet.

M. Dauzats (intérieurs et genre). Il a exposé deux *Vues intérieures d'églises* qui lui ont valu une médaille de 1re classe.

M. Desjobert (paysagiste). Ses deux tableaux : *Un herbage au bord de la mer* et une *Habitation normande*, ont révélé de grandes qualités et promettent beaucoup

pour l'avenir. L'*Habitation normande* appartient à
S. A. I. la Princesse Mathilde.

M. Devers (peinture sur émail), qui a exécuté les
cartouches de la porte d'entrée du Palais de l'Industrie, a exposé : *La Sainte-Famille* d'après Murillo,
porcelaine ; *La Sainte-Famille* d'après Bernardino
Solari, peinture à pâte d'émail sur lave émaillée ; la
Poésie, composition, émail sur lave émaillée ; *l'As-
tronomie*, d'après Lesueur, émail sur lave émaillée ;
Dante et Virgile, d'après M. E. Delacroix, porcelaine ;
Velasquez, portrait d'après lui-même, porcelaine.

M. Dubufe fils (peintre de portraits) a obtenu une
médaille de 2ᵉ classe. Plusieurs des portraits qu'il a
exposés ont été remarqués.

M. Flandrin, membre de l'Institut, est un élève de
M. Ingres ; on pourrait dire son meilleur élève. Son
tableau de *saint Clair guérissant les aveugles* est
une très belle œuvre.

La peinture religieuse, en général, n'a pas été représentée aussi largement qu'on aurait dû s'y attendre à
l'Exposition de 1855 ; mais, ainsi que l'a fait remarquer
un écrivain : « si M. Hippolyte Flandrin n'a exposé aux
Beaux-Arts qu'un *saint Clair guérissant les aveugles*,
une étude et des portraits, en revanche il a couvert de
peintures magnifiques le chœur de Saint-Germain-des-
Prés, peint une chapelle à Saint-Séverin, décoré la cathédrale de Nîmes, et déroulé sur la frise intérieure de
Saint-Vincent-de-Paul une immense panathénée chrétienne. Amaury-Duval a revêtu de fresques comme
Giotto, l'église de l'Arena à Padoue, l'église de Saint-Ger-

main-en-Laye ; Eugène Delacroix achève une chapelle
à Saint-Sulpice ; Chassériau, l'hémicycle de Saint-Phi-
lippe-du-Roule ; Perrin vient de terminer ses impor-
tants travaux à Notre-Dame-de-Lorette ; Couture abat-
tra bientôt son échafaudage de Saint-Eustache, où sont
occupés plusieurs autres peintres. Nous indiquons
sommairement ce qui nous vient en mémoire, car il
n'est guère de temple qui ne reçoive quelque décoration analogue, et cette liste pourrait être de beaucoup
augmentée. Telle qu'elle est, elle suffira pour expliquer
la diminution des sujets de piété aux salons de ces
dernières années. L'art n'abandonne pas ces merveilleux
thèmes qui lui ont fourni l'occasion de tant de chefs-
d'œuvre ; mais, au lieu de les confier à la toile, il les
traite sur place avec toutes les convenances de jour,
de perspective, de style, qu'inspire le monument qui
sert de cadre. »

M. Français (paysagiste), sous les n⁰ˢ 3125, 26, 27,
28, 29, avait à l'Exposition des Beaux-Arts cinq toiles
charmantes, comme toutes ses productions. — Ses tableaux la *Fin de l'Hiver*, qui appartient à l'Empereur,
un *Sentier dans les Blés*, le *Soleil couchant, Souvenir
d'Italie*, sont pleins de charme, d'originalité, de poésie.
M. Français a obtenu une médaille de 1ʳᵉ classe.

M. Frère, peintre de genre. Ses tableaux, et notam-
ment le *Vendredi-Saint*, le *Dîner*, la *Petite pourvo-
yeuse* (effet de neige), la *Leçon de lecture*, se distinguent par de sérieuses qualités de composition et de
dessin.

M. Gérome, peintre de genre, a exposé le *Siècle*

d'*Auguste, Naissance de N.-S. Jésus-Christ.* C'est une des plus grandes toiles qui aient figuré au Palais des Beaux-Arts. Il s'est inspiré de cette page éloquente de Bossuet :

«... Les restes de la République périssent avec Brutus et Cassius. Antoine et César, après avoir ruiné Lépide, se tournent l'un contre l'autre. Toute la puissance romaine se met sur la mer. César gagne la bataille Actiaque : les forces de l'Égypte et de l'Orient qu'Antoine menait avec lui, sont dissipées ; tous ses amis l'abandonnent, et même sa Cléopâtre, pour laquelle il s'était perdu... Tout cède à la fortune de César ; Alexandrie lui ouvre ses portes ; l'Égypte devient une province romaine ; Cléopâtre, qui désespère de la pouvoir conserver, se tue elle-même après Antoine ; Rome tend les bras à César, qui demeure, sous le nom d'Auguste et sous le titre d'empereur, seul maître de tout l'empire. Il dompte, vers les Pyrénées, les Cantabres et les Asturiens révoltés ; l'Ethiopie lui demande la paix ; les Parthes épouvantés lui renvoient les étendards pris sur Crassus, avec tous les prisonniers romains ; les Indes recherchent son alliance ; ses armes se font sentir aux Rhètes ou Grisons, que leurs montagnes ne peuvent défendre. La Pannonie le reconnaît, la Germanie le redoute, et le Weser reçoit ses lois. Victorieux par terre et par mer, il ferme le temple de Janus. Tout l'univers vit en paix sous sa puissance, et Jésus-Christ vient au monde. »

Malgré le talent dont M. Gérome a fait preuve en groupant son sujet, en dessinant les figures, en remplissant

avec esprit les vides de cette grande toile, le public,
qui, aux précédentes Expositions, avait déjà apprécié
ses compositions simples, élégantes et faciles, a préféré
à cette page historique ses quatre petits tableaux représentant la *Récréation au Camp*, le *Gardeur de
Troupeaux*, le *Pifferaro*, et surtout le *Concert de soldats russes*, étude d'après nature faite dans un voyage
de l'artiste en Moldavie. C'est l'armée russe prise
sur le fait. « Ses musiciens, dit un des critiques du
Salon, M. About, sont d'une laideur exquise ; leurs
grosses têtes naïves feraient honneur à un peintre
d'animaux. Leur dos, familier avec le knout, se
courbe gracieusement sous la capote grise ; ils souf-
flent, ils râclent, ils chantent avec un parfait déta-
chement de l'art, de la gloire et de toutes les choses
de ce monde : leur unique souci est d'éviter une fausse
note, qui se résoudrait en coups de bâton. Ils font cet
exercice avec la même précision que tous les autres, en
attendant que le tambour les rappelle à la clarinette
de cinq pieds et à la musique sifflante des balles. La
muse qui les inspire est un caporal d'orchestre qui se
promène à quelques pas plus loin, en compagnie d'un
fouet plombé. »

Le Jury a décerné à cet artiste la médaille de
2e classe.

M. Giraud (Charles), sous le nº 3185, a exposé un
charmant tableau d'intérieur, très-original et très-bien
peint.

M. Glaize a, comme M. Gérome, produit une grande
toile intitulée le *Pilori*. C'est une bonne et généreuse

idée que d'avoir réuni, enchaînés à un même pilori, tous les hommes de génie que les contemporains ont méconnus, honnis, persécutés, martyrisés, et auxquels la postérité a élevé des statues.

> On les persécute, on les tue,
> Sauf, après un long examen,
> A leur dresser une statue
> Pour la gloire du genre humain.

M. Glaize a rendu cette pensée d'une manière dramatique et originale. Cette suite de poteaux, avec leurs pancartes et leurs piloris se détachant sur une muraille blanche, a produit un effet indicible et saisissant. Le spectateur le plus indifférent ne pouvait s'empêcher d'examiner ce martyrologe du génie humain. — Le tableau de M. Glaize a obtenu un véritable succès. « L'exécution, a dit M. Théophile Gautier, s'élève à la « hauteur de l'idée. — La couleur est neuve, vigou- « reuse, le dessin ferme, correct. M. Glaize a fait un « grand pas. »

M. Gudin a obtenu une médaille de 1ʳᵉ classe. — Il avait envoyé à l'Exposition vingt-quatre tableaux. Sa vie artistique était là toute entière, depuis les premières toiles qui avaient figuré au salon de 1827, jusqu'à celles qui venaient de quitter le chevalet pour prendre part au grand concours artistique de 1855. — On peut en juger par les titres portés au livret :

Le Retour des pêcheurs ; soleil couchant.

Le port des Catalans ; Marseille.

Incendie du Kent. Le moment représenté est celui

où l'une des embarcations reçoit les femmes et les enfants que l'état de la mer obligeait de descendre du haut de la poupe, par le moyen d'un cordage auquel on les attachait deux à deux.

Coup de vent du 7 janvier 1831, dans la rade d'Alger.

Famille de pêcheurs naufragés sur la côte d'Ecosse.

Constantinople ; vue prise des Sept-Tours.

Lever de la lune sur la côte d'Aberdeen ; scène de contrebandiers.

Le vaisseau l'Austerlitz dans la Baltique.

Lord Byron, enfant, sur le pont de Balgounie (Ecosse). « Le pont du Don, près le vieux Aberdeen, « avec sa seule arche, et au-dessous ses eaux noires « foncées, remplies de saumons, est encore dans mon « souvenir comme hier. Je me rappelle toujours, quoi- « que peut-être je puisse oublier le texte exact, le pro- « verbe effrayant qui me faisait hésiter à le passer et ce- « pendant me forçait à me pencher au-dessus avec un « bonheur tout enfantin', étant fils unique, du moins « du côté de la mère. La chronique était ainsi, je ne l'ai « jamais vue ni entendue depuis que j'avais neuf ans : « Pont de Balgounic et tes noires murailles, sous le fils « unique d'une femme et le poulain unique d'une ju- « ment, à bas tu crouleras. » (Lord Byron.—*Don Juan.* « *chants* 10 *et* 16.)

La Détresse.

Le camp de Staoueli.

Explosion du fort de l'Empereur, à Alger.

Vue de Salenelles à l'embouchure de l'Orne ; lever de lune.

Vue de Constantinople, prise en face de Péra.

Prise à l'abordage de la goëlette anglaise le Hazard *par le* Courrier, *en* 1804.

Vue du Môle, à Naples.

La mer.

L'amiral Doria s'embarque pour repousser les Vénitiens devant Gênes.

Une barque de pêcheurs ; côtes de Hollande.

Peterness.

Vue prise du cottage de lord Aberdeen, au nord de l'Ecosse.

Aurore boréale.

Un soir d'orage.

Le matin à Venise.

Le soir à Naples.

La frégate la Syrène *prise par un coup de vent au moment de l'embarquement des blessés.*

M. Hamon. Ses tableaux, *Ma sœur n'y est pas* (idylle), *Ce n'est pas moi!* (idylle), les *Orphelins*, et la *Comédie humaine*, ont été l'objet de l'empressement du public à l'Exposition.—Ces toiles sont loin d'être irréprochables. En général, le dessin est mou, la couleur fausse, le modelé confus et maniéré. Malgré ces défauts, la peinture de M. Hamon a un charme inexplicable. Il règne dans ses compositions un goût d'art, un parfum de poésie, de grâce, de jeunesse, qui séduit.—M. Hamon a obtenu une médaille de 2ᵉ classe.

M. Hébert n'a exposé que deux tableaux : *Les filles*

11*

d'Alvito Crescenza et *la prison de San Germano*
(royaume de Naples); mais ces deux tableaux sont très-
remarquables et ont été fort appréciés. Depuis la
Mal'aria, qui a commencé sa réputation, M. Hébert
s'est attaché à reproduire des épisodes de la vie italienne, et, après Léopold Robert, nul n'a rendu avec
plus de vérité, d'originalité, de poésie, ces physiono-
mies italiennes pleines de mélancolie, de tristesse et de
charme. Le Jury a décerné à M. Hébert une médaille
de 1re classe.

Mme Herbelin a élevé à un rare degré de perfection
la miniature; elle est sans contredit le premier peintre
en ce genre, et, en lui accordant une médaille de 1rè
classe, le Jury n'a fait que confirmer le jugement des
artistes et du public.

M. Huet (paysagiste). — Les paysages, les scènes
de la vie rustique, considérés pendant longtemps
comme appartenant à un genre secondaire, ont, dans
l'école contemporaine, une importance égale à celle
de la peinture historique ou religieuse. Loin d'être un
symptôme de décadence, cette modification des idées
reçues est un signe de progrès, un retour vers la
vérité.

On peut voir, par le nombre de paysagistes qui ont
pris part au grand concours de 1855, et par le succès
qu'ils ont obtenu, que l'art aujourd'hui reconnaît la
légitimité de toutes les inspirations.

M. Huet est un des peintres de l'école des paysagistes
qui ont compris les premiers que la nature est un guide
sûr, et qu'en l'étudiant consciencieusement on ne peut

s'égarer. Ses toiles, au nombre de sept, ont été appréciées comme elles méritaient de l'être par le Jury, qui
lui a décerné une médaille de 1re classe, et par le public, qui lui a assigné un rang honorable entre ses collègues renommés, Rousseau, Corot, etc.

M. Isabey. — Peinture soignée, quoique peu étudiée,
touche élégante et fine, quoique un peu uniforme. Il
porte, sans en être trop écrasé, le nom de son père,
dont il est l'élève. M. Isabey a exposé quatre tableaux.
Le *Départ de chasse sous Louis XIII* est le plus
remarquable. Le *Combat du Texel* est habilement
mouvementé. L'artiste a rendu avec succès le brillant fait d'armes de nos fastes maritimes : Jean-
Bart, avec six frégates, livre bataille à huit vaisseaux
hollandais, en prend trois, met les autres en fuite, et
ramène à Dunkerque la flotte chargée de blé envoyée
en France par la reine de Pologne. Deux bâtiments
danois et un suédois, qui escortaient cette flotte, res-
tèrent neutres dans cette affaire, qui ne dura guère
qu'une demi-heure.

Une médaille de 1re classe a été décernée à M. Isabey.

M. Jadin est le peintre de la vénerie élégante ; toute
sa collection de chiens figure à l'Exposition, et, aux
yeux des amateurs de chasse, elle a un grand prix.
Cependant il peint moins bien les chiens que Troyon
et Stevens, moins bien même que Mélin. Dans la pensée des artistes, dans celle même du Jury, il a été placé
en troisième ligne. Ses toiles n'en ont pas moins le pri-
vilège d'être fort recherchées. Pourquoi ?... M. Jadin a
ce je ne sais quoi qui a tant de prix dans les arts; ses

chiens ne sont pas bien dessinés, mais chacun d'eux a son caractère particulier reproduit avec bonheur. Son coup de pinceau est dur, mais sa facture est large et spirituelle. En un mot, ses tableaux sentent le chenil. Ils rendent bien ce qu'ils veulent rendre.

M. Jadin a obtenu une médaille de 3e classe.

M. Jalabert (peintre d'histoire et de portraits) a obtenu une médaille de 1re classe. Ses tableaux : *Jésus-Christ au jardin des Oliviers*, l'*Annonciation*, *Villanella*, sont bien compris, mais exécutés mollement. Ses portraits sont mieux réussis.

M. Lambinet n'a obtenu qu'une mention honorable. Il n'en occupe pas moins un rang distingué parmi les paysagistes. Sa manière est originale, ses ciels sont pleins d'air et de lumière, ses terrains solides, ses arbres bien touffus, sa couleur souple et vigoureuse. Tous ses tableaux, en un mot, respirent un air de fraîcheur, un rayonnement, un épanouissement qui plaisent.

M. Lami a exposé une bataille de l'Alma, commandée par l'Empereur, qui ne manque ni de couleur ni de mouvement. Mais le cadre est mal dessiné, le sujet mal compris. Le livret porte l'explication suivante, qui est nécessaire, en effet, pour comprendre la pensée de l'artiste :

« Les armées alliées ayant enlevé les hauteurs de l'Alma, sont arrivées sur le plateau. Le maréchal de Saint-Arnaud fait attaquer par douze pièces d'artillerie de réserve le flanc droit de l'armée russe en retraite. Ce fut le moment décisif de la bataille. — Sur le devant du tableau, on aperçoit un coin de la redoute circulaire prise par les highlanders et les gardes anglaises. A droite, la division Napoléon se forme à la gauche de la division Bosquet, qui, après avoir escaladé les hauteurs du côté de la mer, chasse les carrés russes devant elle. »

En revanche, M. Lami expose une série d'aquarelles fort remarquables et qui soutiennent en quelque sorte la comparaison avec les meilleures aquarelles anglaises. De ce nombre sont : le *Rendez-vous de chasse dans la forêt de Rambouillet ; Marie Stuart retrouvant le corps de Douglas ;* le *Lever de la reine à Saint-James, Drawing-room ;* le *Palais Durazzo ;* l'*Église San Lorenzo* et la *Via Novissima ;* enfin l'*Orgie.*

M. Larivière (histoire), médaille de 1re classe. — Trois bons tableaux : la *Peste à Rome sous le pape Nicolas V ;* la *Pentecôte ; Portrait du maréchal Saint-Arnaud.*

M. Lehmann, élève d'Ingres, est né en Allemagne, mais il est naturalisé français. Il est officier de la Légion-d'honneur, et compte de nombreux succès en France. Son exposition au Palais des Beaux-Arts ne comprenait pas moins de vingt-deux toiles de toutes les formes, de toutes les dimensions, nous dirions volontiers de tous les genres. Sujets religieux, sujets historiques, portraits, tableaux de genre, il a tout abordé avec succès.

Il a obtenu une médaille de 1re classe.

M. Maréchal, auteur des peintures qui décorent les

deux vitraux de la nef du Palais de l'Industrie, a exposé quatre pastels d'une incontestable valeur artistique. Ils sont insérés au livret sous les numéros 3642, 3643, 3644 et 3645 ; le premier, *Galilée à Velletri*, est un véritable chef-d'œuvre plein de caractère et de vérité. *Le Pâtre, le Loisir, l'Etudiant,* sont autant d'ouvrages exquis qui font regretter qu'il n'ait pas cru devoir les fixer sur la toile.

S. A. I. le Prince Napoléon a acheté le *Galilée*.

M. Maréchal a obtenu une médaille de 1re classe.

M. Muller a exposé deux des plus grandes toiles du salon : l'une, inspirée par la défense de Paris en 1814, et portant pour titre : *Vive l'Empereur !* C'est la traduction de ces vers de Méry :

> . . . .
> C'est la fête du deuil, la grande capitale,
> Paris, vient dépenser, à cette heure fatale,
> Sur le sol envahi que l'Europe foulait,
> Sa dernière cartouche et son dernier boulet.
> Les survivants rentraient le désespoir dans l'âme,
> Appuyés sur le bras d'un ange ou d'une femme ;
> Et le Russe entendait sortir avec terreur
> D'un monde mort, le cri de vive l'Empereur !
> Et Paris vit passer sous ses arcs de victoire
> Les antiques héros de la moderne histoire,
> Les sublimes débris que la guerre a laissés,
> Tout un fleuve vivant de glorieux blessés.

L'autre tableau de Muller est une page détachée de l'histoire de la Terreur, et portant pour titre : *Appel des dernières victimes*. Il avait figuré au salon de 1851.

M. Muller a obtenu une médaille de 1re classe.

M. Pils, dans *Une tranchée devant Sébastopol*, et dans ses *Aquarelles*, a traité en maître les types militaires de notre armée. Ses soldats sont bien dessinés, bien étudiés et fièrement posés. Le zouave a trouvé son peintre, et l'artiste a rencontré la véritable veine de son talent.

M. Pils a obtenu une médaille de 2e classe.

M. Robert Fleury, membre de l'Institut, et l'un des maîtres de l'école française, a exhibé six toiles, qui toutes, à l'exception de celle qui représente *le Pillage d'une maison dans le Judecca de Venise, au moyen âge*, avaient figuré à nos précédentes Expositions. Les plus remarquables sont : le *Benvenuto Cellini dans son atelier*, le *Colloque de Poissy*, et la *Scène d'inquisition*, qui avait eu tant de succès au salon de 1841.

Le Jury a décerné à M. Robert Fleury la médaille de 1re classe.

M. Rouget a également reçu une médaille de 1re classe. Élève de David, M. Rouget est un des vétérans de la peinture. Déjà il avait obtenu une médaille de 2e classe. Vivement critiqué par la jeune école, il est sorti victorieux de la lutte, et, comme quelques autres artistes de son temps et de son école, il a dû à l'Exposition de 1855 de reconquérir une renommée contestée et en partie oubliée. Son *Abjuration de Henri IV*, ses *Derniers moments de Napoléon Ier*, les *Souvenirs du maréchal Soult*, la *Jeune femme endormie*, etc., ont des parties fort remarquables.

M. Roqueplan (Camille) n'avait qu'une seule toile à l'Exposition : *les Filles d'Eve*, charmant tableau de genre, qui lui a valu la médaille de 1re classe. On n'a donc pu juger à l'Exposition universelle qu'un des côtés du talent de cet artiste, que la mort est venue frapper pendant le concours. — Mais ses toiles sont connues et justement renommées. « En perdant Roqueplan, a dit M. Théophile Gautier, la France a perdu un de ses coloristes les plus fins, les plus clairs, les plus lumineux ; un peintre charmant qui avait su, chose rare, cacher un travail sérieux sous une facilité épanouie. Ces tableaux si gais, si vifs, si spirituels, si amusants pour l'œil, sont de vrais tableaux de maître, et la postérité les reconnaîtra pour tels. »

M. Rousseau (Théodore) a exhibé toute une galerie de paysages. Vingt années de luttes, de travaux, de persévérance, l'ont placé au premier rang des paysagistes français. Ses toiles les plus connues sont :

Les côtes de Granville.

Lisière de bois, Berri.

Une avenue, forêt de l'Isle-Adam.

Landes ; effet du matin.

Sortie de forêt, Fontainebleau ; coucher de soleil.

Sortie de forêt, crépuscule ; Fontainebleau.

Un marais dans les Landes.

Lisière des Monts-Gérard, forêt de Fontainebleau.

Groupe de chênes dans les gorges d'Apremont.

Plaine de Barbison ; effet du soir.

Un coteau, près Melun.

Un marais, Landes.

Un coteau cultivé, plaine de Barbison.

Le Jury lui a décerné une médaille de 1re classe.

M. Rousseau (Philippe), qui a obtenu une médaille de 2ᵉ classe, est un peintre distingué ; il excelle dans la reproduction de la nature morte. Son dessin est correct, sa facture habile, ses sujets disposés avec goût. Le *Chevreau broutant des fleurs*, la *Cigogne faisant la sieste au bord d'un bassin*, ont été très-remarqués.

M. Scheffer (Henri) (médaille de 1ʳᵉ classe). *La Vision de Charles IX*, la *Jeune captive*, et quelques portraits, formaient l'exposition de cet artiste, un des vétérans de la peinture française.

M. Schnetz n'a envoyé que quatre tableaux au grand concours de 1855. *La prière à la Madone*, qui appartient à l'église Saint-Roch ; *Sinite parvulos venire ad me ; Sainte Geneviève distribuant des vivres pendant le siège de Paris*, qui appartient à l'église Bonne-Nouvelle ; et enfin *la Diseuse de bonne aventure*, qui appartient à l'Empereur, sont des œuvres d'élite qui datent des salons de 1822 et 1828, et auxquelles le temps n'a rien enlevé de leur valeur artistique... M. Schnetz, élève de David, de Gros, de Regnault, de Gérard, est aujourd'hui directeur de l'Académie de France à Rome.

M. Troyon (médaille de 1ʳᵉ classe). Ses toiles ont obtenu un grand succès, et l'ont unanimement placé au premier rang des peintres de paysage et des peintres d'animaux. Ses *Bœufs allant au labour*, sa *Vue prise en Normandie*, ses *Chiens d'arrêt*, sa *Vallée de la Touque*, sont de véritables chefs-d'œuvre. M. Troyon égale déjà Paul Potter et Van de Welde. Il les surpassera probablement un jour.

M. Winterhalter (médaille de 1ʳᵉ classe) a exposé

trois tableaux, représentant : l'*Empereur* et l'*Impératrice* en pied, et l'*Impératrice entourée de ses dames d'honneur.*

Son Altesse Impériale a encore examiné un bon nombre d'autres œuvres, dont l'énoncé seul nous ferait sortir du cadre que nous nous sommes tracé, mais qui toutes témoignent d'heureuses inspirations, de bonnes études, de remarquables qualités, et qui semblent assurer pour longtemps encore à la France la suprématie dans la peinture.

Nous mentionnerons, en finissant, comme ayant aussi fixé l'attention du Prince, les portraits d'Amaury-Duval, la *Mort de Moïse* de Cabanel, la *Chapelle Sixtine* de Lepneveu, le *Repos de la Vierge* de Landelle, la *Graziella* de Rodolphe Lehmann, le *Jour du dimanche* de Gendron, le *Voyage de Paris à Cadix* de Giraud, les *Souvenirs du passé* de Célestin Nanteuil, la *Retraite de Russie* d'Yvon, les *Funérailles de Guillaume le-Conquérant* de Forestier, le *Boissy-d'Anglas* de Vinchon, le *Paysan greffant un arbre* de Millet, le *Paralytique* d'Antigna, le *Champ de foire de Saint-Fargeau (Yonne)* de M. Leleux ; les tableaux de genre de Mᵐᵉ Cavé, de Pezons, de Penguilly ; les paysages d'Achard, de Paul Flandrin, de Curzon, de Bellel, d'Aligny, de Cabat, de Jeanron, de Charles Leroux, de Belly, de Laurens; les toiles d'animaux de Mélin, de Couturier, de Palizzy, etc.

SCULPTURE.

C'est dans l'exposition de sculpture surtout que s'est révélée la supériorité de la France. Sur 94 récompenses ou mentions honorables décernées par le Jury international dans cette section des Beaux-Arts, 67 reviennent à la France, 8 à l'Autriche, 6 à l'Angleterre, 5 à la Belgique, 2 à la Prusse. La Saxe, le Danemark, la Toscane, la Bavière et Rome se partagent les cinq autres récompenses ; et à part la Prusse, dont le sculpteur Rauch a été nommé officier de la Légion-d'honneur, la Saxe, dont le sculpteur Rietschell a obtenu une de nos grandes médailles d'honneur, l'Autriche et la Toscane, qui ont eu une médaille de 1re classe chacune, les autres artistes étrangers n'ont obtenu en général que des mentions honorables.

S. A. I. a visité à plusieurs reprises et avec un intérêt marqué les œuvres de tous nos sculpteurs.

Le jeune pêcheur jouant avec une tortue, statue en bronze par Rudde ; *Le pêcheur napolitain dansant la tarentelle* et *l'Improvisateur* de Duret ; la *Leucothoé* de Dumont, ont obtenu les honneurs du salon de sculpture. Jury, artistes et public ont été unanimes à ce sujet.

Premiers grand prix de Rome tous les trois, Rudde, Duret et Dumont occupaient, au salon de 1855, la place laissée vacante par la mort de David et de Pradier. Ils ont obtenu tous trois la grande médaille d'honneur. La mort a frappé Rudde à son tour quelques jours avant qu'il ne reçût la glorieuse récompense décernée à ses œuvres. Rudde avait aussi exposé une statue en bronze de *Mercure* et un *buste de femme* en marbre, qui font regretter vivement que la mort ait arrêté si subitement le ciseau puissant qui a sculpté la *Marseillaise*, l'artiste infatigable qui, depuis 1812, ne s'est pas reposé un seul jour, et qui est mort dans son atelier comme un soldat sur le champ de bataille.

M. Duret, élève de Bosio, a exposé également une statue en marbre de *Châteaubriand* pour les galeries de Versailles. M. Dumont, une *Étude de jeune femme*, statue en marbre ; une statue colossale de *Buffon* en bronze, et le modèle en plâtre du *Monument élevé à Alger au maréchal Bugeaud*. S. A. I. a payé un juste tribut d'éloges à ces œuvres remarquables.

La Méditation de Bonnassieux, statue en marbre ; *l'Amour se coupant les ailes*, statue en marbre du même artiste ; — le *Berceau primitif*, de Debay (Auguste), représentant *Ève et ses deux enfants*, groupe en marbre ; — la statue d'*Anacréon*, marbre ; le *Faucheur*, statue en bronze, et le *Tombeau des Gracques*, bustes en bronze de Guillaume ; — le *Faune dansant*, de Lequesne ; — l'*Adam*, statue en marbre de Perraud jeune, premier grand prix de Rome, ont aussi fixé l'attention de S. A. I. Ces œuvres diverses ont valu à leurs auteurs la médaille de 1re classe et ont eu une bonne part des honneurs du salon de sculpture.

M. Simart, qui a également obtenu une médaille d'honneur de 1re classe, a exposé une *Minerve*, imitée de la *Minerve du Parthénon*. L'artiste a essayé de reproduire, dans cette sculpture polychrome, la statue de Phidias telle qu'elle est décrite dans l'ouvrage de M. Quatremère de Quincy. Le livret du Musée porte la note suivante :

La *Minerve du Parthénon :*

Le combat des Amazones et des Athéniens sur la partie concave du bouclier.

Le combat des Dieux et des Géants, sur la partie convexe.

La querelle des Centaures et des Lapithes, sur les sandales.

Pandore recevant les dons des Dieux, sur le piédestal.

Son Altesse Impériale a examiné, en outre, avec intérêt, le *Jeune pâtre dénichant des oiseaux* de Cabet, élève de Duret ; — la *Statue équestre de l'Empereur Napoléon III*, modèle de la statue en bronze exposée devant le Palais de l'Industrie, de Debay (Jean-Baptiste); la *Pudeur cédant à l'Amour*, du même artiste, et son *Saint Jean-Baptiste enfant ;*—le *Spartacus*, statue en bronze de Foyatier, reproduction de celle qui est au jardin des Tuileries, et qui avait figuré au salon de 1827 ; la *Siesta*, statue en marbre du même auteur, avec cette note inscrite au livret des Beaux-Arts : « Les « lèvres de la femme étrangère sont comme un rayon « d'où découle le miel,... son âme est embrasée comme « un feu ardent ; » — la *Minerve après le jugement de Paris*, statue en bronze appartenant à l'Empereur, de Gatteaux, et son *Michel-Ange*, buste en bronze ; — la

Bacchante, statue en marbre; la *Rêverie*, souvenir de
Pompéi, statue en marbre du salon de 1852; la *Prière*
et la *Pudeur*, de Jaley (ces deux statues appartiennent
à l'Empereur); — *Agrippine et Caligula*, groupe en
marbre, de Maillet, avec cette note de Tacite inscrite au
livret : « Quel spectacle digne de pitié, de voir l'épouse
« de Germanicus se sauver du camp de son époux, em-
« portant son enfant dans ses bras! » *Primavera
della vita*, statue en plâtre, et la *Novice de Vesta*, buste
en marbre du même artiste ;—le *Retour du printemps*,
statue en marbre, et *Cypris allaitant l'Amour*, groupe
en marbre, de Marcellin (ce groupe appartient à
M. Fould); — l'*Eté*, statue en marbre de Moreau ; —
Psyché endormie, statue en marbre d'Oudiné, sculpteur
et graveur en médailles, et le modèle en plâtre de l'*A-
pothéose de Napoléon I*er , médaille d'après le plafond
peint par Ingres pour l'Hôtel-de-Ville, du même artiste ;—*Achille à Scyros*, groupe en marbre, *Une heure
de la nuit*, statue en bronze de Pollet, ainsi que ses
deux bustes de Bacchantes appartenant à l'Empereur.
Tous ces artistes ont obtenu des médailles de 2e classe.

Ont également fixé l'attention de S. A. I.: le médaillon en bronze de *François Arago* par Bovy; l'*Inauguration du chemin de fer de Strasbourg*, l'épreuve
de la *Médaille accordée aux sculpteurs, comme récompense, à la suite de l'Exposition des Beaux Arts*
(Salon de 1852, appartient à l'Etat); le *duc de Plaisance*, le *baron Cuvier*, médailles en bronze du même
artiste, ainsi que ses médailles, bronzes et plâtres dont
la liste suit : *Napoléon I*er, bronze; *Gœthe*, bronze;

Médaille de prix pour Genève, bronze; *Liszt*, plâtre; *Schopin*, plâtre; *Paganini*, plâtre; *Général Dufour*, plâtre; *Médaille de prix pour Genève*, plâtre; — le *Saint Vincent de Paul*, groupe en bronze de Cabuchet; — la *Cornélie*, groupe en plâtre; la *Vérité*, statue en marbre (appartient à l'Empereur); la *Bacchante*, groupe en marbre; le *Dante*, buste en bronze, de Cavelier, élève de David, et auteur de *Pénélope*; — le *Baigneur*, statue en marbre; la *Vendangeuse italienne*, statue en bronze; le *Silène*, bas-relief en plâtre; le *Portrait de Mlle Rachel*, buste en marbre de Paros, de Dantan aîné; — les *Médaillons et clichés* de Depaulis, représentant : 1° *Médaille commémorative du voyage de S. A. I. Louis Napoléon dans les départements du Midi en* 1852; plâtre (commandée par l'Etat); 2° *Portrait de Bourgelac*, fondateur des écoles vétérinaires (Ministère de l'agriculture et du commerce); 3° *La Vénus de Milo*, et 4° *Le pont de Libourne* (commandées par l'Etat); 5° *Dom Bernard de Montfaucon*, médaillon (commission des monnaies et médailles); 6° *Le commerce de terre et de mer*, médaille (commission des monnaies et médailles); 7° *Etude*, médaillon en bronze; 8° *Etude*, médaillon en bronze; 9° *Etude*, médaillon en bronze; 10° *Etude*, médaillon en bronze; 11° *La prise de Saint-Jean-d'Ulloa*, médaille (commandée par l'Etat); 12° *La cérémonie funèbre du 6 juillet* 1848, médaille (commandée par l'Etat); 13° *M. Sylvestre de Sacy*, médaillon et cliché de la médaille (Académie des inscriptions et belles-lettres); 14° *Tête d'Apollon*, bronze, médaillon ; *Passage à Rouen des restes mortels de Napoléon I*er, modèle de médaille; *Inauguration de la statue de Pierre Corneille* à Rouen, médaille ; — une *Etude de jeune fille*, statue en marbre de Droz ;— toute la collection de Frémiet, auteur du *Chien courant blessé à la patte*, un des meilleurs morceaux de l'Exposition, collection composée ainsi qu'il suit : *Carabinier*, *Artilleur à cheval*, *Voltigeur*, *Gendarme à cheval*, *Brigadier des guides*, cinq statuettes faisant partie d'une collection de différentes armes de l'armée française, commandée par ordre de l'Empereur ; *Chevaux de halage*, groupe en bronze; *Chien courant griffon*, bronze (Salon de 1850-51); *Chien courant blessé*, bronze (Musée de l'Empereur); *Ravageot et Ravageode*, chiens bassets, bronze ; *Dromadaire*, plâtre (Salon de 1847); *Chameau*, plâtre (Salon de 1849); *Chatte et ses petits*, marbre (appartient à l'Etat); — *Faune jouant avec un chevreau*, statue en bronze, par Gumery;—l'*Observation* et le *Jeune Romain*, bustes en marbre, d'Iselin;—le *Montaigne*, modèle en plâtre de la statue en bronze placée à Périgueux, et le modèle en plâtre de la statue du maréchal Brune, placée à Brives-la-Gaillarde, de Lanno, élève de Cartellier; —les groupes en cire de Mène, représentant : *Tchiani et Ndejebi*, chevaux arabes ; un *Halali sur pied* et des *Chiens terriers;*—l'*Enfant prodigue*, statue en marbre; la *Reine des Cieux*, plâtre, et le *Saint Louis de Gonzague*, plâtre, de Montagny; — un buste en marbre de M. le comte de Nieuwerkerke ; — le *Rembrandt*, buste en bronze, et le portrait de M. Deguerry, curé de la

Madeleine, d'Oliva ;—le *Napoléon Bonaparte écolier de Brienne*, statue en marbre, de Rochet, avec cette note au livret : « Par la pensée, Brienne est ma patrie ; c'est « là que j'ai ressenti les premières impressions de « l'homme » (Napoléon à Sainte-Hélène). Le modèle en plâtre de cette statue, qui appartient à l'Etat, a figuré au salon de 1853 ; — la *Rêverie*, statue en marbre, de Travaux, inspirée par les vers d'un poète :

> « Elle rêve ; mais rien ne trouble sa pensée ;
> « Elle ignore la vie, elle ignore l'amour.
> « Que sait-elle ? La rose en guirlande tressée,
> « Les chants d'oiseaux, l'azur du jour..... »

Enfin, S. A. I. a examiné avec intérêt cinq pierres fines gravées par Salmson, et représentant :

1° L'*Empereur*, cornaline du Brésil ; 2° L'*Impératrice*, onyx d'Allemagne ; 3° Portrait de Mme la baronne de M..., émeraude ; 4° *Tête de Syracuse*, camée, émeraude ; 5° *Tête de nègre*, buste, onyx.

Tous les artistes que nous venons de mentionner ont obtenu des médailles de 3e classe.

Le Prince Napoléon a terminé sa dernière visite au salon de sculpture, en passant successivement en revue les œuvres des artistes dont les noms suivent :

MM. Barye, qui a exposé un *Jaguar dévorant un lièvre*, bronze ; — Brunet, un buste en marbre ; — Caïn, *Fauvettes défendant leur nid contre un loir, Bécasse et Musaraigne*, groupe en cire ; *Vautour d'Egypte*, bronze, pied de table pour le palais du Louvre ; —

12

Calmels, *Calypso*, statue en marbre; — Chatrousse, la *Reine Hortense et le Prince Louis Napoléon*, groupe en marbre, commandé par l'Empereur; — Cordier, quatre *bustes en bronze* représentant des types d'hommes et de femmes Mongols et nègres; — Desprez, l'*Ingénuité*, statue en marbre (appartient à l'Empereur); — Diebolt, la *France rémunératrice*, esquisse en bronze, modèle de la statue exécutée en 1851 au rond-point des Champs-Élysées; — Dubray, l'*Amour vainqueur*, groupe en plâtre bronzé; *Portrait de S. E. M. le Ministre de la Justice*, buste en plâtre; — Etex, *Caïn et sa race maudite de Dieu*, groupe en plâtre; *Hyacinthe mourant*, statue en bronze; *Françoise de Rimini et Paolo*, bas-relief en marbre, et deux bustes; — Fabisch, *Béatrix*, (chap. Ier du Paradis de Dante), statue en marbre, et *Jeanne-d'Arc enfant*, statue en marbre; — Frison, le *Joueur de boules;* — Gayrard, l'*Hiver*, statue en marbre, *Jeux d'enfants*, groupe en marbre; — Girard, *Iphigénie sacrifiée*, statue en marbre; — Grootaers, *Derniers moments de Sapho*, statue en marbre; — Hébert, *Olivier de Serres*, statue en bronze, destinée à la ville de Villeneuve-de-Berg (Ardèche), patrie du célèbre agronome; le *Fleuve de la vie*, statue en marbre, et l'*Enfant jouant avec une tortue*, groupe en bronze; — Jouffroy, *Jeune fille confiant son secret à Vénus* (appartient à l'Empereur); — Lebourg, *Enfant nègre jouant avec un lézard*, statuette en bronze; — Lechesne (de Caen), les *Dénicheurs*, groupe en plâtre, et une *Chasse au sanglier*, groupe en bronze;

— Mme Lefebvre-Deumier, deux bustes en marbre ; — Leharivel-Durocher, *Sainte Geneviève et sainte Théodechilde,* statues en pierre ; — Loison, une *Nymphe,* statue en marbre ; — Mélingue, un *Histrion,* statuette ; — Merley, *Médailles* et *Médaillons ;* — Michel Pascal, un *Ange portant la couronne d'épines,* un *Ange portant le calice d'amertume,* statues en marbre destinées à la chapelle du château de Vincennes ; — Protheau, *Andromaque pleurant sur le sort de son fils,* groupe en plâtre ; — Ramus, *Saint Jean* et le *Puget,* statues en marbre ; — Truphème, *Angélique attachée au rocher,* statue en marbre ; — Vechte, *Moissonneuse endormie,* statue en marbre, etc.

GRAVURE ET LITHOGRAPHIE.

La gravure et la lithographie, en France, étaient représentées à l'Exposition par les œuvres de 77 graveurs et de 24 lithographes. Au premier rang de ces artistes on compte 4 maîtres justement renommés : Henriquel-Dupont, auquel le Jury a accordé la grande médaille d'honneur ; M. Calamatta, qui a été nommé officier de la Légion-d'honneur ; M. Forster, auquel le Jury a décerné une médaille d'honneur de 1re classe ; M. Mouilleron, qui, dans la lithographie, a également obtenu une médaille d'honneur de 1re classe.

Aussi S. A. I. a-t-elle examiné avec une attention soutenue et le plus vif intérêt cette partie des Beaux-Arts, généralement moins appréciée du public qu'elle ne devrait l'être dans les expositions de peinture.

La gravure et la lithographie jouent un grand rôle dans les arts ; elles reproduisent et popularisent les chefs-d'œuvre de la peinture qui resteraient inconnus la plupart au public, et souvent elles ajoutent à leur valeur artistique. La gravure épure le dessin en le resserrant ; en remplaçant la couleur par les rapports harmonieux de toute la gamme du noir, elle donne l'idée de la perfection impossible.

L'*Hémicycle* de Paul Delaroche manquait à l'Exposition des Beaux-Arts : Henriquel-Dupont a rempli cette lacune en envoyant une reproduction de cette œuvre capitale, aussi belle, pour ainsi dire, que l'*Hémicycle* de Paul Delaroche lui-même.

Les Trois Grâces, d'après Raphaël, de Forster ; la *Joconde*, de Calamatta ; les *Enfants de Paris*, de Jazet ; le *Portrait parlant*, d'après Henri Schlesinger, d'Eichens ; la *Prise de la porte de Constantine*, d'après Horace Vernet, par Jazet ; les eaux-fortes d'après Rembrandt, de Paul Huet et de Célestin Nanteuil ; les lithographies de Mouilleron, d'Aubry Lecomte, de Léon Noël, Fauchery, etc., sont des œuvres très-remarquables et ont noblement soutenu la comparaison avec les gravures anglaises.

Henriquel-Dupont avait exposé : *La Sainte-Vierge et l'Enfant Jésus*, d'après le dessin de Raphaël, du Musée du Louvre ; le *Christ consolateur*, d'après M. Ary Scheffer (Salon de 1842) ; l'*Ensevelissement du Christ*, d'après M. Paul Delaroche ; l'*Hémicycle du Palais des Beaux-Arts*, d'après M. Paul Delaroche (Salon de 1853) ; *Gustave Wasa*, d'après M. Hersent

(Salon de 1831); *Lord Strafford*, d'après M. Paul Delaroche (Salon de 1840); *Portrait de femme en pied avec son enfant*, d'après Van-Dyck (Salon de 1822); *Portrait de M. le marquis de Pastoret*, d'après M. Paul Delaroche ; *Portrait de Bertin*, d'après M. Ingres ; un *Cadre contenant sept gravures à l'eauforte et à la pointe* :

Carle Vernet, d'après M. Paul Delaroche.
Mirabeau, d'après le même.
F. R...., d'après le même.
Me B....., d'après le même.
Tardieu, d'après M. Ingres.
Alexandre Brongniart, d'après le dessin de l'auteur.
M. C. S...., d'après le dessin de l'auteur.

L'exposition de M. Calamatta se composait de : La *Vierge à l'hostie*, d'après M. Ingres ; la *Vision d'Ezéchiel*, d'après Raphaël ; *la Paix*, d'après Raphaël ; le *Vœu de Louis XIII*, d'après M. Ingres ; le *Masque de Napoléon;* la *Joconde*, d'après Léonard de Vinci; *Françoise de Rimini*, d'après M. Ary Scheffer; *Portrait du duc d'Orléans*, d'après M. Ingres ; *Portrait du roi d'Espagne*, d'après M. J. de Madrazo ; *Portrait de M. Guizot*, d'après M. Paul Delaroche ; *Portrait de M. le comte Molé*, d'après M. Ingres ; un *Cadre contenant dix-neuf portraits,* tous d'un fini d'exécution admirable.

Enfin M. Forster avait envoyé cinq gravures inscrites ainsi qu'il suit au livret des Beaux-Arts : La *Vierge au bas-relief*, d'après Léonard de Vinci ; Les *Trois Grâces*, d'après Raphaël ; *Enée et Didon*, d'après Guérin ;

12.

François Ier et Charles-Quint, d'après Gros ; *Portrait de la reine Victoria*, d'après Winterhalter.

Après les œuvres de ces trois maîtres, S. A. I. a examiné deux lithographies de Mouilleron, le chef d'une vigoureuse école de jeunes artistes, représentant un *Coin de jardin*, d'après Karl Bodmer, et une *Ecole juive*, d'après Robert Fleury ; — les gravures de Jazet représentant *Les enfants de Paris devant Witepsk*, d'après Horace Vernet ; — la *Vierge dite la belle jardinière* d'après Raphaël, de Laugier ; — le *Christ pleurant sur Jérusalem*, d'après Ary Scheffer, et le *Portrait de Charles Ier* d'après Van-Dyck, de Mandel ; — la *Fille du Tintoret* d'après Léon Cogniet, et le *Charles Ier insulté par les soldats* d'après Paul Delaroche, de Martinet ; — les *fac-simile* de plusieurs dessins de Raphaël et du Corrège (musée du Louvre), de Leroy ; — et enfin le *Portrait de l'Impératrice* d'après Vidal, celui d'*Abdul-Medjid*, le *Général Bonaparte en Italie* d'après Raffet, de Pollet (Victor), et le *Café turc* d'après Decamps, lithographie de Leroux, etc.

Ajoutons encore que le Prince a remarqué les gravures de Blanchard, de Burdet, de Caron, de Damour, de Desclaux, de François (Alphonse) et de François (Jules) ; les lithographies de Desmaisons, de Laurens, de Sirouy, de Soulange, etc.

Tous ces artistes ont obtenu des mentions honorables du Jury nternational.

ARCHITECTURE.

C'est par l'architecture que le Prince Napoléon a terminé ses visites au Palais des Beaux-Arts.

La France et l'Angleterre étaient seules représentées dans la section de l'architecture à l'Exposition universelle de **1855**.

L'Allemagne, en général, s'est abstenue; ses architectes, qui auraient pu figurer glorieusement à ce grand concours, sont restés à l'écart.

La Prusse n'avait envoyé que deux feuilles volantes, et si tardivement qu'elles n'ont pu être inscrites au Catalogue. L'Autriche avait six dessins, sur lesquels cinq provenaient de ses possessions d'Italie. Les Pays-Bas avaient trois représentants de l'architecture au salon des Beaux-Arts, la Suède et la Norwège deux; la Belgique, le Wurtemberg et la Bavière n'en avaient qu'un seul. Tel était le bilan des Etats du Nord dans la section d'architecture. Et cependant, on a beaucoup élevé d'édifices depuis quarante ans en Allemagne, et surtout on y a beaucoup publié de plans et de projets de monuments, et beaucoup écrit sur l'art de bâtir.

L'Espagne avait une assez nombreuse collection de plans et de dessins de dix-neuf architectes; mais tous laissaient beaucoup à désirer. L'Italie elle-même, la patrie de Michel-Ange, de Palladio, de Vignole et de Bramante, n'avait pas dans ses cartons une seule esquisse présentable !

Le concours n'existait donc, sur ce terrain, qu'entre la France et l'Angleterre.

Les travaux des deux nations présentent le contraste le plus frappant : ceux de la France révèlent une tendance de plus en plus marquée vers l'archéologie ; ceux de la Grande-Bretagne, au contraire, tendent de plus en plus à l'application pratique. Les œuvres anglaises donnent l'idée d'un peuple positif, qui ne transforme point l'art de bâtir en vaine étude, en capricieux divertissements, et qui pense qu'on ne doit point amonceler des pierres sans un but d'utilité. Les œuvres françaises donnent l'idée d'un peuple rêveur, plein de souvenirs et d'études, qui oublie le présent pour le passé, et qui sacrifie beaucoup trop à l'art architectonique. Nous avions vingt dessins de cathédrales gothiques, de monuments grecs ou romains, contre un projet de gare de chemin de fer, de marché, de bibliothèque ou d'hôtel-de-ville. L'Angleterre, sur **127** morceaux d'architecture, comptait à peine quelques études des monuments du passé.

Hâtons-nous de dire, cependant, que l'état réel de l'architecture, en France, n'était pas représenté à l'Exposition des Beaux-Arts, et que si nos architectes cultivent avec passion les grandes traditions de l'art, ils n'en construisent pas moins de nombreux monuments, variés autant qu'utiles, et que, sous ce rapport encore, la France n'a rien à envier à l'Angleterre ni à aucune autre nation du monde. Mais, par une omission inexplicable, très-peu des nombreux et remarquables monuments d'utilité publique qui couvrent la France étaient représentés par un dessin ou par une esquisse à ce concours, où nos architectes auraient dû venir armés de toutes pièces.

Ceci posé, il nous suffit de citer les noms des Duban, des Questel, des Caristie, des Duc, des Lefuel, des Labrouste, des Vaudoyer, des Viollet-Leduc, pour prouver que si la France est égalée quelquefois, elle est rarement surpassée.

Son Altesse Impériale a examiné avec soin les diverses esquisses, plans, dessins, gravures, aquarelles, vitraux, chromo-lithographies, *fac-simile*, etc., formant l'ensemble de l'Exposition française d'architecture.

Les douze dessins représentant la restauration du château de Blois, les quatre dessins représentant *le Portique d'Octavie* à Rome, par Duban, et ses études *sur les diverses époques de l'architecture*, ont particulièrement fixé l'attention de S. A. I. M. Duban, membre de l'Institut, a obtenu une des deux grandes médailles d'honneur accordées à l'architecture par le Jury international.

Le Prince a passé successivement en revue les œuvres de M. Questel, dont les dessins de *l'Église de Saint-Paul*, à Nimes, de *la Restauration de l'amphithéâtre d'Arles*, et de *la Restauration du pont du Gard*, ont obtenu la médaille de 1re classe.

De M. Caristie, — *Restitution du temple de Sérapis*, à Pouzzoles; *Restauration de l'arc-de-triomphe d'Orange*.

De M. Duc, — *Restitution du Colysée*.

De M. Labrouste, — *Restitution du temple de Pæstum.*

De M. Normand, — *Restitution du Forum.*

De M. Bœswilvald, — *Restauration de la cathédrale de Laon* et autres monuments historiques de France.

De M. Viollet-Leduc, — *Restitution des fortifications de Carcassonne* et autres monuments historiques de France.

De M. Vaudoyer, — *Édifices civils d'Orléans ; restitution du temple de Vénus,* à Rome.

Tous ces architectes ont obtenu la médaille d'honneur de 1re classe.

De M. Baltard, — *Restitution du théâtre de Pompéï.*

De M. Clerget, — *Restitution de la maison d'Auguste au Palatin.*

De M. Lefuel, — *Restitution du temple de Junon Matuta, du temple de la Piété et du temple de l'Espérance.*

De M. Pacard, — *Restitution du Parthénon.*

De M. Tétaz, — *Restitution de l'Erechthéum,* à Athènes.

De M. Daly, — *Restauration de la cathédrale d'Alby.*

De M. Lassus, — *Restauration de l'église de Saint-Aignan ; dessin de la châsse de Sainte-Radegonde.*

De M. Millet, — *Restauration de l'église de Paray-le-Monial.*

De M. Ruprich-Robert, — *Restauration de l'église de l'Abbaye-aux-Dames.*

De M. Denuelle, — *Dessins d'anciennes peintures.*

décoration du chœur de l'église de Saint-Paul, à Nimes.

De M. Petit, — *Peinture de la chapelle du Liget* (Indre-et-Loire).

De M. Beau, — *Diverses chromo-lithographies; dessins de vitraux.*

De M. Gaucherel, — *Statues de la cathédrale de Chartres ; vue de l'hôtel-de ville de Sienne.*

De M. Guillaumot (Louis) et Guillaumot (Eugène), — *Gravures sur bois du* Dictionnaire d'architecture *de Viollet-Leduc.*

De M. Huguenet, — *Diverses gravures d'architecture.*

Ces œuvres diverses ont valu à leurs auteurs des médailles de 2ᵉ classe.

Enfin, S. A. I. a examiné le *Projet d'Opéra* de Garnaud, qui a obtenu une mention honorable, et les œuvres d'Abadie, de Mérindol, Desjardins, Durand, Laisné, Lambert, Lenoir, Lenormand, Mallay, Mauguin, Revoil, Verdier, Delton, Frappaz, Laval, de Mᵐᵉ Clément, Guillaumot (Alexandre), Hibon, Lemaître, Pinel, Ribault, Sauvageot, etc., qui ont également obtenu des mentions honorables.

DISTRIBUTION DES RÉCOMPENSES

AUX EXPOSANTS

DES BEAUX-ARTS ET DE L'INDUSTRIE.

La distribution des récompenses aux exposants de 1855 a eu lieu aujourd'hui avec toute la pompe et tout l'éclat dignes de cette grande et mémorable solennité. Près de quarante mille personnes étaient réunies dans la grande nef du Palais de l'Industrie, transformée en une vaste salle brillamment décorée. Un amphithéâtre aux proportions colossales, adossé à trois côtés du transept, montait jusqu'aux galeries supérieures et faisait face à l'estrade, dominée par le Trône. Sur les innombrables gradins de cet arc immense se déroulait pour ainsi dire la carte du monde animée et vivante, et s'étageait l'élite des nations civilisées, représentées par les hommes les plus illustres et les plus éminents qui se sont distingués dans ce concours universel des beaux-arts et de l'industrie.

13

Les galeries, tendues de rideaux de velours rouge et de draperies relevées par des torsades et des embrasses d'or, étaient remplies d'une foule élégante, où l'on remarquait les plus fraîches toilettes. Une frise en drap cramoisi brodé d'or, et surmontée d'écussons aux armes de tous les pays qui ont pris part à cette grande fête, courait dans toute la longueur des galeries et complétait cette décoration vraiment féerique. Les chefs-d'œuvre de la peinture et de la sculpture, les découvertes et les merveilles de l'industrie qui ont mérité les plus hautes récompenses, exposés pour une dernière fois en un panorama splendide ou en trophées magnifiques, attiraient tous les regards et justifiaient le choix du Jury.

Le Trône s'élevait, au fond du transept, sur une estrade à cinq degrés, recouverte d'un tapis de velours cramoisi; il était surmonté d'un dais de la même étoffe parsemé d'abeilles d'or.

Sur l'estrade, à droite et à gauche du Trône de Leurs Majestés, étaient des sièges réservés à S. A. I. Monseigneur le Prince Jérôme Napoléon, S. A. R. Monseigneur le Duc de Cambridge, S. A. I. Monseigneur le Prince Napoléon, et S. A. I. Madame la Princesse Mathilde.

A gauche du Trône, des pliants étaient réservés à S. A. Madame la Princesse Baciocchi, LL. AA. Monseigneur le Prince et Madame la Princesse Lucien Murat, Sa Seigneurie le Duc d'Hamilton, S. A. Monseigneur le Prince Joachim Napoléon Murat.

A droite et dans le sens du Trône étaient disposées

des banquettes pour les Dames du Corps diplomatique et les Membres de ce Corps.

Les banquettes de gauche étaient destinées à recevoir les Dames de l'Impératrice et de S. A. I. Madame la Princesse Mathilde qui n'étaient point de service, ainsi que les officiers non de service des Maisons de LL. MM. et de LL. AA. Impériales ;

Les Femmes des Ministres,

Des Maréchaux,

Des Amiraux ;

Les Veuves des Maréchaux,

Des Amiraux ;

Les Veuves des hauts Fonctionnaires du premier Empire ;

Les Femmes des Grands Officiers de la Couronne,

Du Général commandant la Garde Impériale,

Du Général Adjudant général du Palais,

Et des Officiers de Leurs Majestés et de Leurs Altesses Impériales ;

Les Femmes des Grands-Croix de la Légion-d'Honneur,

Du Président et des Membres du Bureau du Sénat et du Bureau du Corps Législatif,

Des Président, Vice-Président et Présidents de section du Conseil d'État,

Des premiers Présidents et procureurs généraux de la Cour de Cassation, de la Cour des Comptes, de la Cour Impériale, et du Préfet de la Seine.

De chaque côté du Trône, et à partir de l'enceinte impériale, s'étendaient des estrades, également garnies de banquettes destinées à recevoir les grands corps de l'État et les députations des corps ci-après désignés :

Le Sénat,

Le Corps Législatif,

Le Conseil d'État,

Les Grands Officiers de l'Ordre Impérial de la Légion-d'Honneur et le Conseil de l'Ordre ;

Des députations :

De la Cour de Cassation,

De la Cour des Comptes,

Du Conseil Impérial de l'Instruction publique,

De l'Institut de France,

De la Cour impériale de Paris ;

L'Archevêque de Paris et une partie de son clergé ;

Une partie du Chapitre Impérial de Saint-Denis ;

Le Conseil central des Églises réformées ;

Le Consistoire de l'Église réformée de Paris ;

Le Président du Consistoire supérieur de la Confession d'Augsbourg ;

Le Consistoire de Paris de la Confession d'Augsbourg ;

Le Consistoire central des Israélites ;

Le Préfet du département de la Seine et son Secrétaire général ;

Le Préfet de police et son Secrétaire général ;

Le Conseil de Préfecture du département de la Seine ;

Le Conseil municipal et départemental de la Seine ;

Les Maires et Adjoints de la ville de Paris ;

Le Sous-Préfet de l'arrondissement de Sceaux ;

Le Sous-Préfet de l'arrondissement de Saint-Denis ;

Le Recteur et le Corps académique de Paris ;

Une députation du Tribunal de Première Instance du département de la Seine ;

Le Tribunal de Commerce de Paris ;

Les Juges de paix de Paris ;

Les Commissaires de police de Paris ;

La Chambre de Commerce de Paris ;

Le Conseil des Prud'hommes ;

Les Membres des Corps Impériaux des Ponts et Chaussées et des Mines ;

Les Fonctionnaires et Professeurs des Écoles Impériales des Ponts et Chaussées et des Mines, et des Écoles Polytechnique et Spéciale militaire ;

Les Administrateurs et Professeurs du Collège Impérial de France ;

Les Professeurs et Administrateurs du Muséum d'histoire naturelle ;

Les Président et Professeurs de l'École Impériale et Spéciale des langues orientales vivantes ;

L'Académie Impériale de Médecine ;

Le Directeur et les Membres du Conseil de perfectionnement du Conservatoire Impérial des Arts et Métiers ;

Le Conseil de l'Ordre des Avocats au Conseil d'État et à la Cour de Cassation ;

La Chambre des Notaires de la ville de Paris ;

La Chambre des Avoués près la Cour impériale ;

La Chambre des Avoués près le Tribunal de Première instance ;

La Chambre Syndicale des Agents de change ;

La Chambre des Commissaires-Priseurs ;

La Chambre Syndicale des Courtiers de commerce ;

Les Professeurs de l'École Impériale et Spéciale des Beaux-Arts ;

Les Directeurs généraux, les Secrétaires généraux, les Inspecteurs généraux et Directeurs des Administrations centrales : Ministères, Préfecture du département de la Seine, Préfecture de Police, Administration de la Légion-d'Honneur ;

La Garde nationale ;

L'Armée.

On ne saurait se faire une idée de l'imposant coup d'œil qu'offraient tous ces militaires en grande tenue, tous ces magistrats en grand costume, tous ces fonctionnaires en uniforme.

A midi, une salve d'artillerie a annoncé la sortie du cortège impérial, qui a quitté les Tuileries dans l'ordre suivant : deux escadrons des guides, le lieutenant-colonel et la musique en tête ; la voiture de S. A. I. la Princesse Mathilde, précédée d'un piqueur et contenant sa Dame et son Chevalier d'honneur ; la voiture de S. A. I. le Prince Napoléon, piqueur devant, contenant son premier aide-de-camp ; la voiture de S. A. I. le Prince Jérôme Napoléon, piqueur devant, contenant son premier aide-de-camp et son premier écuyer.

Quatre piqueurs de front.

Sept voitures où se trouvaient : .

Dans la première :

Le Chambellan de l'Empereur,
Le Chambellan de l'Impératrice,
Le Préfet de service,
L'Écuyer de l'Impératrice.

Dans la deuxième :

MM. les Aides-de-Camp,
Un Aide-de-Camp de S. A. R. le Duc de Cambridge.

Dans la troisième :

Les Dames du Palais de service,
Le premier Chambellan de l'Impératrice.

Dans la quatrième :

La Dame d'honneur,
Le premier Chambellan de l'Empereur,
Le premier Veneur,
Un Aide-de-Camp de S. A. R. le Duc de Cambridge.

Dans la cinquième :

Le Grand Maître des cérémonies,
Le Grand Maître de la Maison de l'Impératrice,
L'Adjudant général.

Dans la sixième :

Le Grand Maréchal,
La Grande-Maîtresse de la Maison de l'Impératrice,

Le Grand Chambellan,
Le Grand Veneur.

Dans la septième :

S. A. I. le Prince Napoléon,
S. A. I. la Princesse Mathilde.

Six piqueurs de front.
MM. Les Écuyers.

La voiture Impériale, attelée de huit chevaux, dans laquelle étaient :

L'EMPEREUR;

L'IMPÉRATRICE,

S. A. I. le Prince Jérôme Napoléon,
S. A. R. le duc de Cambridge.

A la portière de droite se trouvaient :

Le Commandant de la garde impériale,
Le premier Écuyer,
L'Écuyer de service.

A la portière de gauche :

L'Aide-de-Camp de service,
Le Commandant des Cent-Gardes,
L'Officier d'ordonnance.

Venaient ensuite :

MM. les Officiers d'ordonnance,
L'escadron des Cent-Gardes.

A vingt pas en arrière :

Deux escadrons de cuirassiers de la garde, colonel et musique en tête.

A midi et demi, le bruit du canon et les acclamations du peuple ont annoncé l'arrivée de Leurs Majestés Impériales :

L'Empereur et l'Impératrice ont été reçus par S. A. I. le Prince Napoléon, assisté de la Commission Impériale et des Commissaires étrangers.

Leurs Majestés ont fait leur entrée dans la grande nef, avec leur cortège, dans l'ordre suivant :

L'Aide des Cérémonies de service,
Le Maitre des Cérémonies de service,
Les Écuyers de l'Empereur et l'Écuyer de l'Impératrice,
Le Préfet du Palais de service,
Le Chambellan de l'Empereur et le Chambellan de l'Impératrice de service,
Le premier Veneur,
Le premier Écuyer,
Le premier Chambellan de l'Empereur et le premier Chambellan de l'Impératrice,
L'Adjudant général du Palais,
Le Général commandant la Garde Impériale,
Le grand Maitre des Cérémonies,
Le Grand Veneur,
Le Grand Chambellan,
Le Grand Maréchal du Palais,

13

L'EMPEREUR,

L'IMPÉRATRICE,

S. A. I. Monseigneur le Prince Jérôme Napoléon,

S. A. R. Monseigneur le Duc de Cambridge,

S. A. I. Monseigneur le Prince Napoléon,

S. A. I. Madame la Princesse Mathilde,

Le Grand Maître et la Grande Maîtresse de la Maison de l'Impératrice,

La Dame d'honneur et les Dames de l'Impératrice de service,

L'Aide-de-Camp de l'Empereur de service, et les autres Aides-de-Camp de l'Empereur;

Le Chevalier d'honneur de S. A. I. Madame la Princesse Mathilde,

Le Commandant des Cent-Gardes,

Les Officiers d'ordonnance.

A l'entrée de Leurs Majestés, tout le monde s'est levé d'un seul mouvement. L'orchestre a exécuté une cantate composée pour la circonstance; mais les cris de *Vive l'Empereur! vive l'Impératrice!* ont complètement couvert cette formidable masse musicale, qui ne comptait pas moins de douze cents artistes.

Leurs Majestés ont pris place immédiatement sur leur trône. L'Empereur avait à sa droite S. A. I. le Prince Jérôme Napoléon et S. A. I. le Prince Napoléon; l'Impératrice avait à sa gauche S. A. R. le Duc de Cambridge et S. A. I. la Princesse Mathilde.

Les Cardinaux, les Ministres, les Maréchaux et les Amiraux, le Grand Chancelier de la Légion-d'Hon-

neur, le Gouverneur des Invalides et les Grands-
Croix de l'ordre Impérial de la Légion-d'Honneur, se
sont placés au bas de l'estrade Impériale.

Deux piquets de Cent-Gardes étaient au fond de
l'estrade, à droite et à gauche du Trône.

S. A. I. le Prince Napoléon, Président de la Commission Impériale, a lu le rapport suivant, que Leurs
Majestés et tous les assistants ont écouté debout : —

« Sire,

« Il y a six mois, à l'ouverture de l'Exposition, j'ai
« eu l'honneur de soumettre à Votre Majesté le ré-
« sumé des travaux accomplis par la Commission que
« je préside pour l'exécution de la première partie de
« sa mission.

« A cette époque, on pouvait ne pas prévoir le suc-
« cès qui vient de couronner nos efforts. L'opinion
« publique était frappée, avant tout, des difficultés de
« la situation. Une guerre lointaine et acharnée, un
« siège opiniâtre, sans précédent dans l'histoire, atti-
« raient au loin les regards inquiets du pays. Mais,
« dans notre patrie, les chances de succès se mesurent
« à la grandeur des entreprises. Votre Majesté pour-
« suivit tranquillement son but; ses prévisions se
« sont réalisées : l'ennemi, qui comptait déjà autant
« de défaites que de rencontres avec notre glorieuse
« armée, a enfin été chassé de la ville de Sébastopol,
« tombée devant la valeur de nos soldats; notre ma-
« rine s'est emparée de chaque point de la côte qu'elle

« a jugé utile d'attaquer. L'alliance des peuples unis
« contre la barbarie ne s'opérait pas seulement sur
« les champs de bataille : la Souveraine de la Grande-
« Bretagne, par sa présence au milieu de nous, a
« donné un gage éclatant des sentiments de la nation
« anglaise, et le faisceau militant de la civilisation
« s'est accru d'un peuple petit par son territoire, mais
« grand par les hauts faits de ses ancêtres et par son
« avenir.

« Cependant, à l'intérieur, l'Exposition étalait un
« spectacle digne des grands faits qui se passaient au
« dehors de la France. Ici également, les premiers pas
« ont rencontré de nombreuses difficultés. Le classe-
« ment des produits du travail de tant de nations,
« représentées par vingt-cinq mille exposants, a
« nécessité un zèle tout particulier, des soins constants
« et minutieux, qui ont fini par tirer l'harmonie de la
« confusion, et ont promis au travail de poursuivre en
« pleine lumière ses études et de signaler les œuvres
« marquantes de l'industrie et des arts.

« Les âpres rivalités, les haines internationales
« naissent de l'isolement ; il suffit seulement de rap-
« procher les peuples pour éteindre ces haines. Sous
« ce rapport, l'Exposition universelle a produit un
« immense résultat.

« De tous les coins du globe, les visiteurs ont af-
« flué à Paris. Le spectacle des progrès réels accom-
« plis dans la voie du bien-être moral et matériel a
« développé parmi tous, étrangers et Français, des
« sentiments de considération réciproque.

« C'est ainsi que se propage la fraternité des peu-
« ples.

« Voilà ce que peuvent, dans cette France restituée
« à sa mission, la volonté et la persévérance appuyées
« sur le droit qui soutient et sur la force qui exécute
« les idées conformes à la conscience du pays et à la
« vraie opinion publique.

« J'ai soumis à Votre Majesté une série de décrets
« concernant l'installation et les travaux du Jury in-
« ternational. Ce jury comprend 390 membres, divisés
« en 31 classes et 8 groupes ; il est composé d'hom-
« mes éminents de tous les pays et dans toutes les
« branches du savoir humain. Ce Jury a consciencieu-
« sement et utilement rempli sa mission, si diverse,
« si étendue, si compliquée !

« L'indépendance la plus complète a été laissée aux
« jurés, et je me plais à revenir sur l'idée exprimée
« déjà d'une façon générale, et à la confirmer d'un
« fait que je dois signaler, à l'honneur de l'esprit de
« notre époque. Parmi ces représentants de tant de
« peuples, il ne s'est certainement pas manifesté plus
« de dissidence internationale qu'il n'y en avait jadis
« entre nos provinces de France.

« De l'émulation partout et toujours, de la rivalité
« nulle part. Aussi voyons-nous l'esprit qui animait
« cette honorable assemblée se traduire en faits d'une
« grande portée, et qui donnent, pour ainsi dire, la
« mesure des conséquences que produira successive-
« ment l'Exposition universelle de Paris.

« Un vœu unanime a été émis pour l'introduction

« de l'uniformité des monnaies, poids et mesures,
« des liens sérieux se sont formés pour amener l'Eu-
« rope à ne former qu'une grande famille, ainsi que
« le prédisait l'Empereur, votre prédécesseur.

« Les travaux du Jury ont été poussés avec une infa-
« tigable activité : tous les rapports seront publiés
« avant la fin de l'année.

« Appelé à la présidence du conseil des présidents
« et vice-présidents, j'ai cru devoir m'y préparer en
« suivant la trace du Jury international.

« Accompagné de quelques hommes dévoués et sa-
« vants, j'ai examiné en détail les œuvres remarqua-
« bles des artistes et les produits de l'industrie. J'ai
« pu ainsi me rendre compte de la grandeur du pro-
« grès réalisé dans le présent et de ses conséquences
« prochaines.

« Des difficultés sérieuses, impossibles même à
« trancher d'une façon absolue, se sont présentées
« à l'occasion de la classification et de la nature des
« récompenses à décerner.

« Dans l'industrie, le progrès de toutes les spécia-
« lités de la production est si général, de tous les points
« surgissent des mérites et des services si éclatants,
« que, si ce grand concours universel devait se renou-
« veler, il serait impossible de décerner des récom-
« penses individuelles, à moins de détruire totalement
« leur valeur par leur nombre. Aussi, nous nous som-
« mes vus forcés de fixer aux récompenses des limites
« qui peuvent paraître restreintes.

« Les Jurys de l'Industrie, après des délibérations

« multiples et laborieuses, ont eu l'honneur de recom-
« mander à Votre Majesté un certain nombre de dis-
« tinctions. De plus, ils ont voté :

> 112 grandes médailles d'honneur,
> 252 médailles d'honneur,
> 2,300 médailles de 1re classe,
> · 3,900 médailles de 2e classe,
> 4,000 mentions honorables.

« Dans les Beaux-Arts, le rôle du Jury a été plus dif-
« ficile et plus délicat encore. Je me suis abstenu d'y
« paraître, et n'ai fait que sanctionner ses choix. J'ai
« seulement témoigné le désir qu'il me fût permis de
« proposer à Votre Majesté une haute distinction pour
« celui de nos artistes qui, suivant la glorieuse tra-
« dition des beaux siècles de l'antiquité, a consacré
« toute sa vie et son talent au genre que, dans mon
« opinion personnelle, je regarde comme le type éter-
« nel du beau.

« Les récompenses décernées aux Beaux-Arts sont
« réparties ainsi qu'il suit :

> 40 décorations données par Votre Majesté ;
> 16 médailles d'honneur votées par le Jury ;
> 67 médailles de 1re classe ;
> 87 médailles de 2e classe ;
> 77 médailles de 3e classe ;
> 222 mentions honorables.

« En décernant ces récompenses au travail, vous
« prouvez une fois de plus, Sire, que, dans la France

« de nos jours, la vraie, la seule noblesse se com-
« pose des soldats et des travailleurs qui se distin-
« guent.

« L'appréciation juste de l'époque de l'Exposition
« universelle, époque qui, je l'espère, restera gravée
« dans l'histoire, m'amène à pouvoir constater le rôle
« échu à la France et le triomphe qu'elle recueille en
« l'accomplissant. Au milieu des efforts et des sacrifi-
« ces d'une grande guerre, au milieu des embarras
« d'une mauvaise récolte, elle a montré au monde sa
« force et sa richesse en ne se relâchant pas un instant
« de ses travaux pacifiques.

« Quelle est donc la source où elle a puisé ce re-
« doublement d'énergie et de virtualité ? Cette source,
« c'est le travail libre mais incessant, cette grande loi
« de l'humanité, qui fait sortir l'homme de la sauva-
« gerie et lui permet de s'acheminer sûrement vers les
« sommets de la civilisation.

« J'ajouterai, en empruntant des paroles célèbres,
« que : « *Le problème de l'avenir est de faire partager*
« *à l'universalité ce qui n'est que le partage du petit*
« *nombre.*

« La postérité constatera que nous sommes à une
« de ces époques où une révolution dynastique répond
« à un grand besoin de la société nouvelle. Les races
« vieillissent comme les individus, et le suffrage uni-
« versel devait être la base du Gouvernement appelé à
« conduire la France vers son nouveau but.

« Dès aujourd'hui, en contemplant les faits sans
« passion, sans préjugés, on peut dire que vous avez,

« Sire, donné à la France de la gloire et du travail.

« Que ceux qui, uniquement préoccupés de venger
« leur impuissance, s'évertuent à glorifier le passé et
« à représenter le peuple français comme des Romains
« de la décadence, en prennent bien leur parti : leurs
« efforts dans l'avenir seront frappés de stérilité comme
« ils l'ont été dans le passé.

« Les étrangers reporteront dans leur pays, avec le
« souvenir de notre hospitalité, la conviction de tout
« ce que peut faire la France quand le sentiment na-
« tional a remplacé, dans son Gouvernement, l'agita-
« tion stérile des ambitions subalternes.

« Aujourd'hui, nous avons de nombreuses armées,
« des flottes redoutables, des alliés puissants. Les
« peuples font des vœux pour nos succès ; ils fêtent
« nos victoires, ils acclament nos triomphes, et ils le
« font parce qu'ils savent que notre intérêt national
« est un intérêt européen.

« A côté des résultats politiques de l'Exposition uni-
« verselle, peut-être jugerez-vous, Sire, qu'elle doit
« être appelée à donner le signal de l'amélioration
« dans les conditions sociales.

« Le perfectionnement des méthodes et des instru-
« ments de travail généralise le progrès. Une sorte
« d'organisation naturelle s'établit entre tous les peu-
« ples, et semble pousser à la modification de ce qu'il
« y a de trop restrictif dans les lois qui règlent leurs
« échanges.

« L'épreuve que vient de subir la France prouve
« qu'elle peut entrer dans cette voie, qui doit assurer

« l'intérêt du consommateur sans effrayer le produc-
« teur ni diminuer son travail.

« L'agriculture, qui excite à un si haut degré la sol-
« licitude de Votre Majesté, doit se féliciter du perfec-
« tionnement des machines ; peù à peu, l'homme des
« champs s'affranchit de la partie brutale de sa peine,
« et si, à côté de ces admirables engins qui vont élar-
« gir le domaine de sa liberté et de son intelligence, il
« est mis en possession du crédit, le plus puissant des
« instruments du travail, de ce crédit véritable qui,
« dans le calme, développe la prospérité, et, aux mo-
« ments de crise, diminue le mal au lieu de l'augmen-
« ter, nul doute que sous peu la situation de nos agri-
« culteurs ne subisse une notable amélioration.

« Je ne fais qu'exprimer ici les idées dont Votre
« Majesté poursuit déjà la réalisation, et qu'elle a
« commencé à appliquer.

« Il me reste un dernier et bien agréable devoir :
« c'est celui d'exprimer ici toute ma reconnaissance
« à Votre Majesté, qui a bien voulu me mettre à
« même de servir notre pays, dans la même année,
« sur les champs de bataille et dans ce concours pa-
« cifique.

« Je tiens aussi à remercier hautement les hommes
« intelligents et dévoués qui m'ont secondé et que j'ai
« toujours trouvés à la hauteur de leurs devoirs. »

Après la lecture de ce rapport, l'Empereur a répondu d'une voix énergiquement accentuée :

« MESSIEURS,

« L'Exposition qui va finir offre au monde un grand
« spectacle. C'est pendant une guerre sérieuse que
« de tous les points de l'univers sont accourus à Paris,
« pour y exposer leurs travaux, les hommes les plus
« distingués de la science, des arts et de l'industrie.
« Ce concours, dans des circonstances semblables, est
« dû, j'aime à le croire, à cette conviction générale,
« que la guerre entreprise ne menaçait que ceux qui
« l'avaient provoquée, qu'elle était poursuivie dans
« l'intérêt de tous, et que l'Europe, loin d'y voir un
« danger pour l'avenir, y trouvait plutôt un gage d'in-
« dépendance et de sécurité.

« Néanmoins, à la vue de tant de merveilles étalées
« à nos yeux, la première impression est un désir de
« paix. — La paix seule, en effet, peut développer
« encore ces remarquables produits de l'intelligence
« humaine. — Vous devez donc tous souhaiter, comme
« moi, que cette paix soit prompte et durable. — Mais,
« pour être durable, elle doit résoudre nettement la
« question qui a fait entreprendre la guerre. Pour être
« prompte, il faut que l'Europe se prononce ; car,
« sans la pression de l'opinion générale, les luttes
« entre grandes puissances menacent de se prolonger ;
« tandis qu'au contraire, si l'Europe se décide à dé-
« clarer qui a tort ou qui a raison, ce sera un grand
« pas vers la solution. — A l'époque de civilisation où
« nous sommes, les succès des armées, quelque bril-
« lants qu'ils soient, ne sont que passagers ; c'est, en

« définitive, l'opinion publique qui remporte toujours
« la dernière victoire.

« Vous tous donc qui pensez que les progrès de
« l'agriculture, de l'industrie, du commerce d'une na-
« tion contribuent au bien-être de toutes les autres, et
« que plus les rapports réciproques se multiplient,
« plus les préjugés nationaux tendent à s'effacer, dites
« à vos concitoyens, en retournant dans votre patrie,
« que la France n'a de haine contre aucun peuple,
« qu'elle a de la sympathie pour tous ceux qui veulent
« comme elle le triomphe du droit et de la justice ;
« dites-leur que, s'ils désirent la paix, il faut qu'ou-
« vertement ils fassent au moins des vœux pour ou
« contre nous ; car, au milieu d'un grave conflit eu-
« ropéen, l'indifférence est un mauvais calcul, et le
« silence une erreur.

« Quant à nous, peuples alliés pour le triomphe
« d'une grande cause, forgeons des armes sans ra-
« lentir nos usines, sans arrêter nos métiers ; soyons
« grands par les arts de la paix comme par ceux de la
« guerre ; soyons forts par la concorde, et mettons
« notre confiance en Dieu pour nous faire triom-
« pher des difficultés du jour et des chances de l'ave-
« nir. »

Il est impossible de décrire l'effet produit par ce discours, dont pas un mot n'a été perdu, malgré l'immen-
sité de l'espace. Des acclamations enthousiastes l'ont
plusieurs fois interrompu, et dès que cette voix si ferme
et cette diction si nette ont cessé de vibrer dans la vaste

enceinte, les cris de *Vive l'Empereur !* ont ébranlé la voûte et se sont prolongés pendant plusieurs minutes. Ce n'était pas seulement la France acclamant son Empereur, c'était le cri de l'Europe entière, l'écho et le vœu du monde civilisé, s'associant de cœur et d'âme aux nobles paroles, à la politique loyale et droite de Napoléon III.

Le défilé des exposants qui ont obtenu la grande médaille ou la croix de la Légion d'honneur a eu lieu ensuite dans le plus grand ordre.

A mesure que chaque classe arrivait devant l'Empereur, un huissier, porteur d'une bannière indiquant le numéro de cette classe, s'arrêtait au pied du trône ; S. A. I. le Prince Napoléon présentait les médailles et les croix à l'Empereur, qui les donnait de sa main aux exposants.

Après la distribution des récompenses, Leurs Majestés, précédées et suivies de tout leur cortège, ont passé devant les trophées des plus beaux produits de l'Exposition universelle, et les mêmes acclamations chaleureuses qui les avaient accueillies à leur entrée les ont suivies à leur départ.

Un immense orchestre, dirigé par M. Berlioz, a exécuté des morceaux de Beethoven, de Gluck, de Mozart, de Rossini et de Meyerbeer.

L'Empereur, en se retirant, a félicité M. Le Play, commissaire général de l'Exposition, et M. Vaudoyer, architecte, de l'ordre et de l'éclat que tout le monde admirait dans cette belle et grande cérémonie.

Le plus beau temps a favorisé cette magnifique

journée. Une foule énorme, accourue sur le passage de Leurs Majestés, à l'aller et au retour, a fait entendre les cris mille fois répétés de *Vive l'Empereur! Vive l'Impératrice!*

LISTE DES RÉCOMPENSES

ACCORDÉES

PAR L'EMPEREUR ET PAR LE JURY INTERNATIONAL

Aux Artistes français et étrangers.

———•••••———

PROMOTIONS

dans l'Ordre de la Légion-d'Honneur.

XXVIIIe CLASSE.

PEINTURE, GRAVURE, LITHOGRAPHIE.

Ingres, peintre, membre de l'Institut. Grand-officier.
Delacroix, peintre. Commandeur.

Officiers.

Cabat, peintre. Chevalier depuis douze ans.
Calamata, graveur, né à Rome, demeurant à Bruxelles.
   Exposant des Etats Pontificaux, chevalier depuis 1837
Heim, peintre. Chevalier depuis 1819.
Henriquel-Dupont, graveur. Chevalier depuis 1831.
Maréchal, peintre. Chevalier depuis 1846.

Chevaliers.

Bénouville, peintre.

Bida, peintre.

Cabanel, peintre.

Caron, graveur.

Eastlake, peintre. Exposant anglais.

Frène, peintre.

De Fournier (d'Ajaccio), peintre.

Glaize, peintre.

Gérôme, peintre.

Gendron, peintre.

Genod, peintre à Lyon.

Hamon, peintre.

Hildebrandt, peintre. Exposant prussien.

Jalabert, peintre.

Jeanron, peintre.

Kaulbach, peintre. Exposant prussien.

Loubon, peintre à Marseille.

Leleux, peintre.

Madou, peintre. Exposant belge.

Mulready, peintre. Exposant anglais.

Pollet, peintre.

Steinle, peintre. Exposant autrichien.

Tidemann, peintre. Exposant norwégien.

Vetter, peintre.

Wyld, peintre.

XXIXᵉ CLASSE.

SCULPTURE ET GRAVURE EN MÉDAILLES.

Officiers.

Barye, sculpteur. Chevalier depuis 1853.

Rauch, sculpteur. Exposant prussien.

Chevaliers.

Bonnassieu, sculpteur.
Guillaume, sculpteur.
Gibson, sculpteur. Exposant anglais.
Lanno, sculpteur.
Ritschel, sculpteur. Exposant saxon.

XXXe CLASSE.

ARCHITECTURE.

Chevaliers.

Cockerel, architecte. Exposant anglais.
Zanth, architecte. Exposant wurtembergeois.

———

PEINTURE, GRAVURE ET LITHOGRAPHIE.

GRANDES MÉDAILLES D'HONNEUR.

Cornélius (Pierre de).	Prusse.
Decamps (Alexandre-Gabriel).	France.
Delacroix (Eugène).	France.
Heim (François-Joseph).	France.
Henriquel-Dupont (Louis-Pierre).	France.
Ingres (Jean-Auguste-Dominique).	France.
Landseer (Sir E.).	Royaume-Uni.

Leys (Henri).   Belgique.
Meissonnier (Jean-Louis-Ernest).   France.
Vernet (Emile-Jean-Horace).   France.

MÉDAILLES DE 1re CLASSE.

Abel de Pujol (Alexandre-Denis).   France.
Achenbach (André).   Prusse.
Bida (Alexandre).   France.
Bonheur (Mlle Rosa).   France.
Brascassat (Jacques-Raymond).   France.
Couture (Thomas).   France.
Cattermole (G.).   Royaume-Uni.
Calamatta (Louis).   Etats Pontificaux.
Calame (Alexandre).   Suisse.
Cabanel (Alexandre).   France.
Chenavard (Paul).   France.
Cogniet (Léon).   France.
Corot (Jean-Baptiste-Camille).   France.
Dauzats (Adrien).   France.
Flandrin (Jean-Hippolyte).   France.
Forster (François).   France.
Français (François-Louis).   France.
Gordon (Sir J. Watson).   Royaume-Uni.
Grant (F.).   Royaume-Uni.
Gudin (Théodore).   France.
Hébert (Antoine-Auguste-Ernest).   France.
Herbelin (Mme), née Jeanne-Mathilde Habert. France.
Hockert (Jean-Frédéric).   Suède.
Huet (Paul).   France.

Isabey (Eugène-Louis-Gabriel).   France.
Jalabert (Charles-François).   France.
Kaulbach (Guillaume de).   Prusse.
Knaus (Louis).   Duché de Nassau.
Larivière (Charles-Philippe).   France.
Lehmann (Charles-Ernest-Rodolphe-Henri).   France.
Leslie (C.-R.).   Royaume-Uni.
Maréchal (Charles-Laurent).   France.
Madrazo (Frederico de).   Espagne.
Mouilleron (Adolphe).   France.
Muller (Charles-Louis), Paris.   France.
Robert-Fleury (Joseph-Nicolas).   France.
Robinson (J.-H.).   Royaume-Uni.
Roqueplan (Camille).   France.
Rouget (Georges).   France.
Rousseau (Théodore).   France.
Scheffer (Henri).   France.
Schnetz (Jean-Victor).   France.
Stanfield (C.).   Royaume-Uni.
Thorburn (R.).   Royaume-Uni.
Tidemann (Adolphe).   Norwége.
Troyon (Constantin).   France.
Willems (Florent).   Belgique.
Winterhalter (François-Xavier).   France.

MÉDAILLES DE 2ᵉ CLASSE.

Barrias (Félix-Joseph).   France.
Bellangé (Joseph-Louis-Hippolyte).   France.
Benouville (François-Léon).   France.

Bouguereau (Adolphe-Williams).	France.
Brisset (Pierre-Nicolas).	France.
Chassériau (Théodore).	France.
Chavet (Victor).	France.
Comte (Pierre-Charles).	France.
Court (Joseph-Désiré).	France.
Cousins (H.).	Royaume-Uni.
Dubufe fils (Edouard).	France.
Frith (W.-P.).	Royaume-Uni.
Gérôme (Jean-Léon).	France.
Glaize (Auguste-Barthélemy).	France.
Gronland (Theude).	Danemark.
Gude (Hans-Frédérik).	Norwége.
Haghe (Louis).	Royaume-Uni.
Hamon (Jean-Louis).	France.
Healy (Georges–P.-A.).	Etats-Unis.
Hildebrandt (Edouard).	Prusse.
Lami (Eugène).	France.
Laugée (Désiré-François).	France.
Lenepveu (Jules-Eugène).	France.
Madou (Jean-Baptiste).	Belgique.
Magnus (Edouard).	Prusse.
Mandel (Edouard).	Prusse.
Martinet (Achille-Louis).	France.
Meyerheim (Frédéric-Edouard).	Prusse.
Millais (J.-E.).	Royaume-Uni.
Muyden (Alfred Van).	Suisse.
Pignerolle (Charles-Marcel de).	France.
Pils (Isidore-Adrien-Auguste).	France.
Podesti (le chevalier François).	Etats-Pontificaux.

Portaels (Jean-François).	Belgique.
Richter (Adrien-Louis).	Saxe.
Robbe (Louis).	Belgique.
Roberts (D.).	Royaume-Uni.
Rousseau (Philippe).	France.
Saint-Jean (Simon).	France.
Schrader (Jules).	Prusse.
Steinle (François).	Autriche.
Stevens (Alfred).	Belgique.
Stevens (Joseph).	Belgique.
Tayler (F.).	Royaume-Uni.
Van Moer (Jean-Baptiste).	Belgique.
Verlat (Charles).	Belgique.
Vetter (Hégésippe–Jean).	France.
Vinchon (Jean-Baptiste-Auguste).	France.
Webster (T.).	Royaume-Uni.
Ward (E.-M.).	Royaume-Uni.
Yvon (Adolphe).	France.

MÉDAILLES DE 3ᵉ CLASSE.

Achard (Jean-Alexis).	France.
Ansdell (R.).	Royaume-Uni.
Antigna (Jean-Pierre-Alexandre).	France.
Baron (Henri).	France.
Blaas (Charles).	Autriche.
Bles (David).	Pays-Bas.
Bodmer (Karl).	France.
Bonhommé (François).	France.
Bosboom (Johannes).	Pays-Bas.

Breton (Jules-Adolphe).	France.
Browmn (Mlle Henriette).	France.
Busson (Charles).	France.
Couturier (Philibert-Léon).	France.
Daubigny (Charles-François).	France.
Desjobert (Louis-Eugène).	France.
Devers (Joseph).	France.
Dillens (Adolphe).	Belgique.
Doo (Georges-T.).	Royaume-Uni.
Ferri (Gaëtan).	Etats Sardes.
Frère (Pierre-Edouard).	France.
Gendron (Auguste).	France.
Gsell (Jules-Gaspard).	Suisse.
Hamman (Edouard).	Belgique.
Hédouin (Edmond).	France.
Hunt (William).	Royaume-Uni.
Hurlstone (F.-G.).	Royaume-Uni.
Jadin (Louis Godefroy).	France.
Kruger (François).	Prusse.
Landelle (Charles).	France.
Laurent (Mme).	France.
Lecointe (Charles-Joseph).	France.
Lefebvre (Charles).	France.
Lepoitevin (Eugène).	France.
Leroux (Eugène).	France.
Leroy (Alphonse).	France.
Luminais (Evariste-Vital).	France.
Macnee (D.).	Royaume-Uni.
May.	Etats-Unis.
Melin (Joseph).	France.

Meyer (Louis).	Pays-Bas.
Ouvrié (Pierre-Justin).	France.
Pollet (Victor-Florence).	France.
Poole (P.-F).	Royaume-Uni.
Rieséner (Louis-Antoine-Léon).	France.
Robert (Alexandre).	Belgique.
Roberts (Arthur-Henri).	France.
Rodakówski (Henri).	France.
Rœting (Jules).	Prusse.
Rossiter (Thomas-P.).	États-Unis.
Steffeck (Charles).	Prusse.
Tassaert (Nicolas-François-Octave).	France.
Thomas (Alexandre).	Belgique.
Thompson (J.).	Royaume-Uni.
Tissier (Ange).	France.
Trayer (Jean-Baptiste-Jules).	France.
Verbœckhoven (Eugène).	Belgique.
Ziem (Félix).	France.

MENTIONS HONORABLES.

Achenbach (Oswald).	Prusse.
Anastasi (Auguste).	France.
Appert (Eugène).	France.
Aze (Valère-Adolphe).	France.
Bellel (Jean-Joseph).	France.
Benouville (Jean-Achille).	France.
Berchère (Narcisse).	France.
Billotte (Léon-Joseph).	France.
Blanc-Fontaine (Henry).	France.

Blanchard (Auguste).	France.
Boe (Frantz-Diderick).	Norwège.
Bohn (Guerman).	Wurtemberg.
Bonheur (Auguste).	France.
Boulard (Auguste).	France.
Brion (Gustave).	France.
Brunel-Rocque (Léon).	France.
Burdet (Augustin).	France.
Caraud (Joseph).	France.
Caron (Adolphe-Alexandre-Joseph).	France.
Chevandier de Valdrome (Paul).	France.
Cibot (Édouard).	France.
Coignard (Louis).	France.
Compte-Calix (François-Claudius).	France.
Cooke (E.-W).	Royaume-Uni.
Corbould (E.-H.).	Royaume-Uni.
Cross (J.).	Royaume-Uni.
Curzon (Paul-Alfred de).	France.
Damour (Charles).	France.
Danby (F.).	Royaume-Uni.
David (Maxime).	France.
Delaroche (Charles-Ferdinand).	France.
Desclaux (Théophile-Victor).	France.
Desmaisons (Pierre-Émile).	France.
Duval Le Camus (Jules-Alexandre).	France.
Elmore (A.).	Royaume-Uni.
Exner (Jean-Jules).	Danemark.
Faivre (Emile).	France.
Faivre-Duffer (Louis-Stanislas).	France.
Fauvelet (Jean).	France.

Fecker (Gustave).	Prusse.
Fortin (Charles).	France.
François (Alphonse).	France.
François (Jules).	France.
Gauermann (Frédéric).	Autriche.
Gastaldi (André).	Etats-Sardes.
Gertner (Guillaume).	Danemark.
Girardet (Karl).	France.
Girardet (Edouard).	Suisse.
Girardin (Julien).	France.
Giraud (Eugène-Pierre-François).	France.
Goodall (F.).	Royaume-Uni.
Gourlier (Paul).	France.
Graeb (Charles-Georges-Antoine).	Prusse.
Gruner (L.).	Royaume-Uni.
Guillemin (Alexandre-Marie).	France.
Harding (J.-D.).	Royaume-Uni.
Hillemacher (Eugène-Ernest).	France.
Holland (J.).	Royaume-Uni.
Horsley (J.-C.).	Royaume-Uni.
Hübner (Charles).	Prusse.
Induno (Dominique).	Autriche.
Induno (Jérôme).	Autriche.
Kaiser (Johan-Wilhelm).	Pays-Bas.
Kalckreuth (Stanislas, comte de).	Prusse.
Kane (Herman, Ten).	Pays-Bas.
Keller (Joseph).	Prusse.
Kellerhoven (François).	Prusse.
Knyff (A. de).	Belgique.
Kuwasseg (Karl).	Autriche.

Kuytenbrouwer (Martin-Antoine),	Belgique.
Laemlein (Alexandre).	France.
Lane (R.-J.).	Royaume-Uni.
Lanoüe (Hippolyte-Félix).	France.
Lambinet (Emile).	France.
Lansac (François-Emile de).	France.
Lapierre (Louis Emile).	France.
Lapito (Louis-Auguste).	France.
Larson (Marcus).	Suède.
Lavieille (Eugène-Antoine-Samuel).	France.
Laurens (Jules-Joseph-Augustus).	France.
Lécluse (Mademoiselle Anne-Henriette),	France.
Lehmann (Rodolphe).	France.
Leman (Jacques-Edmond).	France.
Leray (Prudent-Louis).	France.
Leu (Auguste).	Prusse.
Lindemann-Frommel (Karl).	Bade.
Loubon (Emile).	France.
Madrazo (Louis de).	Espagne.
Marchal (Charles).	France.
Meuron (Albert de).	Suisse.
Mertz (Jean-Cornelis).	Pays-Bas.
Monginot (Charles).	France.
Müller (Morton).	Norwége.
Nanteuil (Célestin).	France.
Nash (Joseph).	Royaume-Uni.
Noël (Jules).	France.
Pape (Edouard).	Prusse.
Passot (Gabriel-Aristide).	France.
Paton (J.-N.).	Royaume-Uni.

Penguilly-l'Haridon.	France.
Pérignon fils (Alexis).	France.
Peyrol (Mme), née Juliette Bonheur.	France.
Pezous (Jean).	France.
Philipp (J.).	Royaume-Uni.
Philippe (Désiré).	France.
Pieron (Gustave).	Belgique.
Pluyette (Auguste-Victor).	France.
Plassan (Antoine-Emile).	France.
Pommayrac (Pierre-Paul de).	France.
Poussin (Pierre-Charles).	France.
Pron (Louis-Hector).	France.
Pye (John).	Royaume-Uni.
Regemorter (Van-Ignace).	Belgique.
Reignier (Jean).	France.
Richomme (Jules).	France.
Ribera (Charles-Louis).	Espagne.
Ricard (Louis-Gustave).	France.
Robie (Jean).	Belgique.
Rœhn fils (Alphonse-Jean).	France.
Roffiaen (Jean-François).	Belgique.
Roller (Jean).	France.
Ronot (Charles).	France.
Rosenfelder (Louis).	Prusse.
Rousseau (Edme).	France.
Roux (Prosper-Louis).	France.
Saal (Georges-Otto-Edmond).	Bade.
Salmon (Louis-Adolphe).	France.
Saltzmann (Gustave).	France.
Sirouy (Achille).	France.

Sorieul (Jean).	France.
Soulange-Teissier (Louis-Emmanuel).	France.
Springer (Cornelis).	Pays-Bas.
Stocks-Lumb.	Royaume-Uni.
Stone (F.).	Royaume-Uni.
Stroobant (François).	Belgique.
Topham (F.-W.).	Royaume-Uni.
T'Schaggeny (Charles-Philogène).	Belgique.
Ulrich (Jacques).	Suisse.
Villain (Eugène).	France.
Waldmüller (F.-G.).	Autriche.
Waldorp (Antoine).	Pays-Bas.
Warren (E.).	Royaume-Uni.
Weber (Frédéric).	Suisse.
Wehnert (H.-C.).	Royaume-Uni.
Wells (H.-T.).	Royaume-Uni.
Wervee (Samuel-Léonidas).	Pays-Bas.
Willman (Edouard).	Bade.
Wilson (J.).	Royaume-Uni.
Winter (Louis de).	Belgique.
Wyld (William).	France.
Zimermann (Richard).	Bavière.

SCULPTURE ET GRAVURE EN MÉDAILLES.

GRANDES MÉDAILLES D'HONNEUR.

Dumont (Augustin-Alexandre).	France.
Duret (Francisque).	France.

Rietschell (Ernest).	Saxe.
Rude (François).	France.

MÉDAILLES DE 1re CLASSE.

Bonassieux (Jean-Marie).	France.
Debay (Auguste-Hyacinthe).	France.
Dupré (Jean).	Toscane.
Fraccaroli (Innocent).	Autriche.
Guillaume (Claude-Jean-Baptiste-Eugène).	France.
Lequesne (Eugène-Louis).	France.
Perraud (Joseph).	France.
Simart (Pierre-Charles).	France.

MÉDAILLES DE 2e CLASSE.

Cabet (Paul).	France.
Debay (Jean-Baptiste-Joseph).	France.
Fernkorn (Antoine-Dominique).	Autriche.
Foyatier (Denis).	France.
Gatteaux (Jacques-Edouard)	France.
Geefs (Guillaume).	Belgique.
Jaley (Jean-Louis-Nicolas).	France.
Kiss (Auguste).	Prusse.
Maillet (Jacques-Léonard).	France.
Marcellin (Jean-Esprit).	France.
Miglioretti (Pascal).	Autriche.
Moreau (Mathurin).	France.
Oudiné (Eugène-André).	France.
Pollet (Joseph-Michel-Ange).	France.
Raggi (Nicolas-Bernard).	France.

15

MÉDAILLES DE 3ᵉ CLASSE.

Bowy (Antoine).	France.
Cabuchet (Emilien).	France.
Cæsar (Joseph).	Autriche.
Cavelier (Pierre-Jules).	France.
Dantan aîné (Antoine-Laurent).	France.
Depaulis (Alexis-Joseph).	France.
Droz (Jules-Antoine).	France.
Fraikin (Charles-Auguste).	Belgique.
Fremiet (Emmanuel).	France.
Gumery (Charles-Alphonse).	France.
Iselin (Henri-Frédéric).	
Lanno (François-Gaspard-Aimé).	France.
Mène (Pierre-Jules).	France.
Montagny (Etienne).	France.
Nieuwerkerke (le comte Alfred-Emilien de)	France.
Oliva (Alexandre).	France.
Rochet (Louis).	France.
Salmson (Jean-Baptiste).	France.
Travaux (Pierre).	France.
Van-Hove (Victor).	Belgique.

MENTIONS HONORABLES.

Benzoni (Jean-Marie).	Etats Pontificaux.
Bissen (Hermann-Vilhelm).	Danemark.
Bonnardel (Pierre-Ant.-Hippolyte).	Etats Pontificaux.
Brunet (Eugène).	France.
Caïn (Auguste).	France.

Chardon (Jean).	Belgique.
Chatrousse (Emile).	France.
Cordier (Charles).	France.
Della Torre (le marquis Torquato).	Autriche.
Desprez (Louis).	France.
Diebolt (Georges).	France.
Dracké (Frédéric).	Prusse.
Dubray (Vital-Gabriel).	France.
Étex (Antoine).	France.
Fabisch (Joseph).	France.
Foley (J.-H.).	Royaume-Uni.
Frison (Barthélemy).	France.
Gayrard (Raymond) père.	France.
Geefs (Jean).	Belgique.
Girard (Noël-Jules).	France.
Grootaers (Guillaume).	France.
Hébert (Pierre).	France.
Husson (Aristide).	France.
Jacquet (Jean Joseph).	Belgique.
Jouffroy (François).	France.
Lawlor (James).	Royaume-Uni.
Lebourg (Charles-Auguste).	France.
Lechesne de Caen (Auguste-Jean-Baptiste).	France.
Lefebvre-Deumier (Madame Marie-Louise).	France.
Leharivel-Durocher (Victor).	France.
Loison (Pierre).	France.
Macdonald (L.).	Royaume-Uni.
Macdowell (P.).	Royaume-Uni.
Max (Joseph).	Autriche.
Mélingue (Etienne-Marie).	France.

Merley.	France.
Michel Pascal (François).	France.
Pierotti (Joseph).	Autriche.
Protheau (François).	France.
Radnitski (Charles).	Autriche.
Ramus (Joseph-Marius).	France.
Sharp (T.).	Royaume-Uni.
Truphème (François).	France.
Tuerlinckx (Joseph).	Belgique.
Vechte (Antoine).	France.
Vela (Vincent).	Autriche.
Voigt (Charles-Frédéric).	Bavière.
Weekes (N.).	Royaume-Uni.

ARCHITECTURE.

GRANDES MÉDAILLES D'HONNEUR.

Barry (Sir Charles). Royaume-Uni.
  Nouvelle Chambre du Parlement; villa de Cliefden.

Duban (Félix-Jacques). France.
  Restauration du château de Blois; restauration du portique
    d'Octavien, à Rome; études sur les diverses époques de
    l'architecture.

MÉDAILLES DE 1re CLASSE

Ire CATÉGORIE.

PROJETS DE MONUMENTS EXÉCUTÉS ET NON EXÉCUTÉS.

Questel (Charles-Auguste). France.

Église de Saint-Paul, à Nimes; restauration de l'amphithéâtre d'Arles; restauration du pont du Gard.

11e CATÉGORIE.

RESTAURATIONS ET RESTITUTIONS DE MONUMENTS.

1re DIVISION.

Monuments antiques.

Caristie (Augustin-Nicolas). France.
  Restitution du temple de Sérapis à Pouzzoles; restauration
  de l'arc de triomphe d'Orange.

Duc (Joseph-Louis). France.
  Restitution du Colysée.

Labrouste (Pierre-François-Henri). France.
  Restitution du temple de Pœstum.

Normand (Alfred-Nicolas). France.
  Restitution du Forum.

2e DIVISION.

Monuments du moyen-âge.

Bœswilvald (Emile). France.
  Restauration de la cathédrale de Laon et autres monuments
  historiques de la France.

Viollet-Leduc (Eugène-Emmanuel). France.
  Restitution des fortifications de Carcassonne et autres monuments historiques de la France.

3e DIVISION.

Monuments de la renaissance.

Vaudoyer (Léon).   France.

Édifices civils d'Orléans; restitution du temple de Vénus,
à Rome.

IIIe CATÉGORIE.

ÉTUDES D'INVENTION OU D'APRÈS DES MONUMENTS EXISTANTS.

Cockerell (Charles-Robert).   Royaume-Uni.

Monument élevé à la mémoire de Wren.

Jones (Owen).   Royaume-Uni.

Études sur l'Alhambra, à Grenade.

Donaldson (T.-L.).   Royaume-Uni.

Étude d'un temple de la Victoire sous l'empereur Adrien.

MÉDAILLES DE 3e CLASSE.

Ire CATÉGORIE.

PROJETS DE MONUMENTS EXÉCUTÉS ET NON EXÉCUTÉS.

D'Arnim.   Prusse.

Projet de résidence princière; projet de ferme.

Hardwick (Philippe).   Royaume-Uni.

Hôtel des Orfèvres, à Londres; vue de Lincoln's-Inn-Hall.

Scott (G.-G.).   Royaume-Uni.

Vue de l'église Saint-Nicolas en construction à Hambourg;
vue de l'hôtel de ville, à Hambourg.

Zanth (Louis de). Wurtemberg.
La Wilhelma , maison de plaisance.

IIe CATÉGORIE.

RESTAURATIONS ET RESTITUTIONS DE MONUMENTS.

1re DIVISION.

Monuments antiques.

Baltard (Victor). France.
Restitution du théâtre de Pompée.

Clerget (Jacques-Jean). France.
Restitution de la maison d'Auguste, au Palatin.

Lefuel (Hector Martin). France.
Restitution du temple de Junon Matuta, du temple de la
Piété et du temple de l'Espérance.

Pacard (Alexis). France.
Restitution du Parthénon.

Tétaz (Jacques-Martin). France.
Restitution de l'Erechtheum, à Athènes.

2e DIVISION.

Monuments du moyen âge.

Daly (César). France.
Restauration de la cathédrale d'Alby.

Lassus (Jean-Baptiste-Antoine). France.
Restauration de l'église de Saint-Aignan ; dessin de la châsse
de sainte Radégonde.

Millet (Eugène-Louis). France.
Restauration de l'église de Paray-le-Monial.

Ruprich-Robert (Victor-Marie-Charles). France.
Restauration de l'église de l'Abbaye-aux-Dames.

IIIe CATÉGORIE.

ÉTUDES D'INVENTION OU D'APRÈS DES MONUMENTS EXISTANTS.

Falkener (E.).   Royaume-Uni.
Études de monuments de l'Italie et de l'Asie Mineure.

Hamilton (Thomas).   Royaume-Uni.
Vue de divers monuments à Édimbourg.

IVe CATÉGORIE.

ORNEMENTS D'ARCHITECTURE INVENTÉS OU REPRODUITS.

Denuelle (Alexandre-Dominique).   France.
Dessins d'anciennes peintures; décoration du chœur de
l'église de Saint-Paul, à Nimes.

Petit (Savinien).   France.
Peinture de la chapelle du Liget (Indre-et-Loire).

Ve CATÉGORIE.

GRAVURE ET LITHOGRAPHIE D'ARCHITECTURE.

Beau (Emile).   France.
Diverses chromolithographies; dessins de vitraux.

Gaucherel (Léon).   France.
Statues de la cathédrale de Chartres; vue de l'hôtel de ville
de Sienne.

Guillaumot (Louis et Claude-Nicolas-Eugène).   France.
Gravures sur bois du Dictionnaire d'architecture de M. Viollet-Leduc.

Huguenet (Jacques).   France.
Diverses gravures d'architecture.

MENTIONS HONORABLES

Ire CATÉGORIE.

Bilezikdji (Pascal-Artin).   Empire Ottoman.
Projet d'un monument pour l'alliance de la France, de
l'Angleterre et de la Turquie.

Burton (Decimus).   Royaume-Uni.
Projets de monuments à Londres.

Fowler (Charles).   Royaume-Uni.
Projets de monuments à Londres.

Garnaux (Antoine-Martin).   France.
Projet d'Opéra.

Hesse (Charles).   Prusse.
Additions au palais de Sans-Souci.

Wyatt (Thomas).   Royaume-Uni.
Église Saint-Nicolas et Sainte-Marie, à Wilton.

IIe CATÉGORIE.

Abadie (Paul).   France.
Restauration de monuments.

Desjardins (Tony).   France.
Porte de l'église de Charlieu.

Durand (Alphonse).   France.
Restauration de l'église de Vétheuil.

Jareno.   Espagne.
Campanille de la cathédrale de Palerme.

Laisné (Jean-Charles).   France.
Restauration de la maladrerie d'Ourscamps et de l'église
Notre-Dame d'Étampes.

Lambert (Eugène).   France.
Dessin du jubé du Faouet.

15*

Lenoir (Albert-Alexandre).   France.
   Restauration de l'hôtel de Cluny.

Lenormand (Louis).   France.
   Restauration du château de Meillant (Cher).

Mallay (Jean-Baptiste-Emile).   France.
   Rue principale de Montferrand.

Mauguin (Pierre).   France.
   Dessin de la porte antique de Die.

Merindol (Jules-Amieth de).   France.
   Restauration de l'église de Saint-Genac.

Revoil (Henri).   France.
   Dessin de la chapelle de Saint-Gabriel.

Verdier (Aymar).   France.
   Dessins de la maison de Cluny.

IIIe CATÉGORIE.

Allom (T.).   Royaume-Uni.
   Études d'embellissements à Londres.

Digby Wyatt.   Royaume-Uni.
   Dessin de l'Arc de Titus et de l'église supérieure de San-
     Benedetto, à Subiaco.

Kendall (H.-E.).   Royaume-Uni.
   Dessins d'architecture.

IVe CATÉGORIE.

Delton (Etienne-Albert).   France.
   Vitraux du chœur de Ferrière-en-Gâtinais.

Frappaz (Jules-Marc).   France.
   Dessins de la Bibliothèque impériale.

Laval (Eugène).   France.
Tapisseries en soie de Tarascon.

Shaw (H.).   Royaume-Uni.
Dessin du poêle funèbre de la corporation des Poissonniers,
à Londres.

Vᵉ CATÉGORIE.

Clément (Mᵐᵉ Anne-Clara).   France.
Planches gravées d'architecture.

Guillaumot (Auguste-Alexandre).   France.
Planches gravées d'architecture.

Hibon.   France.
Planches gravées d'architecture.

Lemaître (Augustin-François).   France.
Vue gravée de l'arc d'Orange.

Penel (Louis-Félix).   France.
Planches gravées d'architecture.

Ribault (Auguste-Louis-François).   France.
Planches gravées d'architecture.

Sauvageot (Claude).   France.
Planches gravées d'architecture.

BANQUET

OFFERT PAR LA VILLE DE PARIS

A

S. A. I. LE PRINCE NAPOLÉON ET A LA COMMISSION IMPÉRIALE.

———◄◦►———

Hier, samedi, un grand banquet a été donné par la ville de Paris à S. A. I. le Prince Napoléon et à la Commission impériale de l'Exposition universelle.

La salle des fêtes de l'Hôtel-de-Ville et les deux salons des Arts, qui en sont le prolongement, étaient occupés dans toute leur étendue par deux immenses tables parallèles réunies à des intervalles réguliers, et n'en formant ainsi qu'une seule. En outre, une table en fer-à-cheval était dressée dans la salle des Cariatides, qui s'ouvre par trois larges arcades sur le milieu de la salle des Fêtes.

Derrière la place d'honneur, réservée au Prince Impérial, s'élevait le buste de S. M. l'Empereur, environné d'un vaste faisceau des drapeaux de toutes les nations représentées au banquet. De semblables drapeaux pavoisaient la salle entière de travée en travée.

Le corps diplomatique, les ministres, les chefs des trois grands corps de l'Etat, le maréchal commandant supérieur de l'armée de Paris, le général commandant de la garde nationale de la Seine, les députés du département de la Seine, la Commission impériale de l'Exposition, les commissaires étrangers, les présidents et vice-présidents du jury mixte international, une députation du corps municipal de la Cité de Londres, plusieurs des exposants ayant reçu des récompenses, des étrangers de distinction, un grand nombre de membres de l'Institut, les maires de grandes villes de France, etc., c'est-à-dire près de cinq cents personnes, s'étaient rendus à l'invitation de la ville de Paris.

M. le préfet de la Seine était placé à droite de Son Altesse Impériale ; M. Delangle, président du conseil municipal à gauche ; M. le préfet de police, en face. Les autres membres du corps municipal, distribués entre les diverses tables, faisaient également les honneurs de cette fête.

Les brillants uniformes, les drapeaux, les fleurs, les lumières innombrables, remplissant cette vaste salle toute éclatante de dorures et de peintures, formaient un ensemble vraiment admirable.

A l'une des extrémités de la galerie supérieure un orchestre, à l'autre un chœur, se sont fait entendre alternativement pendant le banquet.

Au dessert, M. le préfet a porté la santé de LL. MM. l'Empereur et l'Impératrice dans les termes suivants :

« Monseigneur, Messieurs,

« J'ai l'honneur de porter la santé de Leurs Majestés l'Empereur et l'Impératrice.

« A l'Empereur Napoléon III !

« Pour la seconde fois, en un demi-siècle, la Providence a voulu que, de nos jours, le grand nom de Napoléon surgît au milieu des passions déchaînées, des intelligences obscurcies, des peuples en effervescence, et que soudain le calme rentrât dans les cœurs, la certitude dans les esprits, l'ordre dans les sociétés. (Applaudissements.)

« En contemplant le magnifique spectacle de l'Exposition universelle, de ce congrès des envoyés de tous les pays du globe, tenant, sous les auspices d'un prince de la famille impériale, dans Paris régénéré, les assises de la science, de l'art, de l'industrie, quelqu'un a-t-il pu, je le demande, ne pas bénir le puissant génie qui a fait passer si rapidement la France, et l'Europe avec elle, de l'angoisse à la confiance, de l'agitation stérile des factions à la féconde activité du travail, et préserver nos ennemis eux-mêmes de la menace incessante des révolutions ? (Bravos unanimes.)

« Non, dans la solennité récente dont nous avons été les témoins, personne n'a su se défendre d'acclamer cette politique loyale autant que ferme, à laquelle nous devons d'admirer en même temps les pacifiques conquêtes de la civilisation et les triomphes d'une juste guerre ; cette modération magnanime qui, marquant à nos soldats le but de leurs glorieux travaux, limite d'avance le gain de la victoire à la stabilité de l'équilibre européen ! (Applaudissements réitérés.)

« Aussi, dans notre réunion présente, où la ville de Paris compte avec un légitime orgueil des représentants du monde entier, n'ai-je à craindre d'être désavoué par aucun lorsque je les associe tous au témoignage des vœux que forme la France pour son auguste et bien-aimé souverain. *Vive l'Empereur !* (Cris répétés de *Vive l'Empereur !*)

« A l'Impératrice Eugénie !

« Que Dieu protège en Sa Majesté l'avenir de la patrie, la perpétuité de cette providentielle dynastie des Napoléon, gage de la grandeur de la France, de la sécurité de l'Europe, du progrès du monde civilisé. *Vive l'Impératrice !* »

Ce langage, qui répondait si bien au sentiment de l'assemblée, a été suivi d'acclamations prolongées ; puis le chœur déjà populaire de M. Gounod : *Vive l'Empereur !* a été exécuté avec beaucoup de verve et d'ensemble.

M. Delangle, président du conseil municipal, a pris ensuite la parole :

« MONSEIGNEUR,

« Paris, depuis six mois, est devenu le rendez-vous de l'Europe entière. C'est à l'Exposition universelle qu'il a dû cet empressement et les avantages que, pour son intérêt et sa gloire, en a recueillis l'industrie de la grande cité. Permettez nous, Monseigneur, à nous ses représentants, de nous tourner avec reconnaissance et respect vers le Prince qui, s'associant aux desseins de l'Empereur, a su les féconder par cette intelligence et cette énergie de volonté dont la Providence a marqué sa race. (*Applaudissements.*)

« Nous acquittons notre dette, Monseigneur, en adressant de publics remercîments à Votre Altesse, dont la puissante initiative a donné à ce grand concours des nations quelques-uns des traits qui la caractérisent et la recommandent à l'admiration du présent et de l'avenir.

« Monseigneur, organiser l'Exposition de ces chefs-d'œuvre des arts et de l'industrie dont nos yeux sont encore éblouis, apprécier et récompenser dignement des mérites si éclatants et si divers, c'était une tâche immense dont le principal honneur vous revient. (*Applaudissements.*) Mais il est une gloire qui vous appartient tout entière : c'est d'avoir voulu qu'on cherchât le talent et le génie dans les conditions subalternes où la fortune les jette si souvent ; c'est qu'on demandât au chef-d'œuvre exposé à l'admiration de la foule, non quel était son maître, mais quel était son créateur ; c'est que la croix d'honneur brillât sur la poitrine de l'ouvrier et du valet de ferme qui l'avait mérité, comme un symbole vivant de justice et d'égalité morale : noble idée, dont l'application imprime à l'Exposition de **1855** un caractère particulier de grandeur et de vérité. (*Très-bien!*)

« Dans le banquet offert à Votre Altesse par les membres du Jury international, elle exprimait que de la pensée de l'Exposition universelle sortirait un résultat moral supérieur, à ses yeux, au résultat matériel, la confédération des pays civilisés : « Par l'Exposition, disiez-vous, l'idée aura fait un grand pas, et la France aura l'insigne honneur d'y avoir contribué sans égoïsme, sans idée de domination, mais uniquement pour le bien général, obéissant en cela aux instincts qui lui sont propres et à sa mission d'initiation. »

« Regardez autour de vous, Monseigneur : ce noble vœu n'est-il pas réalisé dans cette fête offerte aux vainqueurs par la ville de Paris ? Tous les peuples s'y pressent, rapprochés et non divisés par la lutte, réunis dans ce banquet hospitalier comme les membres d'une grande famille, fiers des couronnes décernées à leurs efforts, fiers surtout de les avoir reçues des mains de la France, de ce pays dont les arrêts semblent nécessaires à la consécration des gloires les mieux acquises. (*Bravos.*)

« Messieurs, le vieux palais de la municipalité parisienne a vu ses fêtes honorées par la présence de grands souverains : de François Iᵉʳ, de Henri IV, de Louis XIV, et du héros qui, placé au seuil du siècle, domine les gloires passées et commande à l'avenir. Le palais renouvelé a salué dans ses murs le Prince que la France a proclamé son sauveur, et que la postérité, dans sa justice, placera auprès du glorieux fondateur de sa dynastie.

« Il a salué son auguste compagne, souveraine par la grâce, par la beauté, par la bienfaisance, et qui semble apporter au trône plus d'éclat qu'elle n'en reçoit.

« Il a salué aussi la grande reine qui nous a visités, apportant l'oubli des rivalités séculaires et le gage d'une alliance durable et féconde. (*Applaudissements répétés.*) Ce sont là nos plus glorieux, nos plus chers souvenirs.

« Il en est un, Monseigneur, que l'Hôtel de-Ville conservera désormais avec autant de reconnaissance, c'est celui de cette fête de la civilisation, et surtout celui du grand nom qui en rehausse l'éclat en la présidant. (*Vifs applaudissements.*)

« Messieurs : *A la santé du Prince Napoléon ! (Vive le Prince Napoléon !)* »

A ces éloquentes paroles, le Prince a répondu :

« MESSIEURS,

« Je remercie M. le président du conseil municipal, « et je vous propose un toast : *A la Ville de Paris !*

« C'est un grand honneur pour moi d'avoir pu or-« ganiser et diriger l'Exposition universelle de 1855, « et d'accomplir ainsi la mission que S. M. l'Empereur « a bien voulu me confier.

« Les relations que j'ai formées avec MM. les expo-

« sants, les jurés et MM. les commissaires étrangers,
« resteront toujours gravées dans mon cœur, et je me
« croirai récompensé s'ils me conservent les sentiments
« que j'éprouve pour eux, et si tous ceux qui ont
« concouru à l'Exposition gardent quelque souvenir
« de la part que j'ai prise à cette grande œuvre.
« (Applaudissements.)

« La ville de Paris a reçu les étrangers avec une
« noble hospitalité; une des gloires du Gouvernement
« de l'Empereur Napoléon III est d'avoir rendu notre
« capitale digne de ses hôtes. (Assentiment una-
« nime.) »

« C'est une vive satisfaction pour moi et un honneur
« pour la Commission impériale d'être fêtés par ces
« magistrats municipaux qui remplissent avec tant de
« zèle la mission tout à la fois grande et difficile de
« satisfaire aux besoins moraux et matériels de cette
« noble cité. Paris a sa bonne part dans l'admiration
« des étrangers qui ont visité l'Exposition, et dans
« l'idée qu'ils remportent de la puissance et de la
« richesse de la France. L'industrie parisienne doit
« être particulièrement fière du succès qu'elle a obtenu
« dans ce concours de tous les peuples. (Vifs applau-
« dissements.)

« J'éprouve toujours une vive émotion en me trou-
« vant dans cet Hôtel-de-Ville, ce palais des citoyens,
« si magnifique, si imposant, qui résume tant de sou-
« venirs.

« *A Paris ! qui est le cœur de la France et un des*

« *centres du monde intellectuel !* » (Applaudissements répétés.)

Après le banquet, Son Altesse Impériale est passée dans les salons, remplis déjà par une nombreuse réunion où brillaient, au milieu des uniformes de tous les pays, les toilettes les plus élégantes.

La soirée s'est terminée par un concert dans lequel ont été entendus Mme Alboni, M. Gardoni, M. et Mme Everardi, et l'orchestre des jeunes élèves du Conservatoire, dirigé par M. Pasdeloup.

Son Altesse Impériale ne s'est retirée que vers minuit.

DISTRIBUTION DES RÉCOMPENSES

AUX

ÉLÈVES DE L'ÉCOLE IMPÉRIALE DES BEAUX-ARTS.

————◆————

La séance de distribution des prix et médailles remportés par les élèves de l'Ecole impériale des Beaux-Arts dans le courant de l'année 1854-1855, a eu lieu aujourd'hui, sous la présidence de M. A. Fould, ministre d'Etat et de la Maison de l'Empereur.

Ont pris place au bureau : M. Dumont, président de l'école ; M. Alfred Blanche, secrétaire général du ministère d'État ; M. de Mercey, chef de la section des beaux-arts ; M. Robert Fleury, vice-président ; M. le comte de Nieuwerkerke, directeur général des musées impériaux, et M. Vinit, secrétaire perpétuel.

Presque tous les professeurs de l'école et plusieurs membres de l'Académie des beaux-arts assistaient à cette solennité.

A droite et à gauche de l'estrade avaient pris place : MM. Ingres, H. Vernet, Picot, Petitot, Duban, Cogniet, Heim, Nanteuil, Duret, Lefuel, J. de Mancy, Constant-Dufeux, Jay, Lesueur, Le Bas, Caristie.

Le reste de la salle était rempli par les élèves de l'Ecole, leurs parents et leurs amis.

Quelque temps avant la séance, un commencement d'incendie s'étant manifesté dans l'hémicycle, cette solennité avait été transportée dans la grande salle que décore la copie du *Jugement dernier* de Michel-Ange. Les paroles suivantes de M. le minitsre d'État ont dissipé l'inquiétude des assistants :

« MESSIEURS.

« Avant d'avoir l'honneur d'ouvrir cette séance, j'ai voulu m'assurer de l'étendue du dommage causé à la belle œuvre de l'un des illustres chefs de cette Ecole, et j'ai été heureux de constater que l'hémicycle de M. Delaroche n'est pas sérieusement atteint par le commencement d'incendie qui s'est manifesté dans la matinée. »

Ces paroles rassurantes ont fait éclater de vifs témoignages de satisfaction.

Avant de distribuer les récompenses, Son Excellence a prononcé le discours suivant :

« MESSIEURS,

« L'année dernière, à la veille de l'Exposition universelle des beaux-arts, lorsque je présidais une solennité semblable à celle qui nous réunit aujourd'hui, je me plaisais à présager les succès de notre école française dans ce grand concours ouvert à toutes les nations. Le résultat a pleinement répondu à mes espérances. Nos artistes ont glorieusement soutenu l'honneur du pays. La France en est fière comme de ses soldats.

« Les palmes si justement gagnées par notre école, et l'hommage rendu par toute l'Europe aux éminentes qualités qui la distinguent, ne vous ont pas fait méconnaître les mérites différents des écoles étrangères. Leurs principes, leurs procédés, leurs hardiesses, ont excité votre attention, vous ont peut-être fourni des enseignements, ou, du moins, vous ont montré des routes nouvelles.

« Toutes les écoles, en effet, ont leurs traditions, fruits précieux de l'expérience de maîtres illustres. L'une a conservé le secret d'un coloris chaud et brillant ; une autre a maintenu dans l'exécution la sévérité et la précision des premiers âges. Ailleurs, la sculpture s'applique patiemment à polir le marbre et ne dédaigne aucun des artifices qui lui donnent la vie.

« Toutes ces traditions ont leurs avantages, et mènent plus ou moins directement au but de l'art. Il n'y en a point qui dispense de longues et sérieuses études. Les chefs-d'œuvre ne s'improvisent pas, et l'idée la plus heureuse demeurera stérile, si elle n'est pas fécondée par la réflexion et par le travail.

« Sans doute, c'est un généreux sentiment que celui qui pousse un artiste, dès son début dans la carrière, à en aborder les plus hautes difficultés. Mais, pour une

16

heureuse témérité, combien de déceptions ! combien d'amers découragements ! Qui pourrait se flatter d'arriver de prime-saut où les maîtres ne sont parvenus qu'après de patients efforts ! Ces grandes compositions, qu'ils n'ont osé traiter que dans la maturité de leur talent, trop souvent des artistes inexpérimentés les choisissent pour leur coup d'essai. Pour ces jeunes imaginations, rien de trop vaste ni de trop difficile. Une toile immense, un groupe monumental, une œuvre gigantesque, voilà leurs rêves et leur séduction. Et quel est le résultat de cette fougue irréfléchie? le plus souvent une ébauche informe, où le mérite de la pensée disparaît sous les défauts choquants de l'exécution. Pour ces œuvres avortées, il n'y a point de place dans nos musées ni dans nos monuments. On aime à découvrir, à encourager le talent modeste et laborieux; on se détourne de l'impuissance et de la présomption.

« Les leçons et les exemples de vos maîtres vous préserveront des conseils d'une ambition prématurée. Avancez pas à pas; les progrès lents sont les plus assurés. Croyez qu'en suivant patiemment le cours régulier de vos études, vous amassez des ressources pour un effort décisif, et vous vous préparez dans l'avenir des succès éclatants et durables.

« Je viens de blâmer la témérité ; mais la prudence excessive est quelquefois regrettable chez un artiste. Il ne faut pas trop présumer de ses forces, mais on doit les exercer. Nos architectes, comme nos peintres et nos sculpteurs, ont obtenu à l'Exposition universelle de grands et légitimes succès; mais on a vu, non sans quelque surprise, qu'appliqués presque exclusivement à l'étude et à la restauration des monuments de l'antiquité et du moyen-âge, ils n'aient pas offert à leurs juges des compositions originales, telles qu'on en pouvait attendre de leur talent et de leur expérience. L'étude du passé doit servir au présent; mais si l'on demande aux anciens maîtres d'utiles leçons, c'est pour les mettre en pratique au profit de ses contemporains. Peu d'époques ont offert, comme la nôtre, un si vaste champ aux méditations de l'architecte. Sans parler des travaux immenses qui s'exécutent dans toute la France par les ordres de l'Empereur, le mouvement prodigieux du commerce et de l'industrie semble inviter l'architecte à produire des projets de toute espèce, et les progrès rapides de la civilisation demandent à l'art des créations en rapport avec de nouveaux besoins.

« Tout se tient dans une époque : les grandes choses appellent les grands efforts. Depuis le commencement du siècle, dans la guerre, dans la paix, notre pays s'est signalé par des actions héroïques, par des découvertes immortelles. Les beaux-arts ne sauraient demeurer en arrière au milieu du mouvement incessant de l'activité nationale. Si le spectacle des grands évènements, si la vue des grands hommes échauffe le génie des artistes, le règne qui vient de s'ouvrir leur prépare d'heureuses inspirations, et doit les exciter à conserver et à augmenter les gloires de la France.

« Couronnée pour ainsi dire par l'Europe entière dans l'Exposition de 1855, l'Ecole impériale des Beaux-

Arts a conquis un rang dont il serait honteux de déchoir. Vos maîtres, avec le souvenir de leurs triomphes, vous laissent le devoir et le moyen de les imiter.

« Messieurs, un vœu exprimé par vos professeurs a été accueilli par Sa Majesté. L'école des Beaux-Arts aura un accès nouveau sur le quai Malaquais, et ses galeries vont recevoir un accroissement considérable. Je suis heureux de pouvoir vous annoncer à la fois cette bonne nouvelle et celle de la promotion dans l'ordre de la Légion-d'honneur de votre bon et habile président. Vous y verrez encore une preuve de la sollicitude de l'Empereur pour tout ce qui intéresse votre école. »

Ce discours a été accueilli par des marques unanimes d'approbation.

M. le ministre d'Etat a remis ensuite à M. Dumont les insignes d'officier de la Légion d'honneur, au milieu des applaudissements de toute l'assemblée.

A l'ouverture de la séance, M. Vinit, secrétaire perpétuel, avait lu le compte rendu des travaux des différentes sections de l'Ecole. Ce rapport a vivement intéressé l'auditoire.

Nous citons le passage où M. le secrétaire perpétuel fait connaître la part des lauréats de l'école des Beaux-Arts dans les récompenses décernées aux artistes à la suite de l'Exposition universelle :

« Vous allez, Monsieur le Ministre, remettre aux

élèves des deux sections les prix qu'ils ont mérités par leurs travaux ; en présence du grand spectacle auquel la France vient d'assister, devant les nobles récompenses décernées par l'Empereur aux hommes éminents de tous les pays qui ont illustré les arts et l'industrie, les récompenses décernées par l'Ecole ont encore leur importance ; la médaille remportée ici pour la première fois fait battre le cœur aussi fort, au début de la carrière, que la récompense la plus élevée lorsque l'on avance dans la vie. N'oublions pas que le succès d'aujourd'hui doit être le présage du succès de l'avenir.

« Si les arts de la France ont jeté un vif éclat au milieu des écoles étrangères, sachons reconnaître la part qui en revient à notre Ecole, et que vous-même, Monsieur le Ministre, vous aviez présagée, lorsque vous disiez, il y a un an, à nos élèves, que *dans cette comparaison de toutes les écoles, ils n'auraient pas à regretter la direction donnée à leurs études.* A l'appui de ce présage qui s'est réalisé, rappelons ici que, sur la liste des récompenses votées par un Jury international, figurent soixante-quatre noms d'artistes qui ont terminé leurs études à la villa Médicis, après avoir obtenu le premier grand prix ; ces soixante-quatre citations comprennent :

« **6** médailles d'honneur ;

« **18** médailles de première classe ;

« **21** médailles de seconde classe ;

« **7** médailles de troisième classe ;

« Et **12** mentions honorables.

16*

« Si nous voulions rechercher les noms de tous ceux qui ont brillé par leurs succès dans les concours de l'Ecole, seconds prix, mentions décernées par l'Institut, médailles, etc., nous aurions à enregistrer la moitié des noms français inscrits sur cette liste; et nous pouvons dire, sans craindre d'être contredits, que, parmi ceux que le Jury a distingués, il en est peu que l'Ecole ne puisse revendiquer. Ajoutons que, parmi les maîtres dont l'Ecole s'honore, un certain nombre n'a pas pris part à la lutte. »

Après la distribution des prix et des médailles, M. Dumont, président de l'Ecole, a dit :

« MESSIEURS,

« Je ne veux pas laisser clore cette séance sans exprimer à M. le ministre d'Etat la reconnaissance de l'école des Beaux-Arts pour toutes les marques de bienveillant intérêt qu'il nous a données, et particulièrement pour la bonne nouvelle que Son Excellence vient de nous annoncer. Le développement des constructions de l'Ecole mettra les élèves à même de profiter bien mieux des nombreux chefs-d'œuvre que nous possédons. Je ne suis que l'interprète des sentiments de nos élèves en assurant qu'ils redoubleront de zèle et d'efforts pour répondre dignement à la haute sollicitude du Gouvernement de l'Empereur. »

Avant de quitter l'école des Beaux-Arts, M. le ministre, accompagné du président et des professeurs de l'Ecole, a visité la galerie que M. Duban décore en ce moment, et qui offre une reproduction de la décoration des Loges de Raphaël au Vatican.

———

RÈGLEMENT GÉNÉRAL.

DÉCRET.

Napoléon, par la grâce de Dieu et la volonté nationale Empereur des Français, à tous présents et à venir, salut :

Vu le projet de règlement général proposé par la Commission impériale concernant l'Exposition universelle des produits de l'agriculture, de l'industrie et des beaux-arts,

Avons décrété et décrétons ce qui suit :

Le projet de règlement général pour l'Exposition universelle, annexé au présent, demeure approuvé.

Fait au palais des Tuileries, le 6 avril 1854.

Signé : NAPOLÉON.

Par l'Empereur :

Le Ministre d'Etat,
Signé Achille Fould.

Le Ministre secrétaire d'Etat
au département de l'agriculture, du commerce
et des travaux publics,
Signé P. Magne.

EXTRAIT DU RÈGLEMENT GÉNÉRAL,

DISPOSITIONS GÉNÉRALES.

ARTICLE 1er.

L'Exposition universelle, instituée à Paris pour l'année 1855, recevra les produits agricoles et industriels, ainsi que les œuvres d'art de toutes les nations.

Elle s'ouvrira le 1er mai et sera close le 31 octobre de la même année.

Art. 2.

L'Exposition universelle de 1855 est placée sous la direction et la surveillance de la Commission impériale nommée par décret du 24 décembre 1853.

Art. 3.

Dans chaque département, un comité, nommé par le préfet d'après les instructions de la Commission impériale, sera chargé de prendre toutes les mesures utiles au succès de l'Exposition, et de statuer, en temps opportun, sur l'admission et le rejet des produits présentés.

Il sera établi en outre, si la Commission impériale le juge nécessaire, des sous-comités locaux ou des agents spéciaux, dans toutes les villes et centres industriels où le besoin en sera reconnu.

ART. 4.

Des instructions spéciales seront adressées, au nom de la Commission impériale, à **MM.** les Ministres de la guerre et de la marine, pour l'organisation du concours de l'Algérie et des colonies françaises à l'Exposition.

ART. 5.

Les Gouvernements étrangers seront invités à établir, pour le choix, l'examen et l'envoi des produits de leurs nationaux, des *comités* dont la formation et la composition seront notifiées, le plus tôt possible, à la Commission impériale, afin qu'elle puisse se mettre immédiatement en rapport avec ces comités.

ART. 6.

Les comités **départementaux**, ainsi que les comités étrangers autorisés par leurs Gouvernements respectifs, correspondront directement avec la Commission impériale, qui s'interdit toute correspondance avec les exposants ou autres particuliers tant français qu'étrangers.

ART. 7.

Les Français ou les étrangers qui se proposent de concourir à l'Exposition devront s'adresser au comité du département, de la colonie ou du pays qu'ils habitent.

Les étrangers résidant en France pourront s'adresser aux comités officiels de leurs pays respectifs.

Art. 8.

Nul produit ne sera admis à l'Exposition, s'il n'est envoyé avec l'autorisation et sous le cachet des comités départementaux ou des comités étrangers.

Art. 9.

Les comités étrangers et départementaux feront connaître, aussitôt que possible, le nombre présumé des exposants de leur circonscription et l'espace dont ils croiront avoir besoin.

Art. 10.

Sur cette communication, la Commission impériale fera, sans délai, opérer la répartition de l'emplacement général, au *prorata* des demandes, entre la France et les autres nations.

Art. 11.

Cette répartition opérée, notification en sera immé. diatement faite aux comités français et étrangers, qui auront eux-mêmes à subdiviser entre les exposants de leurs circonscriptions l'espace ainsi déterminé.

Art. 12.

Les listes des exposants admis devront être adressées à la Commission impériale, au plus tard le **30 novembre 1854.**

Elles indiqueront :

1° Les noms, prénoms (ou la raison sociale), profession, domicile ou résidence des requérants ;

2° La nature et le nombre ou la quantité des produits qu'ils désirent exposer ;

3° L'espace qui leur est nécessaire à cet effet, en hauteur, largeur et profondeur.

Ces listes, ainsi que les autres documents venant de l'étranger, devront, autant que possible, être accompagnées d'une traduction en langue française.

ADMISSION ET CLASSIFICATION DES PRODUITS.

Art. 13.

Sont admissibles à l'Exposition universelle, tous les produits de l'agriculture, de l'industrie et de l'art, autres que ceux qui se classent dans les catégories ci-après :

1° Les animaux et les plantes, à l'état vivant ;

2° Les matières végétales et animales, à l'état frais et susceptibles d'altération ;

3° Les matières détonantes, et généralement toutes les substances qui seraient reconnues dangereuses ;

4° Et enfin, les produits qui dépasseraient, par leur quantité, le but de l'Exposition.

. . . .

Art. 15.

La Commission impériale aura le droit d'éliminer et d'exclure, sur la proposition des agents compétents, les produits français qui lui paraîtraient nuisibles ou incompatibles avec le but de l'Exposition, et ceux qui au-

raient été envoyés au-delà des exigences et des convenances de l'Exposition.

Art. 16 (1).

Les produits formeront deux divisions distinctes :
les *produits de l'industrie*, et les *œuvres d'art;* ils seront distribués, pour chaque pays, en huit groupes,
comprenant trente classes, savoir :

Iʳᵉ DIVISION. — PRODUITS DE L'INDUSTRIE.

1ᵉʳ GROUPE. — *Industries ayant pour objet principal l'extrac-
tion ou la production des matières brutes.*

1ʳᵉ Classe. Art des mines et métallurgie.
2ᵉ — Art forestier, chasse, pêche et récoltes de
produits obtenus sans culture.
3ᵉ — Agriculture.

IIᵉ GROUPE. — *Industries ayant spécialement pour objet l'emploi des forces mécaniques.*

4ᵉ Classe. Mécanique générale appliquée à l'industrie.
5ᵉ — Mécanique spéciale et matériel des chemins
de fer et des autres modes de transport.
6ᵉ — Mécanique spéciale et matériel des ateliers
industriels.
7ᵉ — Mécanique spéciale et matériel des manufactures de tissus.

(1) Un document ayant pour titre : *Système de classification*, et
faisant connaître la répartition de toutes les industries et de tous
les arts, de leurs matières premières, de leurs moyens d'action et
de leurs produits, entre les trente classes établies dans cet article
sera publié ultérieurement.

II° GROUPE. — *Industries spécialement fondées sur l'emploi des agents physiques et chimiques, ou se rattachant aux sciences et à l'enseignement.*

> 8° Classe. Arts de précision, industries se rattachant aux sciences et à l'enseignement.
> 9° — Industries concernant la production économique et l'emploi de la chaleur, de la lumière et de l'électricité.
> 10° — Arts chimiques, teintures et impressions, industries des papiers, des peaux, du caoutchouc, etc.
> 11° — Préparation et conservation des substances alimentaires.

IV° GROUPE. — *Industries se rattachant spécialement aux professions savantes.*

> 12° Classe. Hygiène, pharmacie, médecine et chirurgie.
> 13° — Marine et art militaire.
> 14° — Constructions civiles.

V° GROUPE. — *Manufactures de produits minéraux.*

> 15° Classe. Industrie des aciers bruts et ouvrés.
> 16° — Fabrication des ouvrages en métaux d'un travail ordinaire.
> 17° — Orfévrerie, bijouterie, industrie des bronzes d'art.
> 18° — Industries de la verrerie et de la céramique.

VI° GROUPE. — *Manufactures de tissus.*

> 19° Classe. Industrie des cotons.
> 20° — Industrie des laines.
> 21° — Industrie des soies.
> 22° — Industrie des lins et des chanvres.

23ᵉ Classe. Industrie de la bonneterie, des tapis, de la passementerie, de la broderie et des dentelles.

VIIᵉ GROUPE. — *Ameublement et décoration, modes, dessin industriel, imprimerie, musique.*

24ᵉ Classe. Industries concernant l'ameublement et la décoration.

25ᵉ — Confection des articles de vêtement, fabrication des objets de mode et de fantaisie.

26ᵉ — Dessin et plastique appliqués à l'industrie, imprimerie en caractères et en taille-douce, photographie.

27ᵉ — Fabrication des instruments de musique.

IIᵉ DIVISION. — OEUVRES D'ART.

VIIIᵉ GROUPE. — *Beaux-Arts*

28ᵉ Classe. Peinture, gravure et lithographie.

29ᵉ — Sculpture et gravure en médailles.

30ᵉ — Architecture.

RÉCEPTION ET INSTALLATION DES PRODUITS.

ART. 17.

Les produits tant français qu'étrangers seront reçus au Palais de l'Exposition, à partir du **15 janvier 1855**, jusques et y compris le **15 mars**.

Toutefois, il pourra être accordé un délai supplémentaire pour les articles manufacturés susceptibles de souffrir d'un trop long emballage, à la condition que les dispositions nécessaires pour leur exposition aient été préparées à l'avance. Ce délai, en aucun cas, ne dépassera le **15 avril**.

Les produits lourds et encombrants, ou tous autres qui exigeraient des travaux considérables d'installation, devront être envoyés avant la fin de février.

ART. 18.

Les comités de chaque pays ou de chaque département français sont invités à expédier, autant que possible, en un même envoi, les produits de leur circonscription.

ART. 19.

L'envoi de chaque exposant, qu'il soit expédié avec ceux des autres exposants ou isolément, devra être accompagné du bulletin d'admission délivré par l'autorité compétente. Ce bulletin, en triple expédition, rédigé comme il est dit à l'art. 12, portera, en outre, le nombre et le poids des colis, ainsi que le détail et les prix de chacun des articles composant l'envoi.

Des modèles de ce bulletin seront adressés à tous les comités français et étrangers.

ART. 20.

Les produits français destinés à l'Exposition universelle seront expédiés des lieux désignés par les comités départementaux et coloniaux, et réexpédiés de Paris aux mêmes lieux aux frais de l'Etat, dans les mêmes conditions.

Les produits étrangers ayant la même destination seront également amenées aux frais de l'Etat, mais seulement à partir de la frontière, et réexpédiés.

Art. 21.

Ils seront adressés au *Commissaire du classement*, au Palais de l'Exposition.

Art. 22.

L'adresse de chaque colis destiné à l'Exposition devra porter, en caractères lisibles et apparents, l'indication :

Du lieu d'expédition,
Du nom de l'exposant,
De la nature des produits inclus.

MODÈLE D'ADRESSE.

A Monsieur le Commissaire du classement de l'Exposition universelle.

Au Palais de l'Exposition. — Paris.

Envoi de (noms et prénoms de l'Exposant ou raison sociale), demeurant à (résidence ou siége de l'établissement), exposant de (nature du produit).

Art. 23.

Les colis contenant les produits de plusieurs exposants devront porter sur l'adresse les noms de tous ces exposants, et être accompagnés d'un bulletin d'admission pour chacun d'eux.

Art. 24.

Les exposants sont invités à ne pas expédier séparément de colis ayant moins d'un demi-mètre cube, et à réunir sous un même emballage, à d'autres colis de la même classe, ceux qui seraient au-dessous de cette dimension.

ART. 25.

L'admission des produits à l'Exposition sera gratuite.

ART. 26.

Les exposants ne seront assujettis à aucune espèce de rétribution, soit pour location ou péage, soit à tout autre titre, pendant la durée de l'Exposition.

ART. 27.

La Commission impériale pourvoira à la manuten-tton, au placement et à l'arrangement des produits dans l'intérieur du Palais de l'Exposition, ainsi qu'aux travaux nécessités par la mise en mouvement des machines.

ART. 28.

Les tables ou comptoirs, les planchers, clôtures, barrières et divisions entre les diverses classes de produits, seront fournis gratuitement.

ART. 29.

Les arrangements et aménagements particuliers, tels que gradins, tablettes, supports, suspensions, vitrines, draperies, tentures, peintures et ornements, seront à la charge des exposants.

Art. 30.

Ces arrangements, dispositions et ornementations ne pourront être exécutés que conformément au plan général et sous la surveillance des inspecteurs, qui détermineront la hauteur et la forme des devantures des étalages, ainsi que la couleur de là peinture, des tentures et des draperies.

. . . .

Art. 35.

La Commission impériale prendra toutes les mesures nécessaires pour préserver les objets exposés de toute chance d'avarie. Néanmoins, si, malgré ces précautions, un sinistre venait à se déclarer, elle n'entend point prendre à sa charge les dégâts et dommages qui pourraient en résulter. Elle les laisse aux risques et périls des exposants, ainsi que les frais d'assurances, s'ils jugeaient utile de recourir à cette garantie.

Art. 36.

La Commission impériale aura également soin que les produits soient surveillés par un personnel nombreux et actif; mais elle ne sera pas responsable des vols ou détournements qui pourraient être commis.

Les articles vendus ne pourront être retirés qu'après la clôture de l'Exposition.

. . . .

PRODUITS ÉTRANGERS. — DOUANES.

Art. 41.

A l'égard des produits étrangers admis à l'Exposition, le Palais de l'Eposition sera constitué en *entrepôt réel.*

Art. 42.

Ces produits, accompagnés des bulletins mentionnés en l'art. 19, entreront en France par les ports et villes frontières ci-après désignés :

Lille, Valenciennes, Forbach, Wissembourg, Strasbourg, Saint-Louis, les Verrières-de-Joux, Pont-de-Beauvoisin, Chapareillan, Saint-Laurent du Var, Marseille, Cette, Port-Vendres, Perpignan, Bayonne, Bordeaux, Nantes, le Hàvre, Boulogne, Calais et Dunkerque.

Art. 43.

Les envois pourront être adressés à des agents désignés par la Commission impériale dans chacun de ces ports ou villes. Ces agents, moyennant une rétribution tarifée d'avance, se chargeront de remplir les formalités nécessaires envers la douane, et de diriger les produits sur le Palais de l'Exposition.

Art. 44.

Les produits étrangers reçus au palais de l'Exposition seront pris en charge par les employés des douanes.

Art. 45.

L'enlèvement des plombs et l'ouverture des colis n'auront lieu qu'à l'intérieur du Palais, en présence

17*

des exposants ou de leurs représentants, et par les soins des employés de la douane.

Art. 46.

Un exemplaire du bulletin d'expédition, considéré comme *certificat d'origine*, restera entre les mains de la douane ; un autre sera remis au commissaire du classement de l'Exposition, et le troisième au secrétariat général de la Commission impériale.

Art. 47.

Les exposants étrangers ou leurs représentants auront, après la clôture de l'Exposition, à déclarer si leurs produits sont destinés à la réexportation ou à la consommation intérieure.

Dans ce dernier cas, ils pourront en disposer immédiatement, en acquittant les droits, pour la fixation desquels il sera tenu compte, par l'administration des douanes, de la dépréciation qui pourrait résulter du séjour des produits à l'Exposition.

. . . .

ORGANISATION INTÉRIEURE ET POLICE DE L'EXPOSITION.

Art. 49.

L'organisation intérieure et la police de l'Exposition sont placées sous l'autorité d'un comité d'exécution composé des divers chefs de service, qui prononcera sur toutes les questions entrant dans ses attributions.

Art. 50.

Un règlement, qui sera publié avant l'époque fixée

pour la réception des produits, et affiché au Palais de l'Exposition, déterminera tous les points relatifs à l'ordre du service intérieur. Il fera connaître les agents chargés de venir en aide aux exposants et de veiller à l'ordre et à la sécurité de l'Exposition.

Art. 51.

Les agents et employés attachés à la partie étrangère devront parler une ou plusieurs des langues des nations avec lesquelles ils seront en rapport,

Des interprètes, désignés par la Commission impériale, seront d'ailleurs établis sur divers points de la division étrangère.

Art. 52.

Les Gouvernements étrangers seront priés d'accréditer près de la Commission impériale des *commissaires spéciaux*, chargés de représenter leurs nationaux à l'Exposition, pendant les opérations de réception, de classement et d'installation des produits, et dans toutes les circonstances où leurs intérêts seront engagés.

. . . .

JURY ET RÉCOMPENSES.

Art. 58.

L'appréciation et le jugement des produits exposés seront confiés à un grand jury mixte international. Ce jury sera composé de membres titulaires et de membres suppléants, qui seront répartis en trente jurys spéciaux correspondant aux trente classes indiquées dans l'article **16**.

Art. 59.

Dans la division des produits de l'industrie, le nombre des membres, pour chaque jury spécial, est fixé comme dans le tableau ci-après :

Pour chacune des classes :	Titul^{res}.	Suppl^{s}.
3e, 10e, 20e et 23e.	14	4
2e, 6e, 16e, 18e et 24e.	12	3
7e, 8e, 12e, 13e, 14e, 17e, 19e, 21e, 23e et 26e.	10	2
1re, 4e, 5e, 9e, 11e, 15e, 22e et 27e.	8	2

Dans la division des œuvres d'art,

La 28e classe aura 20 membres titulaires.
La 29e —   14   —
La 30e —   8   —

Art. 60.

Le nombre des jurés à fixer sera, pour la France comme pour l'étranger, proportionnel au nombre d'exposants fourni par chaque pays.

Art. 61.

Le comité officiel de chaque nation désignera les personnes de son choix pour former le nombre de jurés qui lui sera dévolu.

Les jurés français seront nommés, pour les **27** premières classes, par la section de l'agriculture et de l'industrie de la Commission impériale, et, pour les trois dernières classes, par la section des beaux-arts.

Art. 62.

Dans le cas où le comité d'une des nations exposantes n'aurait pas désigné les jurés qui doivent la représenter, il y sera pourvu d'office par l'assemblée générale des jurés présents.

Art. 63.

La Commission impériale fera la répartition des membres du jury international entre les diverses classes. Elle fixera aussi les règles générales qui devront servir de base aux opérations des jurys spéciaux.

Art. 64.

Chaque jury spécial aura un président nommé par la Commmission impériale, un vice-président et un rapporteur nommés par le jury, à la majorité absolue des voix.

Art. 65.

Dans le cas où aucun des membres n'obtiendrait la majorité absolue, le sort prenoncerait entre les deux candidats réunissant le plus grand nombre de voix.

Art. 66.

Le président de chaque jury, et, en son absence, le vice-président, aura voix prépondérante en cas de partage.

Art. 67.

Les jurys spéciaux seront en outre distribués par

groupes, représentant les industries liées entre elles par certains points d'analogie ou de similitude.

Ces groupes sont au nombre de huit, conformément aux indications de l'art. 16.

Les membres de chaque groupe nommeront leur président et leur vice-président.

Art. 68.

Aucune décision ne sera arrêtée par l'un des jurys spéciaux qu'avec l'approbation du groupe auquel il appartient.

Art. 69.

Les récompenses de premier ordre ne seront accordées qu'après une révision faite par un conseil composé des présidents et vice-présidents des jurys spéciaux.

Le jury des beaux-arts est excepté de cette règle.

Art. 70.

Chaque jury spécial pourra s'adjoindre, à titre d'associés ou d'experts, une ou plusieurs personnes compétentes sur quelques-unes des matières soumises à son examen. Ces personnes pourront être prises parmi les membres titulaires ou suppléants des autres classes, et parmi les hommes de la spécialité requise en dehors du jury. Les membres ainsi adjoints ne prendront part aux travaux de la classe où ils auraient été appelés que pour l'objet déterminé qui aura motivé leur appel ; ils auront seulement voix consultative.

Art. 71.

Les exposants qui auraient accepté les fonctions de jurés, soit comme titulaires, soit comme suppléants, seront, par ce seul fait, mis hors du concours pour les récompenses.

Le jury des beaux-arts est excepté de cette règle.

Art. 72.

Seront également exclus du concours, mais dans la classe seulement où ils auront opéré, les exposants appelés comme associés ou comme experts.

Art. 73.

Chaque jury pourra, selon les circonstances, se fractionner en comités, mais il ne pourra prendre de décisions qu'à la majorité du jury entier.

Art. 74.

Des commissaires spéciaux, assistés des inspecteurs de l'Exposition, seront chargés de préparer les travaux du jury ; de s'assurer que les produits d'aucun exposant n'ont échappé à son examen ; de recevoir les observations et les réclamations des exposants; de faire réparer les omissions, erreurs ou confusions qui auraient pu être faites ; de veiller à l'observation des règles établies, et enfin d'expliquer ces règles aux jurés toutes les fois qu'elles présenteraient matière à interprétation.

Art. 75.

Les commissaires en fonctions près du jury n'interviendront dans les délibérations que pour constater les faits, rappeler les règles et présenter les réclamations des exposants.

Art. 76.

La nature des récompenses à distribuer et les règles générales à prendre pour base des récompenses seront ultérieurement déterminées par un décret, rendu sur la proposition de la Commission impériale.

Art. 77.

Indépendamment des distinctions honorifiques qui pourront être accordées, le conseil des présidents et vice-présidents aura la faculté de recommander à l'Empereur les exposants qui lui paraîtraient mériter des marques spéciales de gratitude publique, à raison des services hors ligne rendus à la civilisation, à l'humanité, aux sciences et aux arts, ou des encouragements d'une autre nature, à raison de sacrifices considérables dans un but d'utilité générale, et eu égard à la position des inventeurs ou des producteurs.

DISPOSITIONS SPÉCIALES AUX BEAUX-ARTS.

Art. 78.

Un jury français, institué à Paris, prononcera sur l'admission des œuvres des artistes français (1).

(1) Voir pour l'admission des œuvres des artistes étrangers, les art. 5, 8 et 19.

Art. 79.

Les membres du jury français d'admission seront désignés par la section des beaux-arts de la Commission impériale.

Art. 80.

Le jury d'admission des beaux-arts se divisera en trois sections :

Le première comprendra la peinture, la gravure et la lithographie ;

La seconde, la sculpture et la gravure en médailles;

La troisième, l'architecture.

Chacune de ces sections prononcera à l'égard des œuvres rentrant dans sa spécialité.

Art. 81.

L'Exposition est ouverte aux productions des artistes français et étrangers, vivants au 22 juin 1853, date du décret constitutif de l'Exposition des beaux-arts.

Art. 82.

Les artistes pourront présenter à l'Exposition universelle des ouvrages déjà exposés précédemment; seulement ne pourront être admis :

1° Les copies (excepté celles qui reproduiraient un ouvrage dans un genre différent, sur émail, par le dessin, etc.) ;

2° Les tableaux et autres objets sans cadre ;

3° Les sculptures en terre non cuite.

Art. 83.

Sont applicables aux œuvres d'art les articles 1 à 13, 15 à 30, 35, 36, 40, 41 à 47, 49 à 52, 58 à 77 du présent Règlement.

———

JURY D'ADMISSION.

DÉCRET.

NAPOLÉON, par la grâce de Dieu et la volonté nationale EMPEREUR DES FRANÇAIS, à tous présents et à venir, SALUT :

AVONS DÉCRÉTÉ ET DÉCRÉTONS ce qui suit :

ART. 1er.

M. le comte de Nieuwerkerke, directeur général des Musées impériaux, intendant des beaux-arts de notre Maison, membre de l'Institut, est nommé président du jury d'examen et d'admission des œuvres d'art qui seront présentées à l'Exposition universelle de 1855.

ART. 2.

Le Ministre d'Etat et de notre Maison, vice-président de la Commission impériale de l'Exposition universelle, est chargé de l'exécution du présent décret.

Fait à Paris, le 20 janvier 1855.

NAPOLÉON.

Par l'Empereur :

Le Ministre d'Etat.

ACHILLE FOULD.

TABLEAU

DU PERSONNEL ADMINISTRATIF

DE LA COMMISSION IMPÉRIALE

POUR L'EXPOSITION DE 1855.

Secrétariat Général.

MM.

ARLÈS-DUFOUR, Secrétaire général.

THIBAUDEAU, Secrétaire général adjoint.

SERVICES COMMUNS AUX DEUX EXPOSITIONS.

Service du Secrétariat.

MM.

AUBERT, Chef du Secrétariat général (en congé).

ROGUÈS, Chef-adjoint au Secrétariat général.

DEMAY, Sous-Chef. — 1er Bureau. — Arrivée et départ des dépêches. — Tenue des procès-verbaux et archives.

DELÊTRE, Sous-Chef. — 2e Bureau. — Comités, correspondances, visites d'ouvriers. — Statistique. — Collections.

MM.

SARTIN, Sous-Chef. — 3ᵉ Bureau. — Délivrance des certificats de garantie. — Contentieux.

PASCAL, Chef du service de la publicité. —Traductions. —Impressions.

Service de la Comptabilité et du Matériel.

MM.

TAGNARD, Chef de la Comptabilité générale.

PELLAT, attaché au service de la Comptabilité.

DE BOUVILLE, attaché au service de la Comptabilité.

MERLE, Agent du Matériel.

DE MONSIGNY, Agent des paiements de l'Exposition de l'Industrie.

PLANCHE, Agent des paiements de l'Exposition des Beaux-Arts.

———

Commissariat Général.

M. F. LE PLAY, Commissaire général.

SERVICES COMMUNS AUX DEUX EXPOSITIONS,

Service central.

MM.

DE CHANCOURTOIS, Commissaire, adjoint au Commissaire général.

DAHLSTEIN, Inspecteur principal.—Installation des Expositions et des services,

ALDROPHE, Architecte. — Service des plans.

MM.

DOMERGUE, Inspecteur. — Archives. — Cartes d'Exposants et laissez-passer.

CHOJEDZKI, attaché au Commissariat général. — Service extérieur.

WYSSOTZKI, attaché au Commissariat général. — Service intérieur.

DE LOUBITZ, attaché au Commissariat général. — Service des réclamations.

AUDLEY, attaché au Commissariat général. — Service des réclamations.

Service d'ordre et de surveillance.

MM.

PÉRÉMÉ, Commissaire.

Le baron REY, Inspecteur. — Service de sécurité et de salubrité.

BERTHÉ, Inspecteur.

COURTEILLE, Commissaire de la police d'ordre.

TASNON, Commissaire-adjoint de la police d'ordre.

CHEVREY, Adjudant du service actif.

LOUVET, Commis d'ordre.

SANDRÉ, Secrétaire.

SERVICES SPÉCIAUX DE L'EXPOSITION DE L'INDUSTRIE.

Service du Bâtiment.

MM.

VAUDOYER, Commissaire.

ROSSIGNEUX, Commissaire-adjoint. — Service spécial de la décoration.

DE CRÉMONT, Architecte. — Entretien et décoration.

MM.

Trélat, Architecte-Ingénieur. — Service de l'installation des machines. — Entretien et décoration de la galerie du quai.

De la Motta, Architecte-Vérificateur.

Service du Classement.

MM.

Savoye, Commissaire.

Picot, Commissaire-adjoint.

Loyau, Inspecteur. — Produits minéraux et métallurgiques, métaux ouvrés, chaudronnerie, tôlerie, coutellerie, quincaillerie, armes, articles de chasse et de pêche, lampes.

Masson, Inspecteur. — Produits agricoles et forestiers, machines agricoles, voitures, articles de voyage et autres produits exposés dans le jardin.

Lecoeuvre, Inspecteur-Ingénieur. — Machines, grosse chaudronnerie, cuirs et peaux.—Régions étrangères de la galerie du quai, partie Ouest.—Mise en action de toutes les machines.

Ser, Inspecteur. — Instruments de précision, horlogerie, matériel d'enseignement, appareils de chauffage et d'éclairage, galvanoplastie; appareils hygiéniques, instruments de chirurgie.

Houzeau, Inspecteur.—Produits chimiques et pharmaceutiques, eaux minérales, appareils à eaux gazeuses, produits alimentaires, parfumerie, papiers, articles de caoutchouc et de gutta-percha, toiles cirées.

D'Antist, Inspecteur. — Constructions civiles et navales. — Régions étrangères de la galerie du quai, partie Est.

Gromort, Inspecteur. — Orfèvrerie, bijouterie, bronzes, meubles, tapis, papiers de tenture, stores, vitraux, nécessaires et articles de fantaisie, cannes, parapluies, éventails, boutons, tabletterie, brosserie, chaussure, jouets.

MM.

DE SAINT-MARTIN, Inspecteur. — Céramique, verrerie. — Régions étrangères du palais principal, au rez-de-chaussée.

GROBOST, Inspecteur. — Cordages, filés de tissus de coton, de lin et de laine, couvertures, articles de literie, bonneterie, vêtements confectionnés principalement pour hommes, chapellerie, gants, brosserie, vannerie, ouvrages en cheveux.

DURANTON, Inspecteur. — Soies grèges, soieries, étoffes Imprimées, châles, rubans, nouveautés, mercerie, passementerie, broderies, dentelles, fleurs, plumes, modes.

FOREST, Inspecteur. — Dessin et plastique de l'industrie, gravure, lithographie, imprimerie, reliure, cartonnage, photographie, marbrerie. — Nef du palais principal et rotonde de la jonction.

DE COMBES, Inspecteur. — Instruments de musique.

LE PELERIN, Sous-Inspecteur. — Mise en action des machines.

HÉRITIER, Sous-Inspecteur. — Régions étrangères du palais principal, galerie supérieure. — Escaliers.

DE PELANNE, Sous-Inspecteur. — Services détachés.

TORTUYAUX, Sous-Inspecteur. — Services détachés.

NOTA.—Voir, pour le détail complet des attributions des Inspecteurs et Sous-Inspecteurs, le tableau du Système de classification annoté. — Voir aussi le plan des Inspecteurs.

Service du Catalogue.

MM.

RONDOT, Commissaire.

DE VAUBICOURT, Inspecteur. — Réclamations des Exposants français.

18

Service Médical.

MM.

DE LA PORTE, Docteur Médecin, Chef du service.

LEBATARD, Docteur Médecin.

HIFFELSHEIM, Docteur Médecin.

TRONCIN, Docteur Médecin.

ROZÉ, Interne.

ÉPERON, Interne.

> NOTA.—Le poste médical principal était établi au Palais principal, pavillon Central Sud, rez-de-chaussée.—Une succursale était établie à la galerie du quai, pavillon Central Nord. Le service médical y était en permanence jour et nuit.

SERVICES SPÉCIAUX DE L'EXPOSITION DES BEAUX-ARTS.

MM.

M. DE MERCEY, Commissaire général, chargé spécialement de l'Exposition des Beaux-Arts.

ARAGO, Inspecteur.

DE CHENNEVIÈRES, Inspecteur.

DE JANCIGNY, Chef de la rédaction du Catalogue.

BUON, Sous-Inspecteur, Archiviste. — Direction du personnel actif.

CLÉMENT DE RIS, Sous-Inspecteur.

DE LAPEYROUSE, Sous-Inspecteur.

MARTINET, Sous-Inspecteur.

ALYOT, Docteur Médecin.

DAUMAS, Docteur Médecin.

SERVICE DU JURY INTERNATIONAL.

MM.

BLAISE (des Vosges), Secrétaire du Jury.

VARCOLLIER, Secrétaire-adjoint du Jury. — Division de l'Industrie.

CLÉMENT DE RIS, Secrétaire-adjoint du Jury. — Division des Beaux-Arts.

TABLE DES MATIÈRES.

VISITES DU PRINCE.

www.ingramcontent.com/pod-product-compliance
Lightning Source LLC
Chambersburg PA
CBHW070206030726
47505CB00006B/1588